Royal Kiss Label

黒元帥の略奪愛
～女王は恋獄に囚われる～

上主沙夜

JULIAN
a day in the life

この物語はフィクションであり、実在の人物・団体・事件等とは、いっさい関係ありません。

人物紹介
ヴラド・ラズヴァーン
オルゼヴィア国軍元帥。
冷徹・不言実行・忠実。
かなり冷酷な一面も。
黒元帥の略奪愛
～女王は恋獄に囚われる～
ディアドラ・リンド・オルゼヴィア
オルゼヴィア国女王。勝気だが内向的。
普段は男装して男言葉。

イラスト・DUO BRAND.

Contents

第一章　すれ違う眷恋

「どうして男の恰好《かっこう》をなさるのですか？」

ふいに尋ねられ、答えに詰まってディアドラは彼を見返した。

「――父上がそうお望みだったから」

尋ねた青年――ヴラドは底光りのする蒼《あお》い瞳でじっとディアドラを凝視《みつ》める。彼は腑《ふ》に落ちぬ様子で呟《つぶや》いた。

「そうでしょうか……」

ディアドラの心は揺れた。確かに父は『男装しろ』と命じたわけではない。ディアドラのドレス姿が不愉快だと言っただけだ。だが、ドレスがだめなら男物を着るしかあるまい。

父は男装した娘を見ると小馬鹿にしたように鼻を鳴らしはしたが、咎《とが》めだてはしなかった。ならば少なくともドレス姿よりは見るに耐えたということだ。

「ついでに髪も切ってしまおうかと思う」

早口で付け足すと、無表情な青年の美貌に初めて感情らしきものがよぎった。不快感……だろうか。ほんの一瞬、眉間にしわが寄る。秀麗な額に落ちかかる黒髪を煩《わずら》わしげに払いのけ、憮然《ぶぜん》とした口調で彼は言った。

「それはおやめになったほうが」

「なぜ？」

わずかな期待を込めてディアドラは聞き返した。子供の頃、一度だけヴラドが髪を褒めてくれたことがあった。さらさらと背を流れ落ちるプラチナブロンドを月光のようだと。

だが、この場で彼の口から出たのは実に散文的な言葉であった。

「切るのは簡単ですが、伸ばすのは大変ですから。少なくとも戴冠式はドレスでしょう。女王にふさわしい正装をしなければなりません」

「…………そうだな」

ディアドラは灰緑色の瞳を伏せ、口端を歪めた。せめて微笑んだように見えてくれたらいい。

ヴラドの言葉は正しい。確かに断髪では戴冠式用の豪奢《ごうしゃ》なドレスには映えまい。理性では彼の進言を納得できた。一方で心がしんと冷える。

何を期待していたのだろう。彼はわたしの臣下、わたしは彼の主君。わたしが美しかろうが醜かろうが関係ない。ヴラドにとってわたしは女王であって『女』ではないのだから――。

わかっているのに繰り返し淡い期待を抱いてしまう自分は、どうしようもなく愚かだ。

『ずっとお側《そば》にいます』

そう言ってくれたのはいつのことだったろう……。

ヴラドは約束を守ってくれた。弟が亡くなり、ディアドラがふたたび世継ぎに返り咲いてから彼が離れていったことは一度もない。

どんなときも影のようにひっそりと傍らに寄り添っていてくれた。父親を亡くした彼がラズヴァーン公爵とオルゼヴィア国軍元帥の地位を引き継いでからは、より近くに。

先頃、ディアドラの父デネシュ王は息子を失った悲哀から立ち直れないまま酒に溺れて亡くなった。すでにディアドラはオルゼヴィア国王として即位し、喪が明けるのを待って戴冠式を執り行う予定である。

彼はこれからも側にいてくれるだろう。

ディアドラがオルゼヴィアの女王である限りは、ずっと。

すぐ近くに。そして果てしなく遠くに。

目の前に彼がいても、後ろに伸ばした手がけっして触れ得ないように、遠く。

† † †

ディアドラがオルゼヴィアの女王として即位して、はや六年が過ぎた。

二十二歳になった今でもディアドラは男装を続けている。行事や儀礼のときにはドレスも着るが、日常的に身につけるのは男ものばかりだ。それが慣れなのか意地なのか、単に楽をしているだけなのか……、時折考えることはあれど答えが出たためしはない。

そんなある日のこと――。ディアドラは恒例の政務会議の後、「話がある」と言って国軍元帥で幼なじみでもあるヴラド・ラズヴァーン公爵をひとり部屋に残した。

どう切り出したらよいものかと迷う間、彼は焦れた様子もなく無表情に慇懃《いんぎん》な沈黙を守っていた。もともと寡黙な男ではあるが、端整すぎて冷たく感じられるほどの美貌や黒と黄金の軍装に包まれた均整のとれた長身が相まって、あたかも精緻な彫像のようである。

うっかり見惚《みと》れそうになり、ディアドラは半ば自棄《やけ》になってぶっきらぼうに吐き出した。

「結婚しようと思うんだ」

ヴラドはかすかに見開いた瞳をディアドラに向けた。

夜明けの空を思わせる昏い水色の瞳が、波立つように一瞬揺れた気がした。だが、長い睫毛《まつげ》を瞬いたときには既にいつもどおり、感情を窺《うかが》わせない冷徹なまなざしに戻っていた。

いきなり抜き身の剣を突きつけられたようで、たじろいだディアドラは座っていた玉座の腕の先端を強く握りしめた。

「……おまえの意見を聞きたい」

精一杯冷静に告げる。緊張のせいか口腔《こうこう》が干上がり、声がかすれてしまったのが口惜しい。

今更ながらこくりと唾を呑《の》み、ディアドラは低い階《きざはし》の下に立つ男を凝視《みつ》めた。

〈黒疾風《くろはやて》〉と他国から恐れられるオルゼヴィア軍の最高司令官、ヴラド・ラズヴァーン元帥公爵。まだ二十七歳ながらオルゼヴィア王国軍を率いる最高位武官であり、政治を預かる宰相と並んで若き女王を支えてくれている。ディアドラにとって五歳年上の彼は親しい幼なじみでもあるのだが、彼のまなざしにそんな気安さは微塵《みじん》も窺えなかった。

彼はその精悍《せいかん》な風貌をまっすぐにディアドラに向けた。すらりと上背のある彼は、階の下に立っていても玉座に座るディアドラと目線の高さがさほど違わない。

ともすれば酷薄にすら見える水色の瞳は、今や本当に氷のように冷ややかだった。絹糸のごとくさらりと光沢を放つ長めの黒髪に囲まれた白皙《はくせき》の面差しは、まるで氷彫《ひょうちょう》のよう……。

金色の飾り釦《ボタン》や装飾が漆黒の軍装をいっそう際立たせ、夜空を身にまとっているような荘厳さに圧倒される。彼は柄《つか》に戦女神が彫刻された愛用の長剣を腰に帯びていた。女王の御前で佩刀を許されているのはヴラドだけだ。

「……お相手はマハヴァールのイムレ王子でしょうか」

問いかけというより確認の口調だった。マハヴァール王国はオルゼヴィアに隣接する大国だ。現国王の第三子であるイムレ王子から近頃婚姻の申し入れがあり、良い縁談だと宰相から熱心に勧められていたが、ディアドラはどうにも決めあぐねて先送りにしていた。

「そう。イムレ王子だ。——どう思う？」

ふたたび問うと、ヴラドの眉がかすかに上がった。それだけでにわかに表情が辛辣になる。

「私の考えはつねづね申し上げてまいりました。賛成いたしかねる、と」

「うん……、そうだったな」

ディアドラは自嘲気味の苦い笑みを口端に浮かべた。

オルゼヴィアは小さな国だ。険しい山並みと森林地帯が広がる高地に位置し、周囲のほとんどをマハヴァールの領土に取り巻かれている。まるで泡《あぶく》のようなささやかな国――。

だが、オルゼヴィアは銀の産出においてどこよりも傑出していた。大陸に流通する銀の、実《じつ》に八割近くがオルゼヴィアの銀山から掘り出されたものなのだ。それゆえオルゼヴィアは小国ながら強力な軍隊を持ち、国を守ってきた。よく訓練された兵士たちは規律正しく、誇り高く、主君に忠実なことで知られ、王族を守る傭兵《ようへい》として各国から引く手あまたである。

そのオルゼヴィア兵の頂点に立つのがこの男、ヴラド・ラズヴァーン元帥公爵だ。彼は体温を感じさせない雪のような面差しをディアドラに向け、淡々と述べた。

「我が国を建国したのは当時マハヴァール配下にあったオルゼヴィア侯爵――陛下のご先祖であらせられます。所領で発見された銀鉱脈を開発して力を蓄え、かの国との熾烈《しれつ》な戦いに勝利して独立を成し遂げられた。ですがマハヴァールは未《いま》だにそれを認めていません。己が属国と見做している。陛下がマハヴァールの王子と結婚すれば、彼奴《きやつ》らは我が物顔でオルゼヴィアの内政に口出ししてくることでしょう」

「そんなことはさせない」

ムッとして腰を浮かせたディアドラは、ヴラドの冷たい一瞥《いちべつ》に気圧《けお》されて座り込んだ。

「……そんなことは絶対にさせない。結婚契約書には内政不干渉を明記する」

ぼそぼそと呟く声は我ながら言い訳がましかったけれど、そう考えているのは本当だ。

今のオルゼヴィアの状況ではマハヴァールが申し出ている援助は正直ありがたい。だが、独立を守るためにできることは精一杯するつもりだ。

ディアドラは無表情に佇《たたず》んでいる黒衣の元帥をためらいがちに眺めた。

「やはりヴラドは反対……なのだな……？」

かすかな期待を込めて窺うと、彼は冷ややかな表情を崩すことなく瞬《まばた》きをひとつした。

「陛下がそうお望みなのでしたら」

感情のこもらない一言に胸が冷える。ディアドラは指が白くなるほど玉座の腕を握りしめた。

「——結婚しても、かまわない、と……？」

「私の意見は申し上げました。それでもイムレ王子と結婚すると仰せになるのであれば、陛下の臣たる私めにとやかく言う権利などございません」

ディアドラはゆっくりと吐息を洩《も》らした。

「そう……」

「他に御用事がなければ下がらせていただいてもよろしいでしょうか。近衛軍の再編成作業が未だ終わっておりませんので」

「ああ、下がってよい。引き止めてすまなかった」

「では、失礼いたします」

ヴラドは胸に手を当てて恭しく一礼すると、一瞬の迷いもなく踵《きびす》を返した。扉が閉ざされ、部屋が静寂に包まれる。ディアドラは玉座の背にもたれかかり、片手で顔を覆った。

くっ、とかすれた笑い声が喉を震わせた。

「……馬鹿だな。何を期待していた？」

今までヴラドが立っていた辺りをぼんやりと眺める。彼はそこからただの一歩も動かなかった。この階を一足飛びに駆け上がり、眉を逆立てて『そのような結婚をしてはいけない』と怒鳴ってくれる――。そんな埒《らち》もない妄想を心の奥底で抱いていたことに今更気付いてディアドラは失笑した。

なんて馬鹿なわたし。そんなふうに声を荒らげて反対など彼がするわけないじゃないか。

ヴラドは王軍の元帥で、筆頭公爵。誰より忠実な女王《わたし》のしもべ。意見はしても、最終的に女王の決定に従うべき立場なのだ。

それに……、彼には婚約者がいる。美しくたおやかな、いかにも女らしいやわらかな物腰の淑女。わたしがドレスを着てもあんなふうにはふるまえない。

この前ドレスを着たのはいつだったろう。……だめだ、思い出せない。たぶん成人の祝宴のとき――、だとすれば二年前だ。

世継ぎであった時分からディアドラはずっと男装していた。好んで始めたことではなかったが、今ではもう慣れすぎてしまって女の衣服がかえって気恥ずかしい。

今身につけているのは襟元と袖口を幅広の白いレースで飾った長めのチュニックだ。暗色のブリーチズにサッシュを締め、やわらかな革のブーツを履く。髪は編んで頭に巻き付ける。大体いつもこんな恰好だ。女らしさを示すものなど何もない。指輪は幾つかしているものの繊細な造りではなく、権威の象徴にふさわしい重厚なデザインばかりだ。

過度の飲酒で身体を壊して亡くなった父の跡を継ぎ、ディアドラは十六歳で即位した。二十歳になるまで摂政を務めたザンフィルはそのまま宰相となりディアドラを支えてくれている。

無論それはありがたいのだが、今でも彼はディアドラを子ども扱いして実質的な政治の舵取《かじと》りを手放そうとしない。ディアドラはそれにだんだんと不満を覚え始めていた。

ザンフィルはこの縁談にひどく乗り気で、やたら熱心に勧めてきた。確かにオルゼヴィアは銀山のおかげで栄えているが、岩場の多い土地は肥沃とは言い難《がた》い。

寒冷な気候で、しばしば冷害となるため慢性的に食料が不足気味だ。その点、広大な穀倉地帯を抱えるマハヴァールは継続して他国に輸出できるくらい食料に余剰がある。

銀山と傭兵派遣を主な収入源とするオルゼヴィアの基盤は脆《もろ》い――。

ここ数年続いた不作と銀の産出量の激減、流行性感冒の蔓延《まんえん》によってザンフィルがつねづね表明していた懸念は現実のものとなった。

流感の猛威はほぼ終息したが、大勢の国民が落命した。屈強な兵士たちも例外ではなく、他国に派遣していた傭兵を可能な限り帰国させてどうにか国軍の規模を維持している状態だ。

王家を支える貴族たちも被害を免れなかった。今回の流行ではどういうわけか働き盛りの壮年男性が重態となることが多く、半分以上の貴族が当主交替となった。

臣下の顔ぶれは若返ったが、そのぶん経験不足は否めない。

さいわい病に罹《かか》らずにすんだ宰相の発言力はこれまで以上に強くなった。

多くの支えを失い、銀山の枯渇や凶作など、積み重なる諸問題に頭を悩ませるうちに、ディアドラは宰相の勧める縁談を突っぱねることが果たして正しいのかどうかわからなくなってしまった。国庫の備蓄を放出しても、無尽蔵ではないのだ。

ディアドラは重苦しい溜息をついて玉座から立ち上がった。分厚い壁に穿《うが》たれた窓に歩み寄り、城下の街並みを眺める。こぢんまりとはしているが、どこか愛らしい風情の漂う美しい町だ。ところどころに聖堂の尖塔《せんとう》が突き出し、澄んだ鐘の音を響かせる。

病の終息とともに家に引きこもっていた住民たちも外に出始め、一時期はがらんとしていた通りにも人々の姿が戻ってきた。

早く以前の活気を取り戻してほしい。そのためには充分な食料と医薬品が必要だ。

イムレ王子との結婚でそれらが手に入るのであれば、拒むことなど許されない。

この国の女王として、ディアドラは国民を飢えさせるわけにはいかないのだ。報われない恋心など潔く投げ捨ててしまわなければ。

「……ヴラド」

もしも弟が生きていたら。わたしが女王でなかったら……。彼と一緒になれたのだろうか。少なくとも可能性はあったはずだ。そう……彼が望んでくれさえすれば。

乾いた声でディアドラは笑った。性懲りもなく、また馬鹿なことを考えている。ヴラドがわたしを妻に望むわけないのに。彼にはお似合いの許嫁《いいなずけ》がいる。わたしはあくまでも主君。

その敬意さえ、イムレ王子と結婚すればなくしてしまうのかもしれない。彼は強硬な独立維持派だ。他国、特にマハヴァールに干渉されることを徹底的に忌み嫌う。

ヴラドが当主を務めるラズヴァーン公爵家は以前からマハヴァールの血筋が王家に入り込むことに断固反対していた。公爵家の始祖は最初の国王の弟だ。建国にあたっては兄を助け、大きな力となった。ゆえに家格は王家に準じ、オルゼヴィア貴族の筆頭である。

その彼が反対しているのだから、とディアドラは宰相の勧めをはぐらかしてきた。そうしながら、ヴラドが求婚してくれないだろうかと心のどこかで期待していた。

甘ったるい夢を見ていたのだ。世間知らずの無邪気な少女のように。

もうそんな夢に浸ってはいられない。この国の女王にふさわしい決断をしなくては――。

「――そんな恐《こわ》い顔は似合わないよ、お姫様」

いきなり背後で陽気な声が上がり、ディアドラは飛び上がりそうになった。振り向くと、オレンジと緑にくっきりと色分けされた衣装を着た青年がニコニコと笑っていた。

「ああ、びっくりした！　脅かすな、ジェルジ……」

ディアドラは苦笑混じりに青年を睨《にら》んだ。年頃はヴラドと同じくらいだろうか。やや垂れ目がちながら整った顔立ちをしている。ただし顔には大中小とみっつも星型の付け黒子をして、唇には真っ赤な紅を塗りつけているのがどう見ても奇矯すぎる。

頭には花を象《かたど》ったような奇態な帽子。尖《とが》った花びらにはそれぞれ小さな鈴がぶら下がっている。尖った靴の先端にも鈴。なのに今は全然鈴の音が聞こえなかった。ジェルジはにっこり笑うとディアドラの面前に右手を差し出した。ポン、と指先から小さな花が現れる。

「お姫様にはお花が必需品でしょ？」

くすりとディアドラは微笑んだ。

「何度言ったらわかる。わたしはお姫様ではなく女王だ」

「ディアドラ様はお姫様だよ。とっても綺麗だし、可愛いもの」

そう言ってまたにっこりと笑う。つり込まれるようにディアドラも笑ってしまった。

こわばっていた心が解《ほぐ》れるようで、ホッと吐息をつく。

ジェルジは半年ほど前からディアドラに仕えている道化だ。

視察に出た帰り、道端で行き倒れているのを拾った。病気ではなく単に腹を空《す》かせていただけで、厨房《ちゆうぼう》の残りものを与えられて人心地がつくとお礼にと手品や芸をし、戯《ざ》れ歌《うた》を歌ってみせたりして、ディアドラに気に入られてそのまま城に居ついてしまった。

王侯貴族が身近に道化を侍《はべ》らすのは別段珍しいことではない。とはいえどこかの国の間諜《スパイ》ではないかと疑う向きもあったが、女王がお気に召したのなら追い出すわけにもいかない。

彼はマハヴァールの宮廷にだっていたことがあるのだと主張して、国王を始め王族たちを容赦なくこき下ろした。嘘《うそ》か真か判然としないことが多かったが、信憑性《しんぴょうせい》のある情報も含まれていたし、国難が重なって沈みがちな城内では誰もが笑いに飢えていた。

ジェルジはいつもツギハギだらけの派手な色彩の衣装をまとい、気儘《きまま》に城内をぶらついては人を驚かせたり笑わせたりしている。大抵は調子外れな鼻唄や賑《にぎ》やかな鈴の音、でたらめに掻《か》き鳴《な》らす小ぶりのリュートなどでどこにいるか丸分かりなのだが、時折こんなふうに猫めいたしぐさを見せる。そういうところをヴラドは嫌っていた。

ジェルジはニコニコしながらディアドラの耳元にそっと花を挿した。

「ああ、綺麗だ！　やっぱりお姫様にはお花だよ」

「ありがとう……。ジェルジは優しいな」

「んーん、ジェルジはいじわるだよ！　みんなを脅かして、わぁって飛び上がらせるのが大好きだからね」

にぱっと笑って彼は帽子を天井に向かって放り投げた。鈴がチリチリと鳴るなか、とんぼ返りを打ち、両手を広げてスタッと着地する。その頭に落ちてきた帽子がぽすんと乗った。ディアドラが感心して手を叩《たた》くと、ジェルジは大仰に身を屈《かが》めてお辞儀をした。

「さぁ、お姫様。泣くのはやめてジェルジと散歩しようよ。まだ風は冷たいけど、クロッカスが咲き始めたよ」

「わたしは泣いてなどいないが」

首を傾《かし》げるとジェルジは悪戯《いたずら》っぽくにんまりした。

「けなげなお姫様の涙はあんまり透きとおっているから、陰気くさい元帥には見えやしないのさ。大丈夫、あの真っ黒な色男はジェルジがバシッと頭を叩いてお仕置きしてあげるからね」

「や、やめろ。ヴラドにそういう冗談は通じないぞ。問答無用で手打ちにされる。それに、ヴラドは陰気なのではなく思慮深いだけだ」

冗談だとわかっていてもついむきになってしまう。そんなディアドラにますます猫めいた笑みを向けたかと思うと、ジェルジは強引に手を取って踊るような足どりで歩きだした。

「いいからお散歩お散歩！　夕方のお散歩だよ。お姫様、ジェルジをお散歩に連れてってよ」

「おまえは犬か？」

苦笑しながらディアドラは道化と手を繋《つな》いで部屋を出た。

城内に設けられたヴラドの執務室からは中庭を見下ろすことができる。冬の終わり、まだ春というには寒く、庭はいまだ茶色く枯れている。日陰には固まった雪も少し残っているが、常緑樹の生け垣は次第に艶《つや》やかさを増しているようだ。

ヴラドは腕を組み、口端を不機嫌そうに下げて中庭を見下ろしていた。視線の先にはディアドラと道化がいる。ディアドラは銀狐《ぎんぎつね》の毛皮のマントをまとい、道化に笑顔を向けていた。

道化がぺらぺらとまくし立てるくだらない冗談にディアドラはよく笑う。無邪気でいられた少女の頃のように朗らかに笑うのだ。

アドリアン王子が亡くなって以来ヴラドに向けられることのなくなった、気の置けない笑顔――。それを目にするたび心が不快にざわつき、たかが道化に殺意すら覚えてしまう。

「――ついでにあの野郎も始末するか」

隣に並び立った男がうっそりと呟いた。羆《ヒグマ》を思わせるいかつい男はラドゥ・ヴァカロイ。公爵にして将軍、ヴラドの同輩である。ヴラドはわずかに目を細め、星型の付け黒子をべたべたと貼り付けた道化の間抜け面を眺めた。

「……とりあえず、邪魔にならないようぶち込んでおこう」

「あいつ、絶対どっかの間諜《スパイ》だと思うぜ？」

「はっきりしたら俺がこの手で処分する」

「意外と悠長だな。今すぐ殺《や》りたそうな目つきなのに」

別の声が背後から響いた。椅子にゆったりともたれた青年がワインの入ったゴブレットを傾けている。ヴラドに負けず劣らず冷たい美貌の持ち主だが、いくらか線が細くて神経質そうだ。

ラドゥと同格の将軍公爵であるディミトリエ・カンブレは冷やかすような笑みを浮かべた。

「いつも殺気立った目つきであの道化を睨んでいるじゃないか？」

ヴラドは不快そうに眉をひそめたものの、言い返しはしなかった。

代わりに別のところから不景気な溜息が上がる。

「はぁ～。陛下は本気なんでしょうか。イムレ王子と結婚するなんて……」

ディミトリエと向かいあっていた青年が顎を伸ばしてテーブルに突っ伏した。二十三歳なのに十八歳くらいにしか見えない少年じみた童顔のミハイ・ダスカレク。彼も同じく将軍公爵だ。

オルゼヴィアに四つだけ存在する公爵家の当主たちが、この一室に全員顔を揃《そろ》えていた。

ヴラドが当主を務めるラズヴァーン家は筆頭公爵で地位が一段上だが、他の公爵は同格。将軍職は爵位に付属し、こちらも同格である。

四つの公爵家は建国以来、主に軍事面で王家を支えてきた。とはいえ四人の当主が全員二十代というのは初めての事態だ。ヴラドの父は早くに亡くなっていたが、去年まで他の三人は父親世代だった。だが、この冬猛威を振るった流感に三人とも罹患《りかん》。ラドゥとミハイの父が相次いで亡くなり、回復の兆しを見せていたディミトリエの父も病状が急変して結局他界した。

現在の四将公では二十八歳のラドゥが一番の年長者で、次が二十七歳のヴラド。ディミトリエは二十五歳である。

嘆息混じりのミハイのぼやきに、ラドゥがしかつめらしく頷《うなず》いた。

「陛下は戯《ざ》れ言《ごと》など仰せにならんだろう。何しろ生真面目な御方《おかた》だからな」

「冗談でもヴラドに自分と結婚しろって言ってくれればねぇ……」

テーブルに顎を載せたまま不景気にミハイが呻《うめ》くと、ディミトリエがぴくりと眉を上げた。

「冗談で言われても困るぞ」

「本気にしちゃえばいいじゃないですかー。陛下もヴラドも冗談なんて言わない人たちなんだし、要は言質を取っちゃえばいいんですよ」

ヴラドは憮然と眉根を寄せた。

「――ともかく陛下が心を決められた以上、当初の予定どおり決行する」

固い声音で告げると、ディミトリエがしげしげとヴラドの顔を凝視した。

「本当にいいんだな？　陛下はおまえを憎むかもしれないぞ」

「承知の上だ」

きっぱりと応じ、ヴラドは三人の同輩を順に眺めた。

「ラドゥ、ディミトリエ、ミハイ。おまえたちの意見は？　反対なら今はっきりとそう言え」

「――ま、建国時からそういう取り決めだからな」

飄々と応じてラドゥが肩を竦《すく》める。

「国賊には死を」

ディミトリエが昏い憎悪を秘めた声で呟く。

「祖国が食い物にされるのを黙って見過ごすわけにはいかないでしょ」

すくっと身体を起こしたミハイが、陽気ながら断固たる口調で言い放つ。

ヴラドは重々しく頷いた。

「では決まりだ。――俺が、新たなオルゼヴィアの王になる」

ディミトリエは冷淡な表情をゆるめて微笑した。

ラドゥがニッと笑い、ミハイもまた無邪気な童顔には似合わぬ不遜な笑みを浮かべる。

ヴラドはふたたび中庭を見下ろした。ディアドラは道化と歩きながら楽しそうに笑っていた。

ちりっと胸底が不快にざわついた。ことが成れば彼女はお気に入りの道化にすらあんな無邪気な笑顔を見せなくなるかもしれない。だからといって計画を中止する気は毛頭ないのだが。

憎まれてもいい。貴女を守れるなら。

それはディアドラが世継ぎとなったあの日から、ずっと心に秘めてきた誓いだった。


……教会の鐘が鳴っている。

いつもと変わりない澄んだ音色が、今日はやけに沈痛な響きをおびて聞こえた。

まるで暗鬱なこの空のように――。

馬車から降りて空を振り仰ぐと、青ざめたディアドラの顔に小糠雨《こぬかあめ》がぱらりとかかった。

きっと天も嘆いているのだろう。オルゼヴィアの世継ぎの死を。短すぎたその生涯を。

カラン　カラン
カラン
愛らしいアドリアン。可哀相《かわいそう》なアドリアン。まだたった四歳だったのに。

子どもらしい無邪気な好奇心が仇《あだ》となった。城の中庭に生えていた綺麗な色の茸《きのこ》を齧《かじ》って死んでしまうなんて、誰が想像しえただろう。

誰からも愛され、大切に慈しまれた世継ぎの君が、そんなことで命を落とすなんて……。

カラン
カラン　カラン
鳴り響く、追悼の鐘。まるでわたしを責めているかのよう。

『おまえが代わりに死ねばよかったんだ』

ごめんなさい、父上。そうできればよかったのに。

ごめんなさい、母上。貴方《あなた》が遺《のこ》してくれた、たったひとりの弟を守れませんでした。

ごめんなさい――。

カラン　カラン

カラン　カラン

鐘の音。いつまでも鳴り続けている。

やめて。

もう聞きたくない――!!

小さな呻《うめ》き声《ごえ》を上げ、ディアドラは重い瞼《まぶた》を押し上げた。寝台の周囲に垂らされた帳《とばり》を透かして蠟燭の灯が見える。夜明け頃に燃え尽きるよう長さを調節してあるから、今はまだ真夜中ということだ。どうしたんだろう。夜中に目が覚めることなど滅多《めった》にないのに。

……夢のせいだろうか。弟が亡くなったのはもう十年以上前のことなのに、葬儀の場面は夢の中でもきりきりと胸が痛むほど鮮やかだった。弟の小さな亡骸が柩《ひつぎ》に納められ、大聖堂の墓所に葬られたときの扉が閉ざされる重々しい響きまで、はっきりと思い出せる。

ふと、どこかで物音が響いた。

鐘の音だ。

一瞬、夢の続きかと思ったが、耳を澄ましてすぐに気付いた。教会の鐘ではない。城内で非常時に鳴らされる警鐘だ。たちまちディアドラの頭は夢から現実へと切り替わった。だが、身を起こすと同時に鐘の音はぴたりと途絶えた。代わって訪れたのは耳を圧するほどの静寂――。

息を殺して待つうちに、警鐘が聞こえたのがはたして現実だったのかどうか疑わしくなってきた。やはり夢だったのだろうか……。ディアドラは顔をしかめ、ぶるりと頭を振った。

だがその瞬間、まったく別の物音が聞こえてきた。ハッと顔を上げ、耳を澄ませると、今度は確かにはっきりと聞こえた。鐘の音ではない。複数の人間の叫び声だ。

ディアドラは寝台の帳を荒っぽく掻《か》き分《わ》け、声を上げた。

「誰か――。誰かいるか!?」

「陛下……」

震える声が返ってくる。女王付きの侍女がひとり、足早にベッドに近づいてきた。真っ青な顔で両手を組み合わせ、立ちすくむ。

「リディア。何かあったのか？　城内がやけに騒がしいようだが」

「わ、わかりません。ひょっとして……火事……とか!?」

ディアドラは眉をひそめ、リネンの夜着を脱ぎながら命じた。

「だったらとっくに誰か知らせに来ているはずだ。ともかく着替えを」

「は、はい」

急いで用意された衣服をディアドラは自ら手早く身につけた。こんなときは手間のかからない男物の服でよかったと思う。短めのシュミーズにタイツ状の脚衣《ショース》を穿《は》き、簡素なチュニックを着て剣帯付きのベルトを締める。侍女がコルセットを手におろおろと伺った。

「あ、あの、陛下。下着をお付けになりませんと……」

「急いでいるんだ、省略する」

ディアドラは剣を引《ひ》っ掴《つか》んで扉へ向かった。

寝るときに解いて櫛《くし》を入れた髪は多少もつれていたが仕方ない。手櫛でざっと髪を整え、両開きの扉を押し開いた途端、ぐるりと槍《やり》の穂先に取り囲まれた。わけがわからずディアドラはぽかんとした。槍を突きつけているのは全員オルゼヴィアの近衛兵《このえへい》だ。

「なっ……!?」

武装した兵士たちは従うべき女王に刃を向けながら気後れした様子もない。むしろ目つきは敢然と据わっていた。ディアドラは憤激に瞳を燃え立たせ、威圧を込めて叫んだ。

「貴様ら正気か!?　女王《わたし》に武器を向けるなど言語道断――」

「お休みのところお騒がせして、まことに申し訳ございません。女王陛下」

兵士たちの間から涼やかな声が聞こえてくる。進み出た青年を見てディアドラは唖然《あぜん》とした。

「ミハイ……!?　なぜおまえが……」

紅顔の美少年といった形容が未だに似合う童顔のミハイ・ダスカレク公爵は、いっそ小憎らしいほど優雅に礼を取った。

「王城はすでに我がオルゼヴィア国軍が制圧いたしました。女王陛下におかれましては今しばらくお部屋にて待機されますよう、お願い申し上げます」

「何を言っている⁉　このような所業、王に対する明確な反逆だぞ！」

「ええ、そうですよ。これは革命です」

うっすらとミハイは微笑んだ。なまじ天使めいた美貌の持ち主だけに、そういう顔をするとひどく酷薄に見える。あたかも告死天使《アズラエル》のごとく――。

ひくりと喉を震わせると、ミハイは一転して無邪気な顔でニコッと笑った。

「後ほど元帥がご説明に伺いますので、それまでおとなしくお待ちくださいね」

「元帥だと……？　――ッ、ヴラドも謀叛《むほん》に関わっているというのか⁉」

「当然でしょう。彼は国軍のトップ、僕らのリーダーなんですよ？」

頑是ない子供を諭すような口調で言い、ミハイは微笑みながら両手を広げた。

「さぁ、お部屋に戻ってください。さもないと拘束せざるを得ません。僕にそんなことさせないでください。これでも心から陛下を敬愛しているんです」

「よくもぬけぬけと……ッ」

「剣をこちらに」

困ったように眉を下げて微笑んでも、口調は有無を言わせぬ厳しいものだ。

（抵抗しても無駄、か……）

ディアドラは眦《まなじり》を吊《つ》り上《あ》げてミハイを睨み、掴《つか》んでいた剣を押しつけた。

バタンと扉が閉まる。その音はやけに重々しく、非情に響いた。

ディアドラは夢の中で聞いた、墓所の扉が閉ざされる音を思い出した。

扉に背を向けたまま耳を澄ますと、ミハイは兵士たちを伴って引き上げたようだった。扉の向こうからは相変わらず物々しい気配が伝わってくる。複数の見張りが置かれているようだ。

ギリッ、とディアドラは奥歯を噛《か》みしめた。何ということだ。飼い犬に手を噛まれるとはまさにこのこと。誰より信頼していたヴラドに裏切られるなんて――。

「陛下……」

カタカタと小さく震えながら、青ざめた顔でリディアが歩み寄る。ディアドラは気を取り直して侍女に頷いた。

「心配するな。これが革命だと言うのなら、一般の召使まで手にかけることはあるまい」

「モニカとマリアさんは無事でしょうか……」

「うん……。自室に閉じこもってくれていればいいんだが」

ディアドラは眉をひそめた。若いモニカはともかく、乳母上がりのマリアはもう年だ。この事態に仰天して卒中でも起こしたら、と正直気が気でない。

「様子を見て来よう。リディア、扉に鍵をかけろ。掛け金も下ろすんだ。そーっとな」

「は、はい」

内側から鍵穴に差し込まれたままの鍵を、リディアは慎重に回した。

カチリと小さな音が響いたが、見張りが気付いたところであえて押し破りはしないだろう。要はディアドラを部屋に閉じ込めておければいいのだ。

「鍵はそのままに。鍵穴から覗《のぞ》かれたくない」

頷いたリディアは緊張の面持ちで掛け金を下ろし、ホッと息をついた。ディアドラは窓に歩み寄ると分厚いカーテンを掻《か》き分け、鉛の格子が斜めに交錯するガラス窓を押し開いた。

冷たい夜気が、どっと寝室に流れ込んでくる。星の瞬く夜空に半月がくっきりと輪郭を描き、皓々《こうこう》と輝いていた。窓から身を乗り出して下を覗き込むと、リディアが慌てて走り寄った。

「あ、危ないです、陛下！」

ディアドラの寝室は王城のある丘の背面側で、切り立った断崖がそのまま城壁に続いている。遥《はる》か下方を流れる川面《かわも》までほぼ垂直の壁となっており、侵入される恐れがない代わりに抜け出すことも困難だ。

「……どうにか渡れそうだな」

窓の下にはわずかながら突き出した部分があり、端から端まで一直線に続いている。だが、その幅はかろうじて足が載る程度のもので、とても普通に歩けるものではない。壁にぴったりと貼りついて横に伝い歩きするほかなさそうだ。

ディアドラと並んでこわごわと見下ろしたリディアが、かすれた悲鳴を上げた。

「む、無理ですよ……！　絶対無理です危険ですッ、落ちたらどうするんですか⁉」

「落ちないようにすればいい」

ディアドラはこともなげに言ってベッドのリネンを引《ひ》き剥《は》がし、ビリビリと裂き始めた。

「陛下……？」

「これを繋《つな》ぎ合《あ》わせて命綱代わりにしよう。三本縒《よ》り合わせれば丈夫になる」

リディアに手伝わせて簡易ロープを作ると、ディアドラはそれを寝台の脚に結びつけ、反対側の端をベルトにくくりつけた。邪魔にならないよう、髪は三つ編みにして背中に垂らした。

後ろ向きに窓から出て壁伝いにそろそろと歩きだしたディアドラを、リディアは青い顔でハラハラしながら見守った。

さいわい風の強い晩ではなかったが、川面から吹き上げる風が耳元で絶え間なくヒュウヒュウと唸《うな》っている。壁に押しつけているせいか、鼓動の音がやけに大きく身体に響いた。

冷たい汗でじっとりと背中を濡《ぬ》らしながらディアドラは進んだ。急に横から引っぱられてよろめき、片足を踏み外してしまう。ヒッとリディアが悲鳴を噛《か》み殺《ころ》した。どうにか踏みとどまって視線を向けると、代用ロープがピンと張っている。長さが足りないのだ。

クッと唇を噛み、ディアドラはベルトに挟んでいた短剣を引き抜いた。室内に残された唯一の武器だ。実用というより宝飾品だが、刃はついている。唇で鞘《さや》を挟んで引き抜き、ロープの端を切り始めると真っ青になったリディアがまたヒィィと哀れな悲鳴を上げた。

やめろと口を動かし、戻ってくるよう身振り手振りで懇願される。無視してディアドラは口ープにあてがった刃を前後させた。

ぶつりとロープが切れて壁に垂れ下がる。リディアは言葉を失い、茫然《ぼうぜん》となった。

短剣をベルトに戻し、ディアドラはふたたび前進を始めた。あと少し。あと窓をふたつ越えれば目的の部屋だ。窓枠の部分に掴まることができたので、少し休憩が取れた。時折よろけては見守るリディアを死ぬほど怯《おび》えさせながら、どうにかディアドラは目指す窓にたどり着いた。

覗き込むとベッドの端に座り込んで寄り添っているふたりの女が見えた。

ひとりは栗色《くりいろ》の髪を背に垂らしており、もうひとりはレースのキャップをかぶって力なく背中を丸めている。室内に他の人影はない。

ディアドラはコツコツと窓を叩いた。栗色の髪の女が弾《はじ》かれたように振り向いた。侍女のモニカだ。彼女はギョッとした顔で飛び上がり、窓に走り寄った。

何事かと振り向いた老女が驚愕《きょうがく》に目を見開く。ふたりの手を借りて室内に転げ込むと、気を張りつめていた反動か、カーッと全身が熱くなった。

「姫様、なんて無茶《むちゃ》なことを……！」

マリアが涙をぼろぼろこぼしながら縋《すが》りつく。ディアドラはホッとして老女の肩を叩いた。

「無事でよかった、ばあや」

「心臓が止まりかけましたよ！　姫様に殺されるところでした！」

「ああ、すまない。――モニカ、無事か？」

「はいっ、びっくりしたけど大丈夫です」

モニカは睫毛を拭ってにっこりした。マリアが不安な面持ちで尋ねる。

「いったい何が起きているんです？　いきなりモニカが兵士に連れられてきて、絶対に部屋から出るなと言い渡されたのですよ」

「軍部が叛乱《はんらん》を起こした。革命だそうだ」

「か、革命……!?　そんなっ、ラズヴァーン公爵は――元帥は何をなさっているのです!?」

「首謀者はヴラドだ」

マリアとモニカはふたりそろって絶句した。震え声でモニカが囁《ささや》く。

「し、信じられませんっ……」

「まだ直接本人と話してはいないが、ミハイがそう言ったのだから本当なのだろう」

「ダスカレク公爵まで加担しているのですか!?」

「おそらく四将公全員だな」

ラドゥとディミトリエが反対していたらヴラドは行動を起こさないだろう。

オルゼヴィア国軍の元帥とはいえ彼が個人的に直接動かせる兵はさほど多くはない。相当数の兵士がラドゥとディミトリエの指揮下にある。むろん、彼らの指揮権を剥奪《はくだつ》することは可能だが、そんなことをすれば今度は二つの公爵家の私兵を敵に回すことになる。かといってふたりを蚊帳《かや》の外に置き、城内警備の直接担当者であるミハイの協力だけでは心許《こころもと》ないはずだ。

「ありえませんよ、元帥が陛下を裏切るなんて……っ。一番の忠臣なのに」

泣きそうな声でモニカが呟いた。ディアドラだって信じられないし、信じたくない。

まったく悪夢としか思えないが、これは現実なのだ。

「……ヴラドを捕まえて真意を質《ただ》す」

低声で告げるとモニカとマリアが青ざめた顔をハッと上げた。

「後でヴラドが説明に来るとミハイが言っていた。だが、無為に待っているつもりはない。この国の王はわたしだ。不満があるならまずわたしに進言すべきであろう。臣下の訴えはいつでも聞くと常々言ってきた。にもかかわらずいきなりこのような暴挙に及んだからには、それだけの理由があるはず。——とはいえ逆臣の都合に合わせてやるつもりなどないからな」

ディアドラは立ち上がり、細く扉を開けて外を窺った。

見張りはいない。この扉は廊下を曲がった先にあって、ディアドラの部屋の前にいる兵士からは見えないのだ。ここから出て使用人用の裏階段を使えば城内のどこへでも行ける。

「危のうございます、姫様……っ」

眉を垂れておろおろするばあやにディアドラは頷きかけた。

「ふたりともここにいて。しっかり鍵をかけておくんだ」

「陛下、歩き回っては危険です！」

「最悪でも捕まって連行されるだけだ。殺されるわけじゃない。……たぶんな」

モニカとマリアが青ざめて息を呑んだ隙に、するりとディアドラは部屋から忍び出た。

足音を殺して廊下を走り抜け、狭い螺旋階段の入り口にぴったりと身を寄せて耳を澄ませる。かすかな人声が聞こえるような気もしたが、どこから聞こえてくるのかはっきりしない。

（わたしの他に狙われるとしたら、誰だ……？）

すでに両親も弟も亡く、王族はディアドラだけ。軍関係の人間はもちろん全員叛乱側だろう。捕らえるとしたら、政《まつりごと》を担当する宰相と、家政全般を監督する家令といったところか……。

特に宰相のザンフィル・ベネデクは政においては女王に次ぐ権力者。いや、口惜しいが実質的には彼が国政を動かしていると言ってもいいくらいだ。

牢《ろう》に入れられたか、自室に監禁されているのか……、あるいはすでに殺された可能性もないとは言えない。正直疎ましく感じることも多くなっていたが、実務手腕の優れた宰相はオルゼヴィアにとって必要な人物だ。

（とにかくヴラドを探さねば……）

彼がいるとしたらどこだろう。

城内制圧の指揮を取っているなら……、そう、たぶん小謁見室だ。昨日ヴラドと最後に話した場所。小規模な会議や私的な面会に使う部屋で、城の内外と連絡を取りやすい。

（あそこには隠し部屋があったな）

昔は王の護衛兵がいざというときすぐに飛び出せるように身を潜めていた小部屋だ。今では来客の様子を窺ったりするくらいだが、ヴラドが謁見室にいてくれれば覗《のぞ》き見《み》できる。

ディアドラはそろそろと移動を始めた。城内のいたるところに武装した兵士が立っている。入り組んだ構造を持つ古い城だけに身を隠す物陰には事欠かず、首尾よくタペストリーに隠された扉から小部屋に潜り込んだ。壁の装飾の隙間から灯が洩れており、そっと覗いてみると室内は深夜にもかかわらず蠟燭がふんだんに燈《とも》されて眩《まばゆ》いくらいだった。

覗き窓からは玉座の後ろ側を見ることができた。

背もたれが高いので誰かがそこに座っているのかどうかはわからない。

玉座の傍らには屈強な大男がのっそりと立っていた。ラドゥ・ヴァカロイだ。

三段の階《きざはし》の下には後ろ手に縛られた宰相がうずくまり、ミハイとディミトリエに挟まれている。ヴラドの姿は見当たらない。

「――では、あくまで知らぬと言い張るのだな」

冷徹な声が響き、ディアドラはびくりと身をすくめた。間違いなく、姿の見えないヴラドの声だ。ディアドラから死角になる場所はただひとつ――。

こくりと喉を鳴らし、ディアドラは目を凝らした。玉座の端から黒い軍装に包まれた肘が覗いた。続いて黄金の肩章。そしてさらりと流れる黒髪――。黒い軍装は四将公共通だが、黄金の装飾がついているのは元帥だけだ。黒髪なのもヴラドだけ。

ヴラドが玉座に座っている。ディアドラだけに許された場所を、不当に占拠している！

扉を蹴破りたくなる憤怒に駆られ、ディアドラはギリギリと奥歯を噛みしめた。

冷ややかなヴラドの声を聞くと、宰相はうなだれていた顔を上げて憎々しげに玉座を睨んだ。

ぎょろりと目を剥《む》き、唾を飛ばしてまくしたてる。

「とんでもない言いがかりだ！　儂《わし》は誠心誠意、王家に尽くしてきたのだぞ!?　頼りない女王を支え、粉骨砕身っ……」

「ハハッ、ものは言いようだね。要するに純真で清廉な女王陛下を利用して、私利私欲を貪ってたってことでしょ」

けろっとした顔でミハイが遮る。

頼りないと宰相に決めつけられて傷ついた以上に、ミハイの言葉は衝撃的だった。

(利用……？　私利私欲を貪った、だと……!?)

宰相は目許《めもと》をぴくぴくさせ、引き攣った怒声を上げた。

「なっ、何を言うか……っ」

「フン。とっとと観念しろよ。すでに証拠は上がってんだ」

ドスの効いたラドゥの声が、ずしんと腹に響く。心なしか蠟燭の炎まで揺れた気がした。

ラドゥの背丈は長身のヴラドをもいくらか上回り、鞭《むち》のようにすらりと引き締まったヴラドとは対照的に筋骨隆々とした体躯《たいく》はまさしく凶猛な羆《ヒグマ》を思わせる。

実際、狩りの途中でたまたま出くわした不運な熊を見事投げ飛ばして仕留めたという噂《うわさ》もあるのだ。階の下で跪《ひざまず》くザンフィルからは、それこそ悪鬼のごとく見えるに違いない。

血の気を失いながらも宰相は必死に抗《あらが》った。

「そんなことは知らん！　証拠などあろうはずがないっ。もしあるとしたら捏造《ねつぞう》だ、でっちあげだ！　貴様らこそオルゼヴィアを食い物にする逆賊であろうがっ」

「じゃあ、これは何かなぁ？」

にこやかにミハイが大判の本のようなものを掲げる。

薄汚れた革の表紙には何も書かれていないが、見上げたザンフィルの顔色がさっと変わった。

ミハイが天使のごとき笑みを浮かべるのを見てディアドラはひくりと喉を震わせた。彼の背後で先の尖った尻尾が愉《たの》しげにブンブン揺れているような気がしてならない。

「ふふ。あなたって本当にマメな人ですよね～。国庫横領の裏帳簿をしっかり付けてるなんて。女王陛下の目を誤魔化《ごまか》すために必要だったんでしょうけどそのマメさが仇になりましたね」

「し、知らんっ。儂は何も知らん！」

「往生際が悪いなぁ。これ、どこから手に入れたと思います？　あなたの愛人が、こっそり持ち出してくれたんですよ」

「――そっ、そんな馬鹿な！　ありえん……！」

「彼女、イロイロと不満だったみたいですねぇ。お手当ての額《がく》も、ベッドの上でも」

ぺろっ、とミハイは赤い舌で唇を舐《な》めた。ラドゥが大仰に肩をすくめる。

「てめえの父親は先代公爵じゃなくて淫魔じゃねぇのか」

「そうかもしれません」

ミハイは真面目な顔で頷いた。ふざけているのか本気なのかさっぱりわからない。

この手の軽口はしょっちゅう交わしているのだろう。険悪な雰囲気になることなく、ラドゥは腰に手をあててコキコキと首を鳴らした。

「かすめ取った分はてめぇの私財を没収して補填《ほてん》してもらうからな。──さーて、横領の件はこれくらいでいいか？」

玉座に向かってラドゥが尋ねる。答えは聞こえなかったが、ヴラドは頷いたのだろう。

ラドゥはふたたびザンフィルに向き直った。

「そんじゃ、次は殺しの件を詳《つまび》らかにしようじゃねぇか」

(殺し……!?)

隠し部屋でディアドラはぎょっと目を見開いた。

それはザンフィルも同様だったが、彼のほうはあからさまにうろたえている。

「な、なんのことだ……っ」

こわばって上擦る声は、それだけで彼の後ろ暗さを暴露していた。それまで剣呑《けんのん》な顔つきながらじっと黙り込んでいたディミトリエが、いきなり抜剣して宰相の首に切っ先を突きつける。

「先代カンブレ公爵――、父を殺したのは貴様だな」

皮膚に切っ先が食い込み、ザンフィルは裏返った悲鳴を上げた。

「いっ、言いがかりだ！　公爵が亡くなった原因は流感であろうがっ。ヴァカロイ公爵やダスカレク公爵同様、病で亡くなったんだ！」

「確かに俺とミハイの親父《おやじ》が死んだのは流感のせいだけどよ。ディミトリエんとこは明らかに違うぜ？」

ラドゥの言葉にミハイが神妙な面持ちで頷く。ディミトリエは指の関節が白く浮き立つほど強く剣柄を握りしめ、歯ぎしりするように囁いた。

「……父上は貴様が見舞いに訪れた日に死んだ。熱も下がって回復しつつあったのに」

「病状が急変することもあるだろうがっ」

「いいや、貴様が毒を盛ったんだ！　貴様が父上を煙たがっていたのは知ってる。女王陛下は貴様よりも父上の進言を採用されることがたびたびあったからな。陛下を自分の操り人形だと思ってる貴様には、さぞかし面白くなかっただろうよ」

ディミトリエの瞳が憤怒に燃え上がる。

「……流感に罹《かか》ることを恐れて外出を控えていた貴様が、わざわざ見舞いに来たときから奇怪《おか》しいと思っていたんだ。ラドゥとミハイの父に続いて俺の父上まで亡くなれば、王家を支える四公爵の当主は若造ばかりになる。どうとでも操れると踏んだんだろう」

「そそそんなこと、考えたこともないっ。わ、儂が見舞いに行ったのは、今後はふたりで若い世代を支えていかねばならんのだから、復帰を待ち望んでいると励ますためであってっ……」

「内密の話があると言って、父上とふたりきりになっただろうがっ。あのとき毒を飲ませたんだ。そうに決まってる！」

「そのようなことはしておらんっ」

「――じゃ、これは何ですか？」

にっこり、と笑ってミハイが示したのは掌《てのひら》に収まりそうなガラスの小瓶だった。

宰相の目が飛び出しそうに見開かれる。

「裏帳簿と一緒にあなたの愛人が持ち出してくれたものなんですけどねぇ。聞くところによれば、怪しげな筋から手に入れられたそうじゃないですか？」

「そ、それは……その……。――きょ、強壮剤だッ」

「強壮剤」

薄笑いを浮かべてミハイがわざとらしく繰り返す。ザンフィルはがくがくと頭を揺らした。

「そ、そうだ。その、わかるだろう？　儂も年だからな……、色々とな……」

「ご謙遜を。あなたがお盛んなことは衆知の事実ですよ。潔癖な女王陛下はご存じないようですけど。お耳汚しですしね」

「おい、ミハイ。その『強壮剤』とやらをそいつに飲ませろ。本当に強壮剤なら、多少みっともないことになっても命に別状はねぇだろ」

「そうですよねー」

嬉々《きき》としてミハイはきゅぽんとコルクの蓋を外した。ザンフィルの顔が目に見えて青ざめる。

「や、やめろっ。それを今飲むのはまずい！」

「あはは、そんなに強力なんですかぁ？　だったら是非ともどうなるのか見てみたいなぁ」

必死に逃れようとする男を、剣を収めたディミトリエが問答無用に押さえ込む。顎を掴まれ、無理やりに口をこじ開けられて、ザンフィルは屠殺《とさつ》される豚もかくやという喘鳴《ぜんめい》を上げた。

これ以上見ていられず、ディアドラは隠し部屋から飛び出した。

「やめろ！　宰相から手を離せ！」

玉座からヴラドが驚いた顔を覗かせる。

剣の柄に手をやりながら振り向いたラドゥが困惑に眉を下げた。ヴラドが立ち上がるのを見てディアドラはベルトに挿していた短剣を引き抜いたが、一足飛びに接近したヴラドに手をねじ上げられてしまう。鞘に収まったままの短剣が床に転がり、ラドゥがさっと拾い上げた。

〈黒疾風《くろはやて》〉と恐れられるオルゼヴィア軍にあって、ヴラドはさらに〈黒い閃光〉なる異名を奉られている。

それだけに動きは神速。気付いた時には手首をまとめて掴まれ、後ろ手に拘束されていた。

「は、離せ……ッ」

激しく抵抗すると肩の関節が軋《きし》んでディアドラは苦鳴を洩《も》らした。

小瓶と蓋をそれぞれの手に持ち、ミハイが悔しげな声を上げた。

「えぇっ、そんなぁ！　腕利きの兵士を五人も扉の前に配置しておいたのに～」

ヴラドは苦痛に歪むディアドラの顔を冷徹な瞳で眺めた。

「……窓から抜け出しましたね。ベッドに縛りつけておくのだった」

冷淡な声音にカッとなって、ディアドラは遮二無二暴れた。

「離せ、この慮外者！　女王の命令が聞けないのか!?」

「貴女の王権は停止されました。私はもはやあなたの臣下ではない」

「おまえにそのような権限はないっ」

「ところがあるのですよ」

「…………ッ！」

見たこともないほど酷薄な笑みに、ディアドラは絶句した。

「後ほどゆっくりと教えてさしあげましょう。今は邪魔をしないでいただけますか」

ヴラドは玉座に戻ると後ろ手に拘束したままディアドラを自分の膝に載せた。

空いたほうの手で容赦なく顎を押さえつけられ、背筋が冷たくなる。

彼はディアドラの耳元で揶揄《からか》うように囁いた。

「玉座はすでに私のものですが、特別に貴女も座らせてあげます」

「ふざけるな……ッ」

「とくとご覧なさい。貴女が信用し、右腕と頼っていた男の本性をね」

嘲るように言われて反射的にザンフィルを見やる。床にうずくまった男の顔は涙と涎《よだれ》で汚れていた。縋るように血走った目をディアドラに向け、宰相は泣き声まじりに訴えた。

「女王陛下！　ひどい誤解です。身に覚えのないことです。私は陛下が即位されてからの六年間、摂政として、宰相として誠心誠意お仕えしてきました。すべては権力を手中に収めようと企むこやつら軍人どもの言いがかりです！」

「……その、裏帳簿とやらも捏造だと……？」

「そ、そうです。こんなもの、私はまったく存じません」

「黙れ！　この期に及んでまだ言い逃れをするつもりか!?」

こめかみに青筋をたてたディミトリエに一喝され、宰相はひぃぃと身を縮めた。

ディアドラは混乱した。どちらの言い分が正しいのか、にわかに判断がつかない。

宰相は若くして王位に就いたディアドラを補佐し、導いてくれた。多少強引で独りよがりなところもあったが、彼の進言する政策は概《おおむ》ね妥当なものだったと思う。

そんな彼が国庫を横領し、ディミトリエの父親を謀殺したなんて……。信じたくはなかったが、ザンフィルの後ろめたそうな態度やくどくどしい言い訳は信頼を揺るがすには充分すぎた。

ディアドラは眉根を寄せ、弱々しく囁いた。

「ザンフィル……。わたしにはわからないよ。おまえを信じたい……。だが、告発されたからには改めて調べねばなるまい。横領のことも、先代カンブレ公爵の一件も」

「そ、そんな。陛下、私はけっしてそのような……」

「つべこべ言わずにこの『強壮剤』を飲みなよ」

苛立《いらだ》った様子でミハイが足を踏み鳴らす。

「これを飲んでも無事だったら、少なくとも殺人の容疑は晴れるんじゃないの？」

くすりと笑う声が耳元で聞こえ、顔を上げるとヴラドが凄味《すごみ》のある微笑を浮かべていた。

「確かにそうだ。それを飲んで命に別状がなければ、汚職の告発も取り下げてやろう。女王陛下に玉座を返還し、私は元帥職を退く」

「おい、ヴラド……」

呆れ顔で口を挟んだラドゥに軽く手を振り、ヴラドは涼しい顔で宰相を眺めた。

「良い取り引きではないか？　さぁ、飲め。貴様の言うとおりの代物なら飲めるはず。飲まなければ両方の罪を認めたと見做すぞ」

宰相は脂汗を垂らし、青い顔で目をぎょろぎょろさせるばかりだ。

業を煮やしたディミトリエが両手でがっきと男の口を掴み、無理やりこじ開けた。

「ミハイ！　さっさとそれをこいつの口に流し込め」

「了解」

愉しげにミハイが鬢《びん》を傾ける。宰相は濁った悲鳴を上げ、死に物狂いで暴れた。

「やめおおおっ、ひっ、ひにひゃくないっ、ひにひゃくないぃぃ──ッ」

「ミハイ」

ヴラドの冷徹な声に、すんでのところでミハイの手が止まる。突き倒された宰相は涙と鼻水と涎にまみれ、後ろ手に縛られた恰好《かっこう》で芋虫のように床を這《は》いずり回《まわ》った。

ヴラドの膝で拘束されたまま、ディアドラは呆然《ぼうぜん》とした。

本当だったのか……。本当にあれは毒で、宰相がカンブレ公爵を殺したのか……。

穏やかな人柄ながら真摯に苦言も呈してくれた先代公爵の顔がまざまざと思い浮かぶ。快方に向かっていたはずの彼が突然亡くなったと聞いたときには愕然《がくぜん》として、腕が片方もぎ取られたかのように激しく心が痛んだ。

そう、確かにカンブレ公爵と宰相の意見が対立したときには最終的にディアドラは公爵の意見を容《い》れることが多かった。それが気に入らないからといって病にまぎれて殺すなんて……！

「……横領も、本当なんだな」

ディアドラの問いに、もはやザンフィルは答えようともしなかった。

聞こえていなかったのかもしれない。今更どこへ逃げようというのか、だらしなく嗚咽《おえつ》を上げながらもぞもぞと床を這い回るばかりだ。

引き攣った顔で無様な男を睨《にら》んでいたディミトリエが、眉を吊り上げて荒々しく抜剣した。

「父上の仇……‼」

「やめろ、ディミトリエ」

令利《れいり》な声が響き、剣を振り上げたままディミトリエは固まった。

かすかに眉をひそめ、ヴラドが繰り返す。

「剣を収めろ。そやつにはまだ訊《き》きたいことがある」

握った剣がぶるぶると震えているのがディアドラにも見て取れた。

「……ディミトリエ。その男におまえの剣の錆《さび》にしてやる価値などないぞ」

動こうとしない青年に、ヴラドは穏やかに呼びかけた。

ぴくりと背中を揺らしたディミトリエがぎくしゃくと剣を下ろす。ギリッと歯噛《はが》みをし、抜き身の剣を引っさげたまま彼は床を這《は》いずっている宰相の尻を力任せに蹴飛ばした。

「地下牢《ちかろう》にぶち込んどけ！」

びりびりと鼓膜を揺らすような怒鳴り声に、兵士たちが慌てて駆け寄る。

凝然と背を向けたディミトリエにミハイが歩み寄り、ぽんぽんと背中を叩《たた》いた。何度か肩を上下させた後、ディミトリエは静かに剣を鞘に戻した。

「――さて、女王陛下。これで事情はおわかりですね？」

口調を切り換え、ヴラドはどことなく面白がるように訊いた。

ディアドラは眉を吊り上げて彼を睨みつけた。

「宰相のことは確かに遺憾だ。だからといって謀叛を起こす理由にはならんだろうがっ。いいかげんこの手を離せ、無礼者！」

「この革命と宰相の汚職や謀殺とは何の関わりもありません。ついでに断罪しただけです」

「何……!?」

唖然とするディアドラの手を拘束したまま、ヴラドは玉座から立ち上がった。

三人の朋輩を見回して冷徹に告げる。

「明朝、会議を開く。今夜は誰ひとり城から出すな。城詰めの貴族は互いに話をさせないよう隔離しておけ」

「ああ、わかってる」

頷いたラドゥは、強引に引き立てられるディアドラを気の毒そうに眺めた。

ディアドラはヴラドの手を振りほどこうとしきりに暴れていたが、抗いきれずに罵り声を上げながら引きずられていく。ラドゥはがりがりと頭を掻き、はぁと嘆息した。

「――荒れるな、こりゃ」

「素直に受け入れてくれればいいんですけどねぇ……」

悩ましげにミハイが呟けば、ディミトリエがむっつりした表情で吐き捨てる。

「無理だろう。陛下は気位が高い」

三人三様の溜息が、室内に落ちた。

第二章　凌辱《りょうじょく》の夜

寝室に連れ戻されたディアドラは、乱暴にベッドに突き倒された。ヴラドは待機していた侍女を追い出すとふたたび扉に鍵をかけてしまった。ふたりきりになった寝室で、ディアドラは唇を噛みしめ、冷酷な目つきで自分を睥睨《へいげい》している男を激しく睨《にら》み付《つ》けた。

「どうしてこんなまねを……！　理由はいったい何だ!?」

「もちろん貴女に決まっています、女王陛下」

恭しい口調はもはや馬鹿にしているとしか聞こえない。ディアドラはさらに眉を吊り上げた。

「わたしの施政に不満があるのはわかってる！　わたしは国王としても人間としてもまだまだ未熟だ。それでもわたしなりに精一杯オルゼヴィアのことを考えているつもりだ。間違っているのならそう言えばいいだろう！　宰相のことだって、きちんと説明してくれれば厳正に調査を行い、罪に見合う刑罰を科した！」

ヴラドの薄青い瞳がふいに怒りで燃え上がった。彼は端整な顔を歪め、傲然と吐き捨てた。

「オルゼヴィアのことを考えている？　ふっ、よくもそんなことが言えますね。マハヴァールの王子と結婚しようとしたくせに」

ディアドラはぽかんと彼を見返した。何故ここでいきなり結婚の話が出てくるんだ？

「何を言っている……？　オルゼヴィアの行く末を考えればこそ結婚を決めたのだぞ」

「あの国はオルゼヴィアを併呑《へいどん》しようと、ずっと狙っているのですよ？　王子との結婚は恰好の足掛かりを与えることになる」

「イムレ王子は世継ぎではない。婿に来てもらうんだ。政に口出しする権限など与えない！」

「援助目当てで結婚するのに？　それは無理というものだ。たとえその気がなくても、貴女がマハヴァールの血を引く子を産み、若くして亡くなったらどうなると思います？」

ディアドラは絶句した。そんなこと考えたこともなかった。澱《よど》みない口調でヴラドは続けた。

「間違いなく父親が摂政を買って出るでしょうね。家臣たちによってそれが却下されたとしても、幼い国王がマハヴァールの血縁となれば、かの国の発言力が増すのは必定。影響力を完全に断つのは不可能です。その頃には奴《やつ》らの根回しで親マハヴァール派の連中が国政の中枢を占めるようになっているでしょう。そして、気がつけばオルゼヴィアの独立は有名無実となり、やがては事実上の消滅に至る──」

「わたしが殺されるとでも言うのか!?」

「最悪の場合はね。むろん、指を銜《くわ》えて見ているつもりはありませんが、憂慮は芽のうちに摘んでおいたほうがいい。いや、種も撒《ま》かせないのが一番だ。……そう、文字どおり」

クッと彼は低く喉を鳴らして笑った。何が可笑《おか》しいのかディアドラにはわからない。

「私としては貴女にマハヴァールの血を引く子など産んでほしくないのですよ。考えるだにおぞましい。オルゼヴィアの誇り高き女王であらせられることを忘れてもらっては困ります」

「わたしの王権を停止しておいて、よくもそんなことが言えるな！」

「やむを得ません。王が国益を損なうようなふるまいに及んだ場合、もしくはその恐れが濃厚な場合には、筆頭公爵家の当主が王位を主張できる取り決めとなっています。建国時からの定めを、よもやお忘れではないでしょうね？」

唖然としたディアドラは、我に返って言い返した。

「——も、もちろん忘れてなどいない！　おまえに王位継承権があることもな」

ラズヴァーン筆頭公爵はオルゼヴィアでは王家に次ぐ地位を持つ。いわば准王族の扱いだ。

現在、直系王族で生存しているのはディアドラだけだから、ヴラドは今のところ王位継承権第一位の立場にある。

「ではおわかりでしょう。私は正当な権利を行使しただけです」

「わたしがオルゼヴィアの国益を損なっていると!?」

「マハヴァールとの縁組は明らかに国益を損ないます」

そっけなく言われ、ディアドラは眉を吊り上げた。

「おまえが勝手に決めつけているだけだろうがっ」

「他の将軍も賛成してくれましたよ。ご存じのことと思いますが、彼らは私の命令に盲従するような輩ではありません。子どもの頃から付き合いは長い。互いの気質は心得ています」

ディアドラはショックで鳩尾《みぞおち》が冷たくなった。ラドゥ、ディミトリエ、ミハイ。彼ら三人もわたしが国王にふさわしくないと見做《みな》しているのか……!?

そう……きっとそうなのだ。だからヴラドがわたしを拘束し、玉座に座って膝に載せるという暴挙に及んでも一言も咎《とが》めなかった。

(見放された……)

胸に大きな穴が空き、気力が一気に流れだしていく。

青ざめて呆然とするディアドラを見やり、ヴラドはかすかに眉根を寄せた。

「……私は何度も申し上げたはずです。マハヴァールとの婚姻には断固反対だと。なのに貴女は私の反対を押し切って結婚を決めてしまわれた」

「――ッ、おまえだって最終的には賛成したじゃないか！」

「賛成などしておりません。私はただ、女王陛下がそうお決めになったのなら臣下としてそれに従うより他はない、と申し上げただけです。――だから、臣下をやめることにしました」

彼は唖然とするディアドラを氷のような瞳で凝視した。

「貴女に代わって私がオルゼヴィアの王となり、貴女を娶《めと》ります」

言葉の意味が、何故だかすぐに理解できなかった。彼はいったい何を言っているんだ……？

「娶る……？」

「そうです。貴女は私の妻になるのですよ。女王ではなく、オルゼヴィア国王の妃《きさき》にね」

「冗談言うな！　誰がッ」

カッとなって怒鳴り返す。冷徹そのもののヴラドの瞳が、ほんの一瞬揺らいだ気がした。だが、瞬いてディアドラを見返したときには、もはや感情の色などカケラも窺《うかが》えなかった。

「ご存じのとおり私は冗談が嫌いでして。それに、私が王位を主張するには直系王族との婚姻が必須条件となる。今、オルゼヴィア王家の女性は貴女しかいない。つまり私はどうあっても貴女と結婚するしかないのですよ」

吐き捨てるような言葉がディアドラの心を深々と抉《えぐ》った。ベッドに座り込んだまま、指先に触れたリネンをきつく握りしめる。……王になるために必要だから結婚する？　他に女性王族がいないから。だから仕方なくわたしと結婚すると言うのか……!?

ギリ、と奥歯を噛みしめ、ディアドラは猛々《たけだけ》しい瞳でヴラドを睨んだ。

「王になりたいのならなるがいい。だが、わたしは断じておまえとは結婚しない」

ヴラドの端整な唇に、哀れむような、嘲るような笑みがうっすらと浮かぶ。

「貴女の意思など関係ありません。決めるのは私だ」

彼はさらに一歩進み出て、傲然とディアドラを見下ろした。

「ディアドラ・リンド・オルゼヴィア。私と結婚しなさい」

「断る！」

「──そうですか」

平坦《へいたん》な声でヴラドは呟《つぶや》いた。もともと薄かった表情が完全に消え、雪花石膏《せっかせっこう》の彫像めいた凄艶な美貌が氷のそれに変わる。彼はわずかに目を細め、煩わしげにディアドラを眺めた。

「では、事実上の結婚を認めさせる以外にありませんね」

「何……、──ッ!?」

いきなりぐっと肩を掴まれ、ベッドに押し倒される。鼻先が触れそうな至近距離から冷たい水色の瞳で凝視《みつ》められ、ディアドラはひくりと息を呑んだ。

「もう一度言います。私と結婚しなさい」

「いやだっ」

意地になってディアドラは叫んだ。ヴラドに求婚されるのを夢みたこともあったのに、そんな甘やかな夢想など憤激で根こそぎ吹き飛んでしまう。

弟が存命だった期間を除き、ずっと世継ぎとして扱われてきたディアドラは命じられることに慣れていない。ましてや結婚を強要されるなど、厭《いと》わしさのあまり反吐《へど》が出そうだ。

そんなことをディアドラに強要できたのは父王だけ。父はディアドラにとって絶対的な存在だった。父の命令にはけっして背かぬよう物心つく前から厳しく躾《しつ》けられた。

逆らい得ぬ父の命令に対して感情を動かしたところで無駄なこと。だったら何も考えず従ったほうが傷つかずにすむ。――そうやってずっと自分を律してきた。

もしも父が生きていてヴラドとの結婚を命じたとしたら、ディアドラは従順に従っただろう。父の命令を、初めて嬉《うれ》しいとさえ思ったかもしれない。

だが父はもういないのだ。そしてヴラドは今まで一度たりともディアドラに何かを強いるようなことはなかった。臣下だからというのではなく、未熟な女王であるディアドラが抱えているもどかしさを機敏に察し、できる限り意思を汲《く》んでくれた。

だからこそ、誰より信頼していた。ヴラドだけはディアドラをひとりの人間として尊重してくれている、と……。その彼が、無慈悲だった父のように傲然と命じるなんて――。

悲しみを憤怒にすり替え、ディアドラはヴラドを睨んだ。

「おまえとは絶対に結婚しない！」

「わからない人ですね。言ったでしょう、貴女の意思など関係ないと。無駄に貴女を傷つける必要もないから、形ばかり選ばせてあげようと思っただけです」

クス……と冷たくヴラドは笑った。

「そんな気遣いは無用だったようだ。仕方がない。貴女には選択の余地などないということを徹底的に教えてさしあげましょう」

残酷に笑んだヴラドの顔が近づき、やわらかな感触が唇に押しつけられた。

ディアドラは息を止めて硬直した。唇が、重なっている。わたしとヴラドの唇が――。

そんなことありえない！　あってはならぬことだ。ヴラドはわたしの臣下なのだから。

『臣下をやめることにしました』

嘲るようなヴラドの冷笑が脳裏にこだまする。

「――――ッ‼」

ディアドラは無我夢中で暴れ、ヴラドを突き放そうとした。

「やめ……ッ、んぅっ」

必死に顎を押し戻しながら叫んだが、その手を逆に掴まれてリネンに押しつけられてしまう。

噛みつくように荒々しく唇を奪われ、吸いねぶられて息を継ぐこともままならない。

苦しさと屈辱で潤む瞳を、ディアドラはぎゅっとつぶった。唇に歯をたててやろうとしても、巧みに躱《かわ》されてしまう。そしてまた息継ぎを遮るように容赦ない凌辱が始まる。

本当に食べられている気がした。やわらかな唇で餓《う》えたように激しくディアドラの唇を食《は》み、まるでオレンジの果肉でもしゃぶるようにきつく吸い上げられる。

「んんッ、んく……ッ」

流れ込んだヴラドの唾液を、ディアドラは噎《む》せながら飲み下した。刺激で誘い出された自分の唾液と交じり合い、含みきれなかった分が口端からあふれて頬《ほお》や顎を淫靡《いんび》に濡らしてゆく。

頭が真っ白になるまで強引なくちづけを繰り返され、ようやく解放されたときには息も絶え絶えとなり、酩酊《めいてい》したように頭がぐるぐると回っていて起き上がることもできなかった。

ヴラドもまた軽く息を乱し、白皙《はくせき》の頬を上気させている。禁欲的な黒衣の軍装姿でそんな顔をされると、ひどく背徳的な色香が漂う。

ディアドラは身体の奥が不穏に疼《うず》くのを抑えられず、ますます恥じ入った。

彼は性急に上着を脱ぎ捨て、ふたたび身を屈めた。

シャツ一枚になると彼の体温がより明確に伝わってくる。唾液で濡れたディアドラの頬を丹念に舌で舐め、そっと胸に手を這わせながら彼は低く含み笑った。

「下着をつけていないんですね。……いけない方だ」

きゅっ、と豊かな隆起を掌で包まれ、えも言われぬ感覚にディアドラは軽く背をしならせた。意図せず唇から仄《ほの》かな喘《あえ》ぎが洩れる。

「あ……」

目を細めたヴラドがふたたび唇を塞いだ。頭がクラクラしたままで、抵抗もおぼつかない。

それをいいことに、彼は大胆にもディアドラの口腔《こうこう》に舌を滑り込ませてきた。

たっぷりと唾液を含んだ厚みのある肉べらがディアドラの舌に絡みつき、ぬるぬると擦《こす》り合わされる。刺激を受けた舌の側面から甘い唾液がじゅわりと噴き出し、ぬめった舌がさらに淫靡に口中を這い回る。ディアドラは目許を朱に染めて喘いだ。

「ン……、や……」

こほ、と小さく噎《む》せながらヴラドの唾液を嚥下《えんげ》する。

それはまるで禁断の美酒のようにディアドラを酔わせ、抵抗力がさらに奪われた。

「ふぁ……」

かろうじて残った理性でヴラドを押し戻そうともがいても、それは蜘蛛《くも》の巣に捕らわれた羽虫よりも弱々しい動きにしかならない。震える舌を甘く吸いねぶりながらヴラドは器用にディアドラの脚衣《ショース》の紐《ひも》を解き、下に履いた下履《ブレー》きごと引きずり下ろした。

下肢を剥《む》き出《だ》しにされる感覚に、ぼうっとしていたディアドラはハッと我に返った。

「や……っ、やめろヴラド！　――んあっ」

顔を赤くして抗ったものの、シャツの下から差し入れた手で両の乳房を掴まれると頼りない悲鳴を上げてしまった。彼は大きさや弾力を確かめるように乳房を揉《も》みしだき、ぐにぐにと捏《こ》ね回しながら感心したように呟いた。

「思いのほか大きかったのですね……。こんなに魅力的な果実を無粋な衣服で隠しておくなんてもったいない。これからは貴女の美しさが映える衣装を身につけていただかねば」

「は、離せ……、触るな……ッ」

身をよじって逃れようとしたが、動きを封じるようにのしかかられ、唇を塞がれてしまう。

無慈悲に舌を擦り合わせながら乳房を捏《こ》ねられると、どういうわけか脚の付け根がつきんと痛くなって四肢に力が入らなくなる。屈辱と情けなさで目の奥が熱くなった。

だがそれも、口腔中を余さず蹂躙《じゅうりん》し尽くすくちづけと、絶妙な緩急と力加減でなされる乳房への愛撫《あいぶ》とで、快楽の涙に置き換えられてしまう。

（嘘《うそ》……こんなの……、嘘だ……ッ）

舌を絡め乳房をまさぐられながらも未《いま》だに信じられない。心が認めることを拒否している。ヴラドが……誰より信頼していた人間が、こんな無体を自分に強いているなんて信じたくない。

その一方で、強引に引きずりだされた快楽に屈してしまえと囁く声もしていた。

従順に身をゆだねれば、望みのものが手に入る、と――。

（違う……！　こんなこと、わたしは望んでいない……っ）

嘘つき、と知らない自分があざ笑う。

ヴラドが好きなくせに。彼に触れられ、くちづけられたいと願っていたのではないの？

違う。こんなのは……違う……っ!!

熱い吐息が淫靡に絡み合う。名残惜しげに離れた唇の間で唾液がぬらりと糸を引いた。唇や舌ばかりか、全身が痺《しび》れたようになって力が入らない。くたりとリネンに横たわったディアドラはいつのまにか一糸まとわぬ姿に剥《む》かれていたが、手を上げて胸を隠すこともできなかった。

食い入るようにディアドラの白い裸身を凝視《みつ》めていたヴラドは、もどかしげにシャツを脱ぎ捨てた。自分もまた仄白《ほのじろ》い素肌を晒《さら》してディアドラを抱き起こす。

背後から膝に載せ、掌で乳房をすっぽりと包み込みながらヴラドは飽かずくちづけを繰り返した。痺れるほど吸われ舐めしゃぶられた唇はすっかり充血して赤くなり、唾液でいやらしくぬらぬらと光っている。

ヴラドは誘い出したディアドラの舌をちゅくちゅくと吸いねぶりながら片手で乳房を揉みしだき、空いたほうの手で優しく腿《もも》を押し開いた。内腿《うちもも》の薄い皮膚を無骨な武人の掌が往復するたびに、ぞくぞくとうなじの毛がそばだつような刺激に襲われる。

ディアドラはかぼそい悲鳴を洩らして身じろいだ。

「や……、やめろ、離せ……っ」

「やめてほしかったら私と結婚すると言いなさい」

耳元で囁かれ、ぞくっと身を縮める。熱い舌がねっとりと耳殻《じかく》の溝をたどり、内奥から官能を引きずり出してゆく。ディアドラは精一杯顔をそむけ、無我夢中で首を振った。

「強情な方だ」

呆《あき》れたようにヴラドが嘆息する。彼はこわばる首筋に舌を這わせ、甘やかすように優しく噛んだ。ぞくぞくと身の内から未知の感覚が迫《せ》り上《あ》がり、ディアドラは堪えきれずに喘いだ。

「ふぁ……ッ」

自らの声があまりにも猥りがわしく響き、ディアドラは真っ赤になった。クス、と笑ったヴラドの指先が胸の頂きをきゅっと摘む。ビリッと走った刺激に慌てて悲鳴を噛《か》み殺《ころ》した。

何とかして彼の膝から逃れようとしたが、膝裏から差し込んだ手でぐいっと脚を割り広げられ、不安定な恰好のまま拘束されてしまう。しなやかな首筋を繰り返し愛咬しながらヴラドは敏感な薔薇色の尖りをきゅっきゅと指先で扱いた。掌で乳房を押し揉まれたときよりもずっと鮮明な快感に襲われ、ディアドラはうろたえた。

「んゃっ……、やだ、離せ……ッ」

「貴女の命令はもう聞きません」

冷ややかに言い放ち、ヴラドは荒っぽく唇をふさいだ。先ほどさんざんにディアドラを嬲《なぶ》り、翻弄した彼の舌が、またもや強引にヌルリと入り込んでくる。

「んむっ……、んッ……!」

きつく舌をからめ捕られ、擦り合わされる。同時に初々しく勃ち上がった乳首をくりくりと紙縒《こよ》るように刺激されて、生理的な涙がどっとあふれた。握り込んだ拳でどうにかヴラドの厚い胸板を叩いたものの、自分でも情けなくなるくらいに弱々しい。

それでもなお抗っていると、内腿をやわやわと撫《な》でさすっていたヴラドの指が脚の付け根ギリギリの場所を探り始めた。秘め処を守るようにふっくらと盛り上がった柔肉をくすぐるように撫でられ、ディアドラはびくりと目を見開いた。

慌てて脚を閉じ合わせようとしたが一瞬遅く、ヴラドの長い指が秘裂にするりと侵入した。ぬぷっ、と指先が思わぬなめらかさで媚肉のあわいに入り込んでくる。わけがわからずディアドラは取り乱した。

「ひ……ッ!?」

「……濡れていますね。少なくとも貴女の身体は、私に抱かれることを嫌がってはいない」

ヴラドが低く含み笑う。ディアドラは恥ずかしさと後ろめたさから必死にもがいた。

「やっ、やだ……！　やめろっ……、んんッ」

抵抗を封じるように唇をふさがれる。舌と同時にいっそう深く指を銜《くわ》え込まされ、ディアドラはヴラドと唇を合わせたまま壊れそうに目を瞠《みは》った。

くちゅくちゅとぬめった水音が肉襞のあわいから聞こえてくる。ずぅんと下腹が重くなるような快感が突き上げ、ディアドラは大きく胸を上下させた。

ヴラドはようやく唇を離し、啄《ついば》むように絶え間なくくちづけを繰り返しながら濡れた秘裂で指を前後させた。もう片方の手は執拗《しつよう》に乳房を揉みしだき、敏感な尖りを刺激し続けている。

すらりとした外見から受ける印象よりもずっとヴラドの身体つきは逞《たくま》しかった。その広い胸に抱き込まれ、強力な腕で拘束されたディアドラは罠《わな》にかかった無力な獣も同然だ。

剣の腕には多少の自信があった。技術的には立派なものだとヴラドも請け合ってくれた。たぶんお世辞ではなかったはずだ。しかし、こうして捕らえられればいやでも思い知らされる。

どんなに技術が優れていようと、鍛え抜かれた男に力で敵《かな》うわけがないのだと……。

ましてやヴラドはオルゼヴィア国軍の元帥。〈黒い閃光〉と内外から恐れられる傑出した戦士でもある。当然のことなのだと理性では理解できても、感情的にその差異が受け入れられない。受け入れたくない。受け入れたら自分の弱さを認めることになってしまう。

女王たるディアドラはどんなときも強くあらねばならないのだ。自分で自分を弱いと認めることなど絶対にできない。なのに、現実にはヴラドのくちづけに手もなく酔わされ、ろくな抵抗もできないまま裸に剥かれ、恥ずかしい場所を好き勝手に弄《いじ》られて淫らに喘がされている。

屈辱だった。自分が女であること、どんなに気負ったところで所詮は無力な女にすぎないことを突きつけられ、嘲られているようで……。せめて奥歯を噛みしめ、媚《こ》びるような声を上げまいとするのに、ヴラドの甘く情熱的なくちづけに脆くも突き崩されてしまう。

唇と舌を貪りながら乳首を責められ、秘処をまさぐられる。これまで性愛の愉悦など知らずに来たディアドラには一時に何箇所も性感帯を責められるのは刺激が強すぎた。泳ぎを知らない人間が、いきなり荒波のさなかに放り出されたようなものだ。もがきながら溺れ、呑まれてゆくしかない。うねり逆巻く快楽の渦に。

(ど……して……、こんな……っ)

びくりと白い喉を反らし、ディアドラは喘いだ。

秘裂に潜り込んだヴラドの指が、ぷくりとふくらんだ秘珠を優しく転がし始める。

腰骨を貫くような強烈な快感が噴き上げ、ディアドラは息を呑んだ。

「く……ひッ……」

ぬるぬるに濡れた指先で上下に擦りたて、ぐるりと円を描くように撫《な》で回《まわ》される。

そのたびに身体がぞくぞくと疼いて、喘ぎ声が洩れた。やめさせようとヴラドの手首を掴《つか》んでも、ほとんど力は入らない。

「いや……、やめ……ッ」

熱くぬめる蜜液が奥処《おく》からあふれてくるのが自分でもわかる。

ディアドラは混乱しきってがくがくと首を振った。ここは排泄《はいせつ》と月経の血を流すための場所であるはずだ。そんな不浄の場所をまさぐられて快感を覚えてしまうなんて絶対奇怪《おか》しい。

どうしてヴラドはこんなところに臆面もなく触れるのだろう。何故それに応えるかのようにとろりとした粘液がにじみ出てくる？　無知なディアドラは混乱するばかりだ。

おそるおそる視線を向けると、ヴラドが三本の指を使って濡れ襞と媚蕾をぬちゅぬちゅと刺激しているのが見えた。あまりの生々しさにディアドラは真っ赤になった。

「や、やめろ！　どうしてこんなことをするんだ。そんなにわたしを辱めたいのか!?」

「辱める？　まさか。あなたは誰より大切な御方《おかた》なのに」

囁いてヴラドはくすりと笑った。

「……何も知らないのですね。私は貴女がつらい思いをしないですむよう、じっくりと解《ほぐ》してあげているのですよ」

「ほ、解す？　どういう意味だ……」

「自分で言うのも何ですが、私はけっこう大きいんです」

何が、と訊き返す前にずぷりと蜜孔に指を挿入され、ディアドラは悲鳴を上げた。

「あぁンっ……!!」

もがくディアドラを押え込み、ぐりぐりと奥まで指を突き入れてヴラドは呟いた。

「初めてだとさすがに狭いな。指一本でこれでは……。もっと広げておかないと」

「やあぁッ！　抜いて、痛い……！」

「そう締めつけないで。貴女を傷つけるつもりはありません」

「んぅっ」

ディアドラは激しくかぶりを振った。もうすでに、傷つけているくせに……っ。

だが、どんなに懇願してもヴラドは指を抜かず、じゅぷじゅぷと隘路《あいろ》を穿《うが》ち続けた。

乳首を弄っていたほうの手も茂みに差し入れ、ふくらみきった花芽をあやすように転がし始める。耳朶《じだ》を甘噛みされてのけぞると、犬のようにべろりと唇を舐められた。

「んッ……、んん――」

振りほどこうともがいても腰が抜けたみたいになって力が入らない。

チカチカと視界に星が瞬《またた》き、下腹部がうずうずと戦慄《わなな》いた。強烈な尿意に似た衝動が突き上げ、きゅぅぅと下腹部を絞り上げられるような感覚に、ディアドラはびくりと背をしならせた。

「ひぁ……ッ……!!」

言葉を絶する感覚で脚が引き攣る。ヴラドの指を銜え込んだ媚壁がビクビクと痙攣《けいれん》していた。

何が起こったのかわからず放心する瞳を覗き込み、ヴラドが愛《いと》しげに囁いた。

「……達してしまったのですね。なんと婀娜《あだ》っぽい顔をなさる」

そっと頬を撫でられ、羞恥が込み上げる。ヴラドはなだめるように唇にキスをすると未だヒクついている蜜孔にふたたび指を挿し入れた。

ゆっくりと抽挿するたびに、くちゅりくちゅりと淫靡な水音が上がる。

ディアドラは腰を揺らし、弱々しく身じろいだ。先ほど身体を襲った感覚が『快楽』だったのだと悟り、恐ろしくなる。それはひどく質《たち》の悪いものに思えた。

酒よりもずっと質が悪い。今すぐ逃げなければ捕らわれてしまう。溺れてしまう。

するりと指が抜き出される。

許されたとホッとしたのもつかのま、ふたたび指が、今度は嵩《かさ》を増して挿入《はい》り込んできた。

「ひっ……！」

「二本、慣らしてみましょうか」

笑み混じりに囁いたヴラドの声が淫靡に耳孔を犯す。女王の矜持《きょうじ》も忘れ、幼子のように頼りなくふるふると首を振ったが、ヴラドはかまわずに狭い蜜孔で指を動かし始めた。

粘膜の入り口が引き攣《つ》れる痛みに、ディアドラはきつく眉根を寄せた。

「う……くっ……」

「……だんだん広がってきましたね。ほら……、わかるでしょう？」

じゅぷじゅぷと隘路で指を前後させながらヴラドが囁《ささや》く。

拒絶するように顔をそむけたものの、唇から甘ったれた吐息が洩れるのは止められない。

ディアドラの乳房を優しく揉みしだきながら、ヴラドは少しずつ蜜路を拓《ひら》いていった。

やがて指は三本に増え、重ね合わせた指先で柔襞の上部をくいと擦りたてられるとディアドラの濡れた唇から媚びるような嬌声《きょうせい》がこぼれた。

「あッ、やッ⁉　あッ……、はぁ……ッ、だめ……！　やぁあ——ッ」

指の第二関節辺りまで挿入され、前後しながら軽く曲げた指先でリズミカルに刺激される。

そのたびに湧き起こる強烈すぎる快感に、ディアドラは木の葉のように翻弄された。

尻が擦り下がり、ヴラドに深くもたれかかる恰好で指を突き立てられていると、自分がどんなに恥ずかしいことをされているのかあますところなく見えてしまう。

「ふふ。ここ感じるんですね……」

彼は囁いて指の動きを速めた。形よいヴラドの指はディアドラがこぼした蜜に付け根までまみれ、蠟燭《ろうそく》の灯にぬらぬらと光っている。指が蜜壺を前後するたび、じゅぽじゅぽと淫猥《いんわい》な音をたてながらひっきりなしに愛液がしぶき、ディアドラの下腹部や腿まで卑猥《ひわい》に濡《ぬ》らしてゆく。

「あぁ……、んん……ッ」

「さぁ、お達《い》きなさい。銜え込んだ私の指で、快楽を極めるといい」

そそのかすように落ちて来る声。残酷な笑みと熱っぽい囁きが理性をこなごなに打ち砕く。

ディアドラはたまらずに大きく喘ぎ、鎖骨のあわいに頤《おとがい》を埋め込むように身を縮めた。

本能が促すままにぴんと脚を突っ張らせると、目の眩《くら》むような快感が突き上げた。

「ん――……ッ!!」

下腹部がびくびくと引き攣り、挿入された彼の指を食い締める。目の前が真っ白になってチカチカと星が瞬き、視界が蕩《とろ》けるようにおぼろになった。しばらくは何も考えられなかった。

気がつくとベッドに横たえられ、ヴラドが顔の両脇に手をついて覗き込んでいた。さらりと垂れた黒髪がディアドラの上気した肌を優しくくすぐる。

彼は怜悧な瞳をやわらげ、睦言《むつごと》のように甘く囁いた。

「……思い出しましたか？　ご自分が王である前にひとりの女性であることを」

ディアドラは泣きそうに目許《めもと》をゆがめ、むずがるように首を振った。

心が折れそうだった。認めたくない、そんなこと。

今まで世継ぎとして、この国の王として、為政者であることを第一に考え、行動してきた。

それをヴラドは知っているのに。いつも側で支えてくれたのは彼なのに。どうして今さら振り捨ててきたものを突きつける……？　それもこんな、冷酷なかたちで――。

強情に首を振り続けるディアドラを、ヴラドは冷めた目で見下ろした。

「認めませんか。――ならば認めざるを得なくなるまで教え込むしかありませんね」

彼はそっけなく言い放ち、腕を伸ばして枕を取った。

それをディアドラの腰の下に押し込むと、ヴラドは怒気を含んだ瞳をディアドラに向けた。

「素直に認めればやめてあげようかとも思いましたが、どうやら無駄な気遣いだったらしい。……恨むならご自分の頑固さを恨むことです」

不愉快そうに吐き捨て、ヴラドはディアドラの弛緩《しかん》した脚をぐいと押し開いた。濡れそぼった媚肉が蜜を引いてくぱっ……と割れる。

すっと空気が粘膜に触れた刺激でディアドラは我に返り、首をもたげた。枕で支えられているためディアドラの腰は頭よりも高い位置にある。少し頭を持ち上げただけで、いやらしく広げられた脚と、その間に膝立ちしたヴラドの下腹部が視界に飛び込んできた。

黒い茂みからそそり立つ雄根の凶猛さにディアドラは絶句した。

男の器官など、ごく幼い子どものそれ以外に見たことがない。幼児のそれは可愛らしくも思えたが、大のおとなの一物は同じ器官とはとても思えないほどグロテスクだ。

やけに長くて太いし、ヴラドはとても色白なのにそこばかりは奇妙に赤黒くて、怒っているかのように筋が浮き上がっている。ひとまわり太くなった先端からは透明な液体がにじみ出し、棹《さお》の部分を伝い落ちている様も異様だった。

こわばった顔でそれを凝視していると、おもしろそうにヴラドが含み笑った。

「貴女がそんな怯《おび》えた顔をするのは初めて見ましたよ。……癖になりそうだ」

揶揄するような声にムッとしてディアドラは眉を吊り上げた。

「怯えてなどいない！　ちょっと驚いただけだ。——ふ、ふん。見て気分のよいものではないな。さっさとしまって部屋から出て行け」

「何を言ってるんだか」

小馬鹿にしたように鼻で笑い、ヴラドはえらの張った先端を濡れた秘裂にぐいと擦りつけた。

ぬめる感触に収まりかけた官能が刺激され、ディアドラは慌てて身を捩《よじ》った。

「何をする!?」

「本当に知らないんですか？　マリアから何も聞いていませんか」

「な、何を……、ッ！　や、やめ……ッ」

蕩けた溝をリズミカルに前後され、充血してふくらんだ花芽を固い先端でぐいぐい突かれて
ディアドラは悲鳴を上げた。感じたくなどないのに、一度ならず快感を極めた身体はわずかな
刺激にも過敏に反応してしまう。

不自由な恰好で身をくねらせるディアドラを愉《たの》しげに眺め、ヴラドは上体を傾けて囁いた。

「男と女はここで繋《つな》がるのですよ。具体的には、貴女の愛らしい肉鞘――子宮と繋がったこの
狭い蜜孔に私の男根を挿入して、奥処に子種を放出します。そうやって子を成すんです」

愕然とするディアドラを、彼は憐《あわ》れむように見下ろした。

「勉強熱心で、知識を得ることに貪欲な貴女でも知らないことがあったんですね」

「こ、子作りの予定がなかったからだ……ッ」

「わかってます？　あなたはイムレ王子とこういうことをしようとしていたんですよ」

驚いてディアドラはヴラドを見返した。彼は昏い瞳でじっとディアドラを凝視《みつ》めている。

何だか急にひどく疚《やま》しい気分になり、ディアドラは目を泳がせた。

「それは……仕方あるまい。子作りに必要な行為なら……するしか……」

「仕方ない、ね……」

嘆息したヴラドの瞳に、ふいに怒りが閃《ひらめ》いた。

「そうやって、いつも貴女は平気で自分を犠牲にする」

「と、当然だ。わたしはオルゼヴィアの国王なのだぞ」

「お忘れですか。貴女はもはや王ではない。そんな桎梏《しっこく》に縛られる必要などないのですよ」

そっけなく言って、ヴラドは剛直の先端を蜜孔の入り口に押し当てた。

ひくりとディアドラの喉が震えるように上下する。

「やっ……」

「貴女には私と子作りしていただきます。オルゼヴィアの新たな王である私の妻として、ね」

ぐいっとヴラドが腰を進めてくる。ディアドラは逃れようと暴れたが、腰を高く上げて脚を広げられた状態では身動きもままならない。誇りも意地も投げ捨ててディアドラは泣き叫んだ。

「やめろ！　そんな大きなもの入らない……！」

「だから前もってさんざん指で解しておいたじゃないですか」

余裕のない声音で呟き、ヴラドはディアドラの腰を掴んで容赦なく己を突き入れた。めりめりと身体が引き裂かれるような激痛に襲われ、ディアドラはかすれた悲鳴を上げた。それでもなお彼は腰を押し進め、先端がぐりっと奥処に突き当たったところでようやく動きを止めた。

「……全部挿入《はい》りましたよ」

ホッと吐息を洩らすと上体を傾け、硬直しているディアドラの唇にそっとキスをする。

「慣らしたつもりでしたが、やはり痛みましたか。……すみません」

優しく囁いてヴラドはなだめるようにディアドラの濡れた眦《まなじり》や頬に唇を押しつけた。

半開きの唇を甘く吸いねぶりながら、差し入れた舌先で裏側の粘膜をくすぐるように愛撫する。思わぬ心地よさにディアドラはかぼそく呻いた。

絡め合わせた舌で、表面も裏も側面も余さず丹念に舐《な》め回《まわ》された。互いの唾液が混ざり合い、ちゅぷちゅぷと淫蕩な水音が上がる。

とろりと瞳を潤ませて熱い吐息を洩らすと、ヴラドは満足げに瞳を細めた。

「そう……、そうやって素直に感じていればいい。気持ちよくしてあげますから」

彼は胸の先端で咲く薔薇色の尖りを口に含み、ちゅぅと吸った。

「んッ……」

止めようもなく沸き起こる快感に顎が上がってしまう。

上気した乳房をまさぐりながら彼はそっと腰を揺らした。

「少し……動きますね」

彼は挿入した肉茎を浅く引き出し、ふたたび穿ちながら腰を押し回した。

引き攣れるような痛みはまだ続いていたが、互いの身体に挟まれた媚蕾も一緒に捏ね回されると疼くような愉悦で下腹部が甘く痺れる。

「ふぁ……、はぁん……」

甘えかかるような声が唇を突き、無意識にゆらゆらと首が揺れた。

蕩けた瞳を覗き込み、ヴラドは微笑んだ。

「悪くなさそうだ。……さぁ、悦《よ》いところを擦ってあげましょう」

そそのかすように囁き、彼は嵩高《かさだか》な先端近くまで己を引きずり出した。

上から突き込むようにぐっと隘路を穿つ。入り口近くにある敏感な場所を固く締まった肉棒で擦り立てられ、ディアドラの身体がびくっと跳ねた。

「ひぁンっ」

くくっと笑みを洩《も》らしたヴラドは、焦らすようにゆっくりと挿入しては、ぐいっと引き戻す動作を何度も繰り返した。張り出した先端で引《ひ》っ掻《か》くように弱い部分を責められると、抵抗する意思も気力もたちまち萎えてしまう。ディアドラは甘ったれた嬌声を上げて身悶《みもだ》えた。

「あッ！　あぁン、やぁ……っ。んんッ……、ふぁあっ」

「……いいですね。素晴らしいですよ、ディアドラ様……。誇り高く潔癖な貴女が、こんないやらしい、破廉恥な喘ぎ声を上げて悶《もだ》えているなんてね……。とてもじゃないが、他の誰にも

見せられない。……見せるものか……絶対に……っ」

ずちゅずちゅと腰を打ちつけられ、無慈悲に揺さぶられながらディアドラは呆然としていた。胎内で暴れ回る兇暴《きょうぼう》な淫刀の質感は恐ろしいほどで、拓かれたばかりの処女襞を限界まで押し広げている。なのに、自分の口からは淫蕩な吐息がひっきりなしにこぼれ落ちるのだ。

ディアドラの肉体は明らかにこの媾合《こうごう》を悦《よろこ》んでいた。ヴラドの雄々しい肉楔を突き入れられ、荒々しく抽挿されて淫楽に打ち震えている。だが、その悦びに心がついていかない。

ヴラドが好きだったのに。彼に恋していたはずなのに――。

無知なディアドラはこんなふうに彼に『抱かれたい』と願いはしなかった。でも、彼と唇を合わせ、情熱的に抱きしめられたらどんなに幸せだろう……と夢想したことなら何度もあった。

ヴラドはディアドラを妻にすると言い、強引に処女を散らした。

ディアドラの『夢』は叶《かな》ったはずだ。なのに、どうしてこんなに悲しいのか……。

『今、オルゼヴィア王家の女性は貴女しかいない。つまり私はどうあっても貴女と結婚するしかないのですよ』

いまいましげに吐き出された言葉。わたしがたったひとりの王族だったたから……？ もしそうでなかったら、ヴラドは……。盛り上がった涙が眦からあふれ、リネンに滴り落ちる。

それが悲しさゆえなのか、単なる生理現象なのか、ディアドラにはもうわからなかった。

その様を見て、ヴラドはかすかに眉根を寄せた。彼の屹立《きつりつ》がさらに嵩を増し、ずぷずぷと短いスパンで激しく突き込まれる。飢えた獣の如く、彼は低く唸《うな》った。

かすかに上気した目許に凄絶な色気が漂う。ディアドラの身体は勝手にぞくぞくと戦慄いた。

とろんと目を潤ませ、意味をなさない蕩けた喘ぎを半開きの唇から絶え間なく洩らして、自分でも気付かぬうちに男の劣情を煽《あお》りたてる。ヴラドはクッと歯噛みをして低く呟いた。

「……出しますよ」

何も知らなかったディアドラは、身をもってその意味を教えられた。

ぐいっと腰を押しつけられるとふくれ上がった淫茎が胎内で弾け、濡れ襞のあわいにびしゃりと熱い飛沫《しぶき》が迸《ほとばし》った。その感覚でディアドラはふたたび絶頂に達していた。

頭のなかが白く霞《かす》み、意識がつかのま消失する。びくびくと痙攣する蜜襞に大量の精を繰り返し浴びせかけ、ヴラドは乱れた吐息を漸《ようよ》う洩らした。

「ふ……」

おとなしくなった雄根を引きずり出し、くたりと放心しているディアドラの傍らに横たわる。

瞳孔の開いた灰緑色の瞳を覗き込み、彼は満足そうに微笑んだ。

「存分に達してくださったようですね……。とても愛らしかったですよ、ディアドラ様」

彼は優しくディアドラを抱き寄せ、幾度もくちづけながら弛緩した身体をゆっくりと愛撫した。大きな掌《てのひら》で背中やお尻を撫でられているうちに眠気が押し寄せてくる。

力なく瞼《まぶた》を閉じると、ディアドラは眠りの淵《ふち》へ引きずり込まれていった。

第三章　囚《とら》われの女王

裾広がりの黒ずんだ円錐形《えんすいけい》のとんがり屋根を頂く教会で、ディアドラは弟の亡骸《なきがら》を納めた柩《ひつぎ》を見下ろしていた。

内部の壁は金銀を多用した聖人たちの奇蹟画で埋めつくされている。蠟燭の灯を反射して、壁画は妖しく揺らめいて見えた。まるで生きているかのように、聖人たちの瞳が輝いている。

今ここで奇蹟を起こしてくれないだろうか……。喪服に身を包みながらディアドラはぼんやりと思う。

わたしの命を代わりに差し出すから、弟を生き返らせてください。

そうすれば父は狂喜する。神の御元《みもと》にいる母も、きっと喜んでくれるだろう。

『おまえが死ねばよかったんだ』

溺愛していた息子の亡骸を抱き、涙に掻《か》き暮れながら叫んだ父の眼《め》は完全に本気だった。

弟の死とディアドラは無関係なのに、結婚から十年以上経《た》ってようやく授かった待望の息子を失った父には、疎ましいだけの娘を激しく憎む以外になかったのかもしれない。

わたしが死んで、弟が生き返ったら。

そうしたら父上は、ほんの少しでもわたしに情を抱いてくれますか……？

「――僕がいます」

黒影が、傍らでひそりと呟く。艶《つや》やかな黒髪をさらりと揺らし、ディアドラ以外には誰にも見せない優しい笑みを浮かべて。氷の如き冷徹な瞳も、そのときだけは穏やかに和む。

ヴラド。わたしの幼なじみ。わたしの初恋のひと。

大切な秘密を打ち明けるように、少年は真摯に囁いた。

「ずっと貴女のお側《そば》に……。僕の主はディアドラ様、貴女をおいて他にはいません。貴女が世継ぎであろうとなかろうと関係ない。たとえ世界中を敵に回しても、僕は貴女を守ります」

疑いの余地なく堅固なその言葉は、傷ついて打ち沈んだ心を優しく慰撫《いぶ》してくれた。

――――嘘つき。

わたしを玉座から追い払い、踏みにじったくせに。

ヴラド。おまえが憎い。この手で殺してやりたいくらい――――。


「――陛下。お目覚めですか？」

気づかわしげな侍女の声に、ディアドラは瞼を開けた。ベッドの天蓋を見上げたまま、ゆっくりと瞬きをする。視界の隅に、心配そうな顔で覗《のぞ》き込《こ》むリディアの姿が映っていた。

どうしてそんな顔をしているのだろう。いつも元気一杯に挨拶してくるのに。

妙に全身が重く、ひどく気だるい気分だ。のろのろと身を起こしたディアドラは身体の中心を刺し貫かれるような痛みに呻いた。その途端、記憶がどっと蘇《よみがえ》った。

真夜中に突如として起こった叛乱《はんらん》。ディアドラの王権を停止したことを宣言し、宰相を容赦なく断罪する四将公。嘲るような顔でわたしを組み敷いたヴラド――。

怒りで頭が沸騰し、逆に身体は氷のように冷たくなる。しばしディアドラは無言でリネンを握り締めていた。やがて、クッと口許《くちもと》が引《ひ》き攣《つ》った笑みのかたちにゆがんだ。

そうか……、わたしはヴラドに犯されたのか。身勝手な結婚を迫られて拒否したら、力ずくで手込めにされた。無理やり奴の『女』にされたのだ。まるで野蛮な時代の侵略者のように。

澄ました忠義面をしながら、ヴラドも所詮ケダモノにすぎなかったというわけだ。

誰より彼を信じていただけに、失望には底がなかった。身体が鉛になったかのように重くて力が入らない。それでも起きなければ。誰がなんと言おうとわたしはこの国の王だ。

王権停止？　ふん、馬鹿な。謀反人の戯言《たわごと》など、わたしが受け入れると思うのか。

ディアドラの瞳にゆらりと炎が燃えた。憎しみと反発が、灰色がかった緑の瞳に刃のような光を与えていた。恐れをなした態でリディアがおずおずと呼びかける。

「あ、あの。陛下……？」

「……湯浴《ゆあ》みがしたい」

「は、はい！　すぐに用意いたします」

リディアは弾《はじ》かれたように頷《うなず》いた。すでに準備にかかっていたようで、思ったより早く支度は整った。ベッドから降りようとすると身体中が軋《きし》み、ディアドラは唇を噛んだ。

秘処には未だに太いものをねじ込まれているかのような痛みと違和感があり、身動きするたびにじくじくと疼いた。おまけに何日も寝込んだ後みたいに手足がだるい。

それを侍女に覚《さと》られたくなかった。たとえ昨夜の出来事がすでに衆知のものだとしても、しおたれた姿など断じて見せられない。ディアドラは昂然《こうぜん》と頭をもたげ、普段どおりの足どりで浴室に入った。樅《もみ》の巨木をくり抜いた舟形の浴槽にはなみなみと湯が湛《たた》えられていた。

待ち受けていたモニカが伏せていた顔をさらにうつむけて恭しく一礼する。

侍女の手で夜着を脱がされると、肌に赤い痣《あざ》が点々と散っていることに気付いた。ヴラドが残した凌辱の証《あかし》だ。一瞬動揺したが、ディアドラは鉄壁の無表情を装って湯船に身体を沈めた。

草木や花の彫刻が施された縁から湯があふれ、隅の排水口から外に排出されてゆく。

温かな湯に浸《つ》かってもなかなか心は解《ほぐ》れず、ディアドラは不自然なほどぴんと背を伸ばした恰好《かっこう》で黙り込んでいた。ふたりの侍女は落ち着かない様子で隅に控えている。

いつもなら入浴しながら侍女と軽い会話を交わしたりするのだが、今日はディアドラが見るからにピリピリと神経を尖らせているためふたりとも緊張しきった顔つきだ。

どうせ風呂に入ったくらいで持ち直すような軽い不機嫌ではないのだ。肌に残る不快感さえ落とせればいい。上がろうとして、ディアドラはふと眉をひそめた。

誰が夜着を着せてくれたのだろう。汗や体液で汚れた身体もざっと拭いてあったようだが。

……ヴラド？　まさか！　リディアかモニカがやってくれたにきまってる。

さぞかし驚いただろうな、とディアドラは苦い笑みを浮かべた。

凌辱の痕跡もあらわに放置された主を見て、どう思ったことか……。

知られているならせめて毅然《きぜん》とふるまう以外に矜持を保つすべはない。いつもどおりの態度を心がけようと決め、湯船から立ち上がった瞬間――、下腹部を異様な感覚が襲った。

とろ……っと何かが肉筒からこぼれ落ちてゆく。月経時に血が降りてくるような、止めようのない熱い感覚だった。ディアドラは反射的に膝を落としていた。ばしゃりと派手に湯が跳ねる。リネンを両手で広げていたモニカがびっくりした顔でおろおろと尋ねた。

「陛下!?　どうかなさいましたか」

ディアドラは無言で唇を噛んだ。昨夜ヴラドに注がれた精の残滓《ざんし》が蜜口からあふれ、湯にまぎれてゆく。二度犯されたような屈辱にディアドラは震えた。

くちづけに酔わされ、愉悦を強いられて、ろくな抵抗もできないまま処女を散らされたことが今になって鮮明に意識される。怒りと恥辱で全身が熱くなった。

「陛下……」

泣きそうな声でリディアが囁く。ディアドラはぐっと奥歯を噛みしめ、乱暴に女陰を擦ると立ち上がった。いそいそとモニカが大判のリネンでディアドラの裸身を包み込む。

ゆったりと作られた木製の椅子に腰掛け、いつものように身繕いを侍女に任せた。

侍女たちは肌の水気を丁寧に拭き取り、香りのよい精油を全身に擦り込んだ。新しい乾いたリネンを身体に巻き付け、暖炉にあたりながらディアドラは着替えが運ばれてくるのを待った。

「こちらでよろしいでしょうか」

リディアの声に振り向いたディアドラは、侍女が捧《ささ》げ持《も》った衣装を見て絶句した。

「――何だそれは」

「お気に召しませんか」

腫れ物に触るがごとくおそるおそる窺《うかが》う侍女に、ディアドラは眉を逆立てた。

「どうしてドレスなど持ち出す!?　いつもの服でよい！」

「こ、これしかございません……」

「どういう意味だ？　替えくらいあるだろう。何でもいいから下履《ブレー》きと脚衣《ショース》を出せ。いつものチュニックも」

リディアは泣きそうな顔になった。

「あの。ドレスしかないんです、陛下……。下着はコルセットとペティコートと……、あとはボディスだけで……」

しどろもどろの返答に業を煮やし、ディアドラは自ら衣装箪笥の扉を開け放った。

見たこともないドレスで埋もれんばかりの有り様にディアドラは絶句した。

「な、何なんだこれは……!? こんなにドレスを作らせた覚えはないぞ」

儀礼や儀式のために必要となるので、それなりに豪奢《ごうしゃ》なドレスは何着か持っている。

だが、今目の前にぶら下がっているのは見覚えのないものばかりだ。

そもそもディアドラが自ら衣装箪笥を開けることなど滅多にない。

いつも侍女が用意したものをただ身につけるだけだった。自分の好みなど最初から二の次で、男物を着たうえで王としての威厳が保てればそれでよかったのだ。

「あの……、そっ、それは元帥閣下からの贈り物で……っ」

ディアドラに睨まれ、モニカがハッと口を押さえる。

「ヴラドが寄越《よこ》したというのか？ こんな大量に!?」

「い、いえ、その……。以前から少しずつ贈られておりまして……」

リディアが青い顔でぎくしゃくと答える。ディアドラはますます眉を吊り上げた。

「以前からとは何だ！ あやつがこれをこっそり贈っていたというのか。何故黙っていた!?」

怒鳴られたリディアとモニカは涙目になってふるふると首を揺らすばかりだ。ディアドラは爪が食い込むほど強く拳を握り締めた。裏切りだ。明確な裏切り行為だ。ディアドラはふたりのことを信用していたのに、伺いもたてず勝手にこんなものを受け取るなんて……！

信頼していた侍女にまで裏切られ、ディアドラは激昂《げっこう》した。怒りで頭が沸騰しそうだった。

誰も彼もがディアドラを裏切る。

謀叛《むほん》を起こしたヴラドと将軍たち。ディアドラを子ども扱いしながら横領で私腹を肥やしていた宰相。そして主人の意向も確かめず勝手に贈り物を受け取る召使。

認めようが認めまいが、自分がすでにこの国の最高権力者ではないのだと思い知らされて、かろうじて保っていた平常心が吹き飛んだ。怒りに我を忘れ、怯える侍女たちを怒鳴りつけようとするディアドラを、冷ややかな声が鞭《むち》のように打ち据えた。

「黙っているよう頼んだのは私です。断る権限のない者に怒りをぶつけるのは筋違いですよ」

いつのまにか部屋にヴラドが立っていた。許可も得ずに入り込まれたことに新たな怒りが燃え上がる。黒と金の荘厳な軍装に身を包んだ男を睨み、ディアドラは憤怒に駆られて叫んだ。

「何の厭味《いやみ》だ⁉　このようなものを贈られて、わたしが喜ぶとでも思うのかっ」

冷徹なヴラドの瞳が、かすかに揺れる。彼はそっけない声で応じた。

「多少の期待くらいしましたよ。贈るからには当然でしょう」

「あいにくドレスは間に合ってる！　さっさと片づけていつもの服を出せ！」

「男ものの衣装でしたらすべて処分済みです」

「勝手なことをっ。わたしはドレスなど着ないぞ！　絶対に着ないからな‼」

ヴラドは顎を反らし、皮肉っぽく口許を歪《ゆが》めた。

長身の彼がそうすると見下され嘲られている感が倍増し、ディアドラはますます激昂した。

かまわずヴラドは火に油を注ぐような言葉を平然と口にした。

「では裸でいなさい」

「な、んだと……!?」

さすがにたじろいだディアドラに、彼は厭味な笑みを浮かべた。

「ドレスが着たくないなら裸でいるしかないでしょう。私は今後一切貴女に男物の服など着せるつもりはありませんので。召使たちには周知徹底済みです。命令に背いた場合は即刻城から出ていってもらう」

「わたしの召使だぞ!? そんな勝手は許さん！」

「貴女の王権は停止したと、昨夜も申し上げました。今の貴女は一王族にすぎません。敬意をもって遇するのは当然ですが、私の命令には従っていただきます」

「この簒奪者《さんだつしゃ》が……ッ！」

「不当な非難ですね。建国時の取り決めに従い、私には王位に就く権利があるのです。聞いていなかったのですか？」

ぐっとディアドラは唇を噛んだ。

「……だからといってこんなやり方、わたしは認めない」

「承認は不用なのですよ。了解を取ろうとした私の好意を撥《は》ねつけたのは貴女でしょう」

ディアドラは火を噴きそうな目つきでヴラドを睨《にら》み付《つ》けた。

「おまえの妻になどならん！」

「すでに貴女は私の妻なのですよ。……子ができているといいですね」

余裕の表情で憫笑《びんしょう》され、カッと頬《ほお》が熱くなった。

「出て行けっ……！　おまえの顔など見たくもない」

「ではまた後ほどご機嫌を伺いに参りましょう」

「二度と来るな！」

怒声を張り上げるディアドラを無視して、ヴラドは立ちすくんでいる侍女たちに命じた。

「裸のディアドラ様が風邪をひかぬよう、暖炉は強めに焚《た》いておけ」

「は、はい……」

泣きそうな顔で頷くふたりの侍女を、ディアドラは射殺しそうな目つきで睨《にら》んだ。

可哀相に侍女たちは真っ青になって竦《すく》み上《あ》がった。

ヴラドが出て行き、閉ざされた扉を睨み付けてディアドラは叫んだ。

「ドレスなんか絶対着ないからな！」

返ってきたのは自分の怒鳴り声の反響だけだった。

ディアドラは荒々しく肩を上下させ、きつくリネンを身体に巻き付けた。

朝食を運んできたマリアは、裸体にリネンを巻き付けただけのディアドラの姿を見て危うく盆を取り落とすところだった。

「姫様！　なんて恰好をなさっているのですか!?　まだ春も浅いのですよ、お風邪をひいてしまいます！」

嗄《しわが》れた金切り声で叫ぶ老女を、ディアドラは眉を吊り上げて睨んだ。

「ばあや！　わたしの服を用意しろ、今すぐにだ！」

「は？　お召し物ならこのふたりが用意したはずですが……」

リディアとモニカが顔をこわばらせて頷く。ディアドラはますます眦を吊り上げた。

「ドレスなど着られるか！　重いし嵩《かさ》張るし、動きづらくてかなわん」

「姫様……。以前は毎日お召しだったではありませんか」

「子どもの頃の話だ。行事もないのにあんなしち面倒くさい衣装など着られるかっ」

「この者たちがお着せしますから、姫様はちょっと立っていてくだされぱいいのですよ」

そのとおり、と侍女たちは揃って頷く。またもやカッとなってディアドラは怒鳴った。

「ヴラドの用意したドレスなんか着たくない！」

マリアは肩を落として溜息をついた。

「姫様は女性なのですから、女物を着るのが自然でしょうに……。この際だから申し上げますが、マリアは姫様が男物の衣装を身につけるたびに悲しい思いをしていたのですよ。せっかくのお美しい顔《かんばせ》も優美な身体つきも無下になさって。ドレスのほうがずっと映えますし、女王としての威厳も増すというものです」

「ほぉ。わたしはまだ王だったのか。ヴラドはわたしの王権を停止したとうそぶいていたが」

痛烈な皮肉を込めた言葉にマリアは眉を下げる。

「……姫様には今までどおりお仕えするよう、元帥閣下から申しつかっております」

「だったらわたしの命令を聞け」

「申し訳ございません。お召し物に関しましては女物しか許さぬとのことですので……」

「おまえまでわたしを裏切るのか!?」

怒鳴られた老女は悲しげなまなざしでディアドラを凝視《みつ》めた。

「マリアはいつでも姫様の味方でございますよ」

「……っ、もういい！　出て行け、この裏切り者どもめ……っ」

くるりと背を向け、ディアドラは吐き捨てた。抑えた足音が戸口へ向かう。

「姫様。せめて温かいうちに朝食をお召し上がりください」

懇願するようなマリアの声も、ディアドラは無視した。

扉が閉まり、部屋はしんと静まり返った。ぱちぱちと薪《まき》の爆《は》ぜる音だけが響く。

ディアドラはぎりぎりと歯ぎしりをし、暖炉の前の敷物を踵《かかと》で蹴った。

「くそ……っ、どいつもこいつも……！」

もはや誰もわたしに従わない。赤子の頃から可愛がってくれたばあやでさえ。

「……わたしの権威など、所詮その程度のものだったということか」

ゆらめく暖炉の炎を見下ろしながらディアドラは呟《つぶや》いた。

世継ぎとして、王として、必死に努力してきたのに――。たった一晩ですべてをひっくり返されてしまうくらい、ディアドラの権力基盤は脆弱《ぜいじゃく》だったのだ。

(それも当然……か)

どれほど聡明《そうめい》だろうと努力家であろうと、若い女王には支えが必要だった。軍部を束ねるヴラドと政務を司《つかさど》る宰相。このふたりが補佐してくれたからこそ、ディアドラの為政は成り立っていたのだ。多少ガタつくことはあっても両輪はバランスを保っていた。だがその片方が突然ディアドラを裏切り、もう片方の車輪を破壊してしまった。これではもう手綱を捌《さば》けない。

軍部は完全にヴラドが掌握している。では、政務担当者たちは？

宰相に与《くみ》する者たちは処分された可能性が高い。残る面々を思い浮かべ、ディアドラは顔をしかめた。こんなとき頼りになりそうな人物は残念ながらひとりも思い当たらなかった。

そもそもオルゼヴィアの貴族は、四公爵とそれ以外では財力も権勢も雲泥の開きがある。

宰相は建国当時オルゼヴィア侯爵に仕えていた家宰の子孫で、伯爵の称号を与えられているものの領地はない。もともとそう広くもない国土は、ほとんどが王領か四公爵の所有地だ。

宰相を始め国への貢献によって叙爵された新貴族たちと、世襲の将軍職を拝命するヴラドたち四公爵家は以前から決して仲よくはなかった。とりあえず職務的に棲《す》み分けることで対立を回避し、次第に政務官たちの発言力が増していたのだが、それもこの叛乱で御破算となった。

これからはヴラドがこの国を率いることになる。悔しいが、それは建国時からの約束だ。

王家が国益を損なう施政を行なった場合、ラズヴァーン公爵家当主が他の公爵家の了承のもと王権を奪取できる。マハヴァールからの独立を達成したオルゼヴィア侯爵が王となり、その右腕であった弟と交わした約束。この国の独立を守ってゆくことをふたりは固く誓い合った。

（わたしだって、オルゼヴィアを守ろうとしたんだ……）

ディアドラは震えそうになる唇を悔しげにゆがめた。

考え抜き、悩み抜いた末の決断だったのに、ヴラドはそれをあっさり『間違い』と断じた。他の三公爵も同意したのであれば、ディアドラの決定はやはり『誤り』だったのだろう。

だが、心情的にどうしても認められなかった。あんなに苦しい思いをして、自分の感情を振り捨ててまで決意したことが間違いだったなんて、そう易々《やすやす》と認められるものではない。

密《ひそ》かに想《おも》いを寄せていたヴラドに犯され、強引に女にされた屈辱が、依怙地《いこじ》な気持ちをさらに強める。ディアドラはぶるりと震え、ギリギリまで暖炉に身を寄せた。

風呂で温まった身体はとうに冷えてしまっていた。小さく歯を鳴らしながらも、ディアドラは絶対にドレスなんか着ないと心のなかで頑固に繰り返した。

根は忠義者のばあやと侍女は、何度追い出されても部屋に顔を出してはディアドラの様子を確かめた。まったく手のつけられていない食事を下げ、新しい食事を運んでくる。

素肌にリネンを巻き付けただけの寒々しい恰好を見かねたばあやの指示で、侍女はディアドラに愛用の黒貂《セーブル》の毛皮を使ったマントを羽織らせた。

ドレスを着せることはとりあえず諦め、ばあやはディアドラの好物ばかり揃《そろ》えて機嫌を取ろうとした。煮込み料理《チョルバ》、ロールキャベツ《サルマーレ》、香辛料を入れた挽《ひ》き肉《にく》を棒状に丸めて炭火で焼いたミティティなど、どれも美味しそうな匂いで口中に唾が湧いたがディアドラは頑として拒否した。

果てはチーズを練り込んだ生地を揚げてジャムとサワークリームをかけたパパナシまで持ってきて、一口でいいから食べてくれと懇願されても顔をそむけ続けた。パパナシはディアドラの大好きなお菓子だが、断腸の思いで無視した。せめて水分を取らなければ死んでしまいますと半ば脅され、やむなくスパイス入りの温めたワインを少しだけ飲んだ。

日が沈む頃になってヴラドがふたたび部屋を訪れた。

豪華な毛皮にくるまって自分を睨み付けるディアドラを、彼は憮然《ぶぜん》とした面持ちで見返した。

「食事を取っていないそうですね」

「食べてほしければ男物の服を用意しろ」

喧嘩腰で突っかかるとヴラドはどうでもよさそうに肩をすくめた。

「別に、無理に食べなくても結構ですよ。たまには胃腸を休めるのもいいでしょう。ですがマリアは年なので、無理な断食は寿命を縮めるかもしれませんね」

「何……？　マリアがどうした」

「姫様が食べないなら自分もと言い張って、今朝から一切食事をしていません」

ディアドラは気色ばんだ。

「何だと!?　マリアが付き合う必要などないぞ！　すぐに何か食べさせろ」

「本人が食べないと言っているのだから、無理に食べさせられませんよ。フォアグラを取るガチョウのように、口に漏斗を突っ込んで流し込むわけにもいかないでしょう」

涼しい微笑を浮かべるヴラドを、ディアドラは憤然と睨み付けた。

「卑怯《ひきょう》だぞ！」

「私が指示したわけじゃない。貴女のわがままのせいです。思いどおりにならないから食べないなんて、まるきり聞き分けのない子どもだ」

「わたしを侮辱する気か!?」

「事実を述べただけです」

あくまでしらっと応じるヴラドにディアドラは眉を吊り上げ、怒りに身を震わせた。

「……手込めにされたからといって、わたしは屈従などしないからな……！」

殺意すら込めて低く囁いたのに、ヴラドは何故か機嫌よさそうに微笑した。

「それは何より。簡単に折れるようでは期待外れだ」

カッとなって横面を引っぱたいてやろうとしたが、すんでのところで手首を掴まれてしまう。

ヴラドは謎めいた笑みを浮かべ、ディアドラの瞳を覗き込んだ。

「枯れ枝はたやすく折れる。だが、しなやかで瑞々《みずみず》しい若枝は、たわみはしても決して折れることはない。……嬉《うれ》しいですよ、ディアドラ様。貴女が枯れ枝でなくて」

「放せ！　おまえなんか殺してやるっ」

「こんな細腕では無理でしょうね。剣の腕がいくら立ったところで力では勝負になりません。昨夜この身体に教えてさしあげたはずですが」

恥辱に顔を真っ赤に染め、ディアドラは腕を振りほどこうと全力でもがいた。

難なく後ろ手に捻《ひね》りあげられ、関節が軋《きし》んで悲鳴を上げる。暴れたせいで毛皮が肩から滑り落ち、巻き付けていたリネンもはだけて一糸まとわぬ裸身となってしまった。

「やぁあっ……！」

背後でヴラドが軽く息を呑《の》み、怒ったように呟く。

「意地を張って服を着ないからこんなことになるんだ。貴女は本当に考えなしですね！」

「ひぁっ」

いきなり乳房を鷲掴まれ、ディアドラは目を見開いた。背後から抱え込まれるように、豊かなふくらみを両手でぐにぐにと捏ね回される。

腕ごと拘束された不自由な恰好で、ディアドラは遮二無二暴れた。

「やめ……っ、やめろ、放せぇッ、——ッむぅ」

怒声を封じるようにヴラドが唇をふさいでくる。必死に頭を動かしても振りほどけない。

ディアドラの瞳に涙が浮かんだのは息苦しさのせいばかりとは言えなかった。脚の付け根につきんと不穏なわななきが走り、恥辱にぶるりと震える。

こんな強引なくちづけで籠絡されてしまうなんて、まるで発情期の雌犬みたいじゃないか。

ディアドラの意思を無視して反応しはじめる身体が厭《いと》わしく、忌まわしい。

ヴラドは滑り込ませた舌でディアドラの口腔《こうこう》を嬲《なぶ》りながらくりくりと乳首を弄《いじ》った。

感じやすい蕾《つぼみ》はたちまち尖り、つんとそばだつ。ぴちゃぴちゃとわざとのように水音を立てながら口の中を舐め回し、ヴラドは執拗《しつよう》に乳首を弄んだ。

「んッ……、む……ぅふッ」

含みきれない唾液が口端から滴り落ちる。性感を煽《あお》り立《た》てるようにやわやわと乳房を押し揉《も》みながら、ヴラドはもう片方の手でごく淡い蜂蜜色の茂みを優しく愛撫《あいぶ》した。

つぷりと指先が熱い蜜溜まりに沈む。カッと頬を染めると、くすりと耳元でヴラドが笑った。

何故かそれが不快ではなく、ただひたすら恥ずかしくてディアドラは必死に身を縮めた。

「……よほどお腹《なか》が空いていたようですね。こんなに涎《よだれ》を垂れ流して」

わざとのように卑猥な口調で囁かれ、ディアドラは唇を噛《か》みしめた。

その間もヴラドの指はいやらしく淫唇を掻《か》き分《わ》けて奥へと潜り込んでくる。

「や、やめ……ッ」

くすぐるように指先で掻《か》き回《まわ》され、敏感な花芽をぐにぐにと捏《こ》ねられて、ディアドラはたまらずに背をしならせた。反り返った白い首筋にヴラドの舌がねっとりと這う。

薄い皮膚を唇で食《は》みながら、そそのかすように彼は囁いた。

「ああ、たくさんあふれてきましたよ。ほら、こんなに……」

ぐちゅぐちゅと乱暴に指が前後するたびにディアドラの腰は勝手に跳ねる。

「ひッ、あ！　あ！　あぁンッ……」

「こちらのお口はたいそう素直ですね。私の指を美味《おい》しそうに銜《くわ》え込んでる」

ずぷずぷと指が狭い花筒に押し込まれ、ひくっとディアドラは喉を震わせた。

くすりとヴラドが残酷に笑む。

「簡単に、付け根まで挿入《はい》ってしまいました」

「やぁあッ、動かさな……ッ」

ぬちゅぬちゅと容赦なく出し入れされ、矜持も忘れてディアドラは懇願した。

指はすぐに二本に増え、弱いところを責め始める。同時に親指で器用に花芽をぐりぐりと刺激されて、ディアドラの灰緑色の瞳から熱い涙が噴きこぼれた。

「いや……、あ……、ッい、やぁ、あ――ッ！」

びくびくと下腹部が引き攣る。あっというまに絶頂に達してしまい、ディアドラは羞恥に息を詰めた。こわばる首の付け根にチュッと音をたててくちづけ、ヴラドは囁いた。

「まずはこちらのお口をたっぷりと満たしてあげましょう。ちょうど私も空腹でしてね……。あなたと一緒に食事をしようと思っていたものですから」

ぐりっ、と尻朶《しりたぶ》のあわいに固い熱塊が押しつけられ、ディアドラは竦み上がった。

耳殻を甘噛みしながらヴラドがわざとらしく忍び笑う。

「空《す》きっ腹《ぱら》だと勃ちやすいんですよ。ましてや貴女の美しい裸体など目にしては、とても平静でいられない」

「ひッ……」

恐怖に駆られてこわばる身体を、ヴラドはこともなげに抱え上げた。ベッドに組み敷いたディアドラの顔を両手で挟み、息が止まるほど濃厚にくちづける。たっぷりと唾液を絡めた舌を擦《こす》り合わせられると背筋がぞくぞくして力が入らなくなった。不甲斐《ふがい》なさに涙が出た。

なんと浅ましい肉体だろう。自分が女であることをできるかぎり無視してきたのに。あえて目を逸《そ》らし、考えまいとしていたのに。ヴラドへの想いも最初から諦めて、封じ込めて。なのに、力ずくで拓《ひら》かれた身体はたちまち淫靡《いんび》に開花し、さもしく彼を求めて蜜をあふれさせる。

悔しい。自分の今までの努力は何だったんだ？　ヴラドのことも、王としての為政も。

すべてが空回りだったのだろうか。独りで力み、国のために自己犠牲も厭わない『高潔な』自分に酔っていただけ……？

すべてが崩れてゆく。壊されてしまう。ただひとりの男によって――。

大きな掌がそっと頬を包み、濡れた目許に温かな唇が押しつけられた。

「……泣かないで」

思いがけず優しい声に胸を突かれ、ディアドラはぎゅっとつぶっていた瞳をこわごわ開いた。

ずっと以前にも、そう言われたことがあるような気がしてとまどう。

『泣かないでください。僕がお側にいますから』

あれはいつのことだった？　父が亡くなったとき？　それとも弟が死んだときだろうか。

……いや違う。ふたりの死に際してわたしは泣かなかった。泣いたのはそれより前、弟を産んで以来臥《ふ》せりがちだった母が、ひっそりとこの世を去ったときだ。

何故あんなに涙が出たのだろう。母とはずっと疎遠だったのに。同じ城に住んでいても顔を合わせるのは食事時だけ。そのときでさえ母はディアドラにほとんど関心を示さなかった。

たまに思い出したように何か尋ねられ、嬉しくてあれこれ喋《しゃべ》れば煩《うるさ》いと撥ねつけられた。

将来の君主たるもの、べらべらと『女のように』お喋りするものではない、と。

母は最初の男子を流産し、数年後にようやく生まれたのがディアドラだった。

男の世継ぎを望んでいた父は、『なんだ、女か』と出産で疲れ切った母の面前で舌打ちしたらしい。王女でも王位は継げるが、父は息子に跡を継がせたがっていた。

ゆえに母はディアドラを倦《う》んだ。苦労した挙げ句に報われなかった不快な経験を思い出させる忌ま忌ましい存在として遠ざけ、死ぬまで心を開かなかった。

それでもディアドラは泣いた。ディアドラはすでに感情を押し殺すすべを身につけており、号泣することはなかったが、涙腺が壊れたように次から次へと涙があふれて止まらなかった。

そのときヴラドが囁いたのだ。自分が側にいるから泣くな、と――。

そして今、涙を拭うように唇を這《は》わせた彼が、組み敷いたディアドラを抱擁して甘やかすように囁《ささや》く。

「これからは、私たちはずっと一緒だ……」

同じような言葉をより密接した距離で囁かれ、ディアドラの胸に沸き起こったのは喜びよりも憤りだった。

「……嘘《うそ》つき」

訝《いぶか》しげにヴラドがディアドラを見下ろす。

「貴女に嘘をついたことなどありません」

「それ自体、嘘だろうがっ……」

端整すぎる白皙《はくせき》の美貌を睨み付け、ディアドラは吐き捨てた。

「わたしを妻にするだと？　許嫁《いいなずけ》がいるくせに、よくもぬけぬけと口にできるものだな」

以前、ふたりの間に立ちはだかっていたのは弟のアドリアンだった。世継ぎがディアドラから弟に変わり、将来の元帥たるヴラドもアドリアンの側付きとされたのだ。

そして現在の彼には婚約者がいる。イリナ・コルトヴァシュ。美しくたおやかな淑女。

「イリナとの婚約なら解消しましたよ」

「えっ……、いつ!?」

「決起の直前、婚約解消を直接告げました。イリナは宰相の姪《めい》なので余計な疑惑を持たれぬよう婚約を維持してきましたが、むしろ今後は邪魔になる。きっぱりと手を切っておかないと」

冷淡な台詞《せりふ》にディアドラは唖然《あぜん》とした。

「そんなあっさり婚約者を捨てたのか!?」

「もともと父の思惑で決められた婚約です。父は軍部と政務官の対立を回避するために、宰相側との縁を深めようと考えた。私の意向など完全に無視してね……。その父もすでに亡く、ラズヴァーン家の当主は私だ。誰と結婚するかは自分で決めます。――実際は、もうずっと前から決めていましたが」

彼は酷薄とも取れる冷笑を浮かべ、ディアドラの顎を掬《すく》いあげた。

「おわかりでしょう？　女王陛下。私の配偶者は貴女をおいて他にはないのです」

「ずっと前から決めていた、だと……!?」

「ええ、そうです」

それならヴラドは相当以前から王権の奪取を目論《もくろ》んでいたということになる。頃合いを見計らって女王の施政に異議を唱え、権力を奪い、権威付けと正当化のために元女王を妃《きさき》に迎える。そういう計画を、ひそかに練っていたわけだ。ディアドラは目を怒らせてヴラドを睨んだ。

「言ったはずだ。おまえと結婚なんてしない。断じてしない……っ」

「私も言いましたよ。貴女に選択の余地などないのだと」

冷たく笑ってヴラドはディアドラの唇をふさいだ。噛みついてやりたいのに、巧みに躱《かわ》されてしまう。ディアドラがくちづけにすぐ酔うことを知っていて、ヴラドは執拗に唇を重ねてくる。

絡めた舌を吸いながら乳房をまさぐり、茂みの奥の秘めた泉を掻き回す。

くちゅくちゅと濡れた音が耳につき、ディアドラは羞恥に震えた。

すでに一度極めていた媚肉は、容易に花開いてヴラドの指を迎え入れた。

節高な指が蕩《とろ》けた隘路《あいろ》を前後すると、新たな蜜が奥から滔々《とうとう》とあふれだした。

「ん……ッ、あッ、ふぁあッ……！」

「もうすっかりトロトロですね。美味《おい》しそうに三本も銜え込んで……、ふふ。そんなにはしたなくがっつくものではありませんよ」

「や……ッ、ちが……、あぁ……んッ」

「心配しなくてもたっぷりとさしあげます。私でいっぱいに満たしてあげましょう。貴女が自ら腰を振って欲しがるようになるまで、ね……」

低い含み笑いにぞくぞくと震えてしまう。重ねた指先で感じるポイントをぐりぐり刺激され、あっけなくディアドラは快楽に屈した。ヒクヒクと痙攣《けいれん》し続ける蜜襞から指を抜き出すと、ヴラドはディアドラの身体を横向きにした。片脚を肩に担いで大きく広げ、濡れ襞のあわいに怒張した屹立を押しつける。抗う暇もなく彼がずぷぷと押し入ってきた。

めりめりと身体が裂けそうな衝撃にディアドラは悲鳴を上げた。爪先が空を掻き、ふくらはぎが軍装の飾りで擦れる。探るように腰を使いながらヴラドは呟いた。

「解しておいたからそんなに痛まないと思うが……。痛いですか？」

「んぅっ、んッ……」

唇を噛みしめ、ディアドラは頭を揺らした。頷いたのか首を振ったのか、自分でもよくわからない。昨日破瓜《はか》されたばかりの初襞は未《いま》だにじくじくと疼痛《とうつう》を訴えている。

それ以上に狭い蜜洞をいっぱいにふさがれる充溢感《じゅういつかん》で呼吸が止まりそうだ。

わりと大きい、などと自分でうそぶいただけあって、ヴラドの雄茎は圧倒的な体積をもってディアドラの雌壺を埋めていた。他に較《くら》べるべくもなかったが、『わりと』というのがとんでもない謙遜だと思えて仕方がない。

初めてのときに見せつけられたあの恐ろしい剛直を、自分が脚の間の狭苦しい場所に呑み込んでいるなんて信じられない。しかもそれは次第に荒ぶる動きでディアドラの理性を容赦なく削り取ってゆくのだ。くすりと満足げにヴラドが笑った。

「……感じてきたようですね。なかがうねっていますよ。ほら」

ぐちゅっと奥処《おく》を無慈悲に突かれ、ディアドラは媚《こ》びるような悲鳴を上げた。

「あぁッ！　やめ……ッ、いやぁあ――」

弱々しい抵抗など意に介せず、ヴラドは初心《うぶ》な蜜壺を浅く深く穿《うが》ち続けた。

入り口に近い場所を嵩《かさ》高な部分で擦りたてたかと思えばゆっくりと深く突き入れ、蜜を掻きだすように勢いよくずぷりと引き出す。そんな淫戯を繰り返されるうちに脆くも理性は蒸発し、ディアドラは鼻にかかった甘い喘《あえ》ぎ声を上げて悶え狂った。

「あふ……ッ、んッ、んッ、あッ、あぁン、やぁっ……」

自分の声の卑猥《ひわい》さが、さらに昂奮《こうふん》を煽りたてる。震える指先があてどなくリネンをさまよい、ぎゅっと握り込んだ。眦《まなじり》からこぼれた涙が乱れたリネンに吸い込まれていった。

すでにもう何度も達していた。淫蜜でしとどに濡れそぼつ肉襞は絶え間なく戦慄《わなな》き震えて、ヴラドの逞《たくま》しい雄茎を絞るようにきゅうきゅう締めつける。その感触を心ゆくまで味わい、堪能した末に、ヴラドは固く怒張した熱杭を引き抜いてディアドラの姿勢を元に戻した。

膝裏から手を入れて持ち上げ、膝が胸に接するほど深くディアドラの身体を折り曲げると、彼は凶猛にそそり立つ劣情をなまめかしく色づいた蜜襞のあわいにずっぷりと挿入した。

そしてのしかかるような体勢で容赦なくじゅぷじゅぷと抽挿を始める。

「ひッ、あ！　あ！　んやぁッ、ふぁあ……ッ」

ほとんど真上から突き込まれるような恰好だ。ヴラドの蒼《あお》い瞳が淫熱を湛え、快楽に蕩けたディアドラの顔を食い入るように見下ろしている。彼は獣のように低く唸り、ふいに身を屈めるとツンとそば立った薔薇色の刺《とげ》にしゃぶりついた。

乳暈ごと口に含み、ちゅぅぅと吸い上げる。

もう片方の乳房を鷲掴んでぐにぐにと捏ねられ、同時に繋《つな》がった腰を突き上げるように押し回されて、ディアドラは堪えきれずにあられもない嬌声《きょうせい》を上げて悶《もだ》えた。

力なくリネンに投げ出されていた腕が、縋《すが》りつくようにヴラドの逞しい背に回る。

彼はディアドラを思うさま翻弄しながら、何かに取《と》り憑《つ》かれたように熱っぽく囁いた。

「そう……、そうやって私に縋りなさい。もっと強く、縋るといい……！」

「ンン！　っふぁ……あッ……、あン！　あぁ――ッ」

深く繋がり、固く抱きしめあった体勢でヴラドの欲望が弾ける。

「……ッく」

抉るように深くじゅぶっと腰を打ちつけるたびに熱情の証が迸り、ディアドラの淫らな花園を快美感で塗り込めた。

愉悦の絶頂でくたりと放心していたディアドラは、さらりと頬を撫でられる感触でようやく我に返った。ヴラドが怜悧《れいり》な瞳で覗き込んでいる。見慣れた軍装にはわずかな乱れもなく、今し方彼に抱かれたのは夢だったのだろうかとディアドラはぼんやり思った。

「食事を用意させました。食べましょう」

「……いらない」

「マリアが死んでもいいのですか」

平淡な声に、ムッと眉を吊り上げる。

憎らしさを覚えるほど落ち着きはらった顔でヴラドは続けた。

「あなたが食事をしない限りマリアも食べませんよ。彼女は忠義者ですからね。一旦口にしたことを違えたりはしない。おわかりのはずだ」

ディアドラはヴラドを睨み付け、しぶしぶ身を起こした。

快楽の余韻で痺《しび》れた身体がひどく重い。紅を引いたように先端が赤くなったたわな果実が露出しても、隠す気力すら出てこなかった。

ヴラドはしどけないディアドラの裸身をかいがいしく毛布でくるみ、ベッドを離れた。

すぐに戻って来て、煮込み料理《チョルバ》の入った皿を差し出す。

「チョルバ・デ・ヴァクーツァですよ。お好きでしょう？」

牛肉と野菜をトマトで煮込んだスープの食欲をそそる香りと彩りに、どっと唾が湧いた。

丸一日食べなかったため空腹感が限界に達し、逆に何も感じなくなっていたのに、美味しそうな匂いをかいだとたんに食欲が息を吹き返す。

がっつきそうになるのを必死に抑え、一匙ずつ掬って口に運んだ。

「サワークリームもどうぞ。たっぷり入れるのがお好きでしたね」

赤いスープの中に真っ白なサワークリームがふわりと載せられる。

ますます食欲が増進して、一皿平らげてしまった。

「サルマーレも召し上がりますか？」

「……少し」

よく煮込んだロールキャベツにママリガが添えられて出てくる。ママリガはトウモロコシの粉を煮て、牛乳とバターを練り込んだものだ。

チョルバでだいぶお腹がふくれていたので半分だけ食べた。残りはヴラドが食べてしまった。

何だか変な感じだった。ベッドで食事を取るなんて、ずいぶん前に風邪をこじらせて寝込んだときの病み上がり以来だ。

しかも今は毛布を巻き付けただけの裸。同じ皿の料理を隣でヴラドが食べている。

隙のない軍装姿のヴラドを見ていると何だか面白くなくて、ひねくれた気分になった。

ディアドラは衣服を取り上げられて無防備な裸体を晒《さら》しているのに不公平ではないか。

「――おまえを許したわけじゃないからな。マリアを死なせたくないから食べたんだ」

「わかっていますよ」

依怙地に主張するディアドラに、ヴラドは穏やかに微笑《ほほえ》みかけた。まるで駄々っ子をなだめているみたいなしたり顔にますます腹が立つ。だが、ここで怒鳴り散らしたところで何にもならない。業腹だが怒りを抑え、ディアドラはできる限り下手に出てみた。

「わたしの服を返してくれないか」

「男物の服のことでしたら無理です。言ったでしょう、もう処分してしまいました」

「どうしてそんな勝手なまねをする⁉」

「不愉快だからです」

ディアドラは眉を吊り上げ、憮然とするヴラドを睨んだ。

「不愉快なのはこっちだ。おまえの趣味を押しつけるな。何を着ようがわたしの勝手だ！」

「男の恰好をするのが、そんなにお好きなのですか？」

じっと瞳を凝視《みつ》めて問われ、ディアドラはたじろいだ。

嘘を許さぬ強い視線に耐えきれず、視線を泳がすようにそっぽを向く。

「別に……。ドレスより動きやすくていいんだ」

「貴女は戦場に立っているわけでも、家事や労働をしているわけでもないんですよ？　王として重視すべきなのは動きやすさより威厳や華やかさでしょう」

「必要なときにはちゃんとそういう恰好をしている。普段着くらい好きにしたって罰は当たらないだろう？」

「――まだ拘《こだわ》っておられるのですか。ご両親に言われたことに」

「…………ッ」

思わず絶句する。ヴラドの冷徹な言葉は、触れたくなかった傷口を正確に抉《えぐ》っていた。

ディアドラには父にも母にも愛された記憶がない。望みの男子を得られなかった父ばかりでなく、夫の心ない言葉にいたく傷ついた母もまたディアドラを疎《うと》んだ。弟が生まれるまで、おまえが男だったらねぇと顔を見るたびに失望の溜息をつかれたものだ。

女の自分には何の価値もない——。幼心にそんな思いが深く刻み込まれた。

待望の世継ぎだった息子が不慮の事故で亡くなると、父は前にも増してディアドラを疎んじるようになった。ドレス姿が癇《かん》に触ると怒鳴られ、時には叩かれることまであった。

完全に八つ当たりだったが、身を守るためにディアドラは男物の服を着始めた。

父はそんなディアドラを嘲り笑ったが、少なくとも男の恰好をしていれば殴られたり酔って杯を投げつけられることはなかった。妻と息子を亡くした父の酒量は日を追うごとに増え、気に食わぬ娘を罵ることが唯一の気晴らしだったのだ。

『おまえは跡取りなのだからな。この国の王になる者はもはやおまえしかおらん。おまえの兄も弟も死におった。……知ってるぞ。本当はおまえが殺したんだ、魔女め』

父の繰り言は支離滅裂だった。兄は死産だったし、弟を殺したのは好奇心だ。アドリアンは庭に生えていた真っ赤な茸《きのこ》を摘み取って齧《かじ》り、毒に当たって死んだのだから。

杯を干し、どんよりと濁った瞳で父はディアドラを睨《ね》めつける。

『わかっておるのか!? おまえのせいで俺の可愛い息子たちは死んだのだぞ！』

『はい、父上。申し訳ございません』

理不尽な言いがかりに逆らわず、ディアドラは頭を垂れる。

ふっ、ふっ、と酒臭い息を吐き、嗄れた声で父が嘲る。

『ふん……。詫《わ》びる気があるのなら、せいぜい立派な王になれ。いいか。おまえは女ではなく王になるのだぞ。それがおまえの償いなんだ。わかったな……』

はい、父上。一生をかけて償います。

そう告げると初めて父は満足そうに嗤《わら》った――。

「――デネシュ王はもうおられないのですよ」

ヴラドの声に、冷たい追憶に沈んでいたディアドラはハッと我に返った。

彼はベッドの端に腰掛け、どこか物哀《かな》しさを含んだまなざしでディアドラを凝視《みつ》めていた。

「犯してもいない罪を償えと命じた父君はもういません。なのに、いつまで縛られているおつもりですか」

ディアドラは唇を噛み、ふいと顔をそむけた。

「父上は関係ない。わたしはオルゼヴィアの王であることを第一に考えたかっただけだ。ドレスなど着れば、今度はやれ靴だの宝飾品だのと、くだらぬ雑事が付いて回る。そんなことに貴重な時間を費やしてはもったいないからな」

「でしたら今後そのような心配は不用ですね。もはや独りで国策を決定する必要もないのだから、服でも装飾品でもお好きなだけ時間をかけて選ばれるといい」

「……ッ！　——興味ない！」

「ならば侍女に任せなさい。とにかく貴女には本来あるべき姿に戻っていただきます」

「指図するな！　自分のあるべき姿は自分で決める」

「ええ、お好みで選んでください。それが女ものの衣装でありさえすれば、とりあえずは結構です。なんなら私が用意した衣装は全部処分してしまってもかまいませんよ。似合うはずではありますが」

ヴラドは少しだけ残念そうな顔をした。

つい絆《ほだ》されそうになるのをぐっと堪えて睨み付けると、ヴラドは飄然《ひょうぜん》とした微笑を浮かべた。

「ああ、そうだ。どうせ捨てるなら、その前に全部試着してみてはいかがですか。ずっと男物の服で誤魔化してきたから、どれが似合うか自分で選ぶセンスもないでしょう」

「無礼な……ッ、おまえの用意した服など着るものか！」

「でしたらずっと裸でいるのですね。私は別に気にしません。服を脱がせる手間もかからず、欲しくなったらすぐに抱けて好都合だ。さっきみたいに」

カッとなって枕を投げつけたが、難なく受け止められてしまう。彼は立ち上がるとベッドの周りに巡らされた帳《とばり》を下ろした。紗幕の向こうから笑いを含んだヴラドの声が聞こえた。

「風邪をひかないよう気をつけなさい。侍女に湯たんぽを用意させます」

靴音が遠ざかり、扉が閉まる。

ディアドラは歯ぎしりして、握った拳を思いっきり枕に叩《たた》き込《こ》んだ。


その後もディアドラは意地を張って裸で居続けた。ばあやと侍女が半泣きで訴えても一切取り合わなかった。ヴラドは日に数回、部屋に顔を出してはディアドラの様子を確かめ、夕食は大抵一緒に取った。むろんベッドではなくテーブルで、だ。

ヴラドはきっちりと軍装で身を固めているのに対し、ディアドラは裸にリネンを巻き付けた上に毛皮をはおっただけ。最高級の黒貂《セーブル》の毛皮とはいえ、どうにも様にならないのは自分でもよくわかる。

だからこそディアドラは昂然《こうぜん》と顎を上げ、これまでなかったほど尊大にふるまった。

王権を停止されようと、ヴラドが何を言おうと関係ない。

大切なのは自分が自分をどう見做《みな》すかだ。実権を奪われ、閉じ込められたディアドラに残されているのはもはやプライドだけなのだから。

玉座を追われても矜持《きょうじ》は捨てていない。それを知らしめるためにもヴラドと顔を合わせるたびに思いっきり睨みつけてやるのだが、悔しいことにさしたる効果はなかった。平然とした顔で、いきりたった悍馬《かんば》をいなすように扱われて、逆にこっちが憤激してしまう。口論を吹っ掛け、どんなに悪《あ》しざまに罵ってもヴラドはムッとした顔も見せず、静かに微笑んでいた。

心なしかそれが嬉しそうな表情にも見え、ディアドラはついにキレて癇癪《かんしゃく》を起こした。それでも彼は諫《いさ》めるどころか愛《いと》しげに抱き寄せてはよしよしと頭や背中を撫でたりするのだった。

馬鹿にするなと怒鳴り、してませんと真摯な声で応じる。そんなやりとりが幾度も繰り返された。思えばこれほど感情を剥《む》き出しにしたのは久しぶりだった。即位以来――いや、母が亡くなって以来かもしれない。

弟が存在したわずかな期間を除き、ディアドラは世継ぎとして厳格に扱われてきた。誰もが丁重に接しても、つねに孤独だった。生まれた時から世話をしてくれているばあやは娘のようにディアドラを愛してくれたが、父母の無関心が生みだす空隙を埋めてはくれなかった。むしろばあやが可愛がってくれればくれるほど、もっと寂しくなった。

そんなディアドラの傍らに影のようにいつもひっそりと控えていたのがヴラドだ。彼は王の命令でアドリアン王子の側仕えになるまで、ずっとディアドラに寄り添っていてくれた。

子どもの頃のヴラドは今以上に感情の起伏に乏しく、いつも表情が薄くて何を考えているのかわかりにくかったけれど、どんなときも態度を変えることなく側にいてくれた。

時にディアドラが癇癪を起こして綺麗な顔を引っぱたいても、ほんの少し困ったような顔をするだけで、結局はディアドラのほうがごめんなさいと泣いて謝る仕儀となり、彼はますます眉を垂れて困った顔になるのだった。

王命を受けたヴラドが側を離れることになったとき、ディアドラは怒りにまかせて彼を『嘘つき』と罵倒した。

薄氷がひび割れるように悲しそうな表情になったヴラドの顔は、今でも忘れられない。

やがてアドリアンが亡くなり、ヴラドはディアドラの元に戻ってきた。

だが、わだかまりはそう簡単には解けなかった。彼が戻ってきてくれて嬉しい反面、それが叶《かな》ったのは弟が死んだからなのだと思えば単純に喜べるものではない。

気まずさを内包したままヴラドは夭折《ようせつ》した父を継いで二十歳そこそこでオルゼヴィア国軍元帥となり、ディアドラもまた父王の逝去に伴い十六歳で女王として即位した。

感情的なわだかまりはあっても、誰より彼を信頼し、重用していた。だが、いつまで経《た》っても幼い頃のような気安さが蘇《よみがえ》ることはなかった。

ふたりきりのときでもプライベートな話はほとんどしない。

もともとおとなびて表情の薄かったヴラドはますます顔色を読ませなくなり、月光のように冴《さ》えた美貌はいつも冷ややかで、どことなく近寄りがたい雰囲気を漂わせていた。

そんなもどかしい遠慮や距離感を、彼は強引に肌を合わせることで帳消しにしたのだった。

無理やり手折られて傷つきはしても、ディアドラの心は折れなかった。感情を封じ込めていた扉が破壊され、あふれだした激情をヴラドにぶつけた。ごく幼い頃にそうしたように。

彼はそれを難なく受け止めた。まるで待ち構えていたみたいに、満足そうに微笑んで。

「……何を企《たくら》んでいるんだ、本当は」

晩餐《ばんさん》の済んだテーブルで向かい合い、ディアドラは拗《す》ねたように呟いた。

ヴラドは面白そうに目を細め、琥珀色《こはくいろ》の液体の入ったグラスをテーブルに置いた。コトナリという甘い品種の葡萄《ぶどう》を使った特産の白ワインで、熟成するにつれ濃い琥珀色に変わってゆく。

ディアドラも同じものを一口飲んだ。コクのある甘味《あまみ》とアーモンドの芳香が馥郁《ふくいく》と口中に広がる。くすりとやわらかくヴラドは笑った。

「本当も何も、私は自分の持つ正当な権利を主張しただけですが？」

「オルゼヴィアをどうするつもりだ」

「国王としてなすべきことをするだけですよ。この国を守り、発展させる」

「具体的な方策はあるのか」

「そうですね……。迂遠《うえん》な方法ではありますが、冷害に強い作物の品種改良に力を入れるよう、まずは命じました。当面の食料不足は備蓄の放出でしのげそうです。宰相や、その一味の商人どもが相当溜め込んでおりましたので、それらをすべて配給に回します。主要産業である銀鉱山については、新たな鉱脈の探査に加え、閉鎖した鉱山ももう一度調査しています」

ディアドラは怪訝《けげん》に思い、眉をひそめた。

「掘り尽くして閉山したんだろう？　なんで今更」

「届け出と実態が合っていない箇所が多々あるのですよ。王室所有の銀山のうちいくつかには宰相が勝手に私物化していた疑いがあります。併せて流通ルートも確認中です。大規模な横流しがはびこっているようでしてね」

「それも宰相の仕業だと？」

「本人も認めていますから。今、詳しく取り調べているところです」

ディアドラはぎゅっと拳を握った。

「……奴《やつ》はどうなる？」

「極刑は免れないでしょうね。横領の罪だけなら、すべてを自白すれば財産没収と国外追放で済むかもしれません。ですが彼は前カンブレ公爵を毒殺している」

「……善い男だと思っていたのに……」

ぽつりとディアドラは洩《も》らした。

息子を失って酒に溺れ、国政を顧みなくなった父に代わってザンフィル・ベネデクはこまごまと実務を采配してくれた。十六歳で即位したディアドラを多方面にわたって支えてくれた。

確かに何かと口うるさく、ディアドラを子ども扱いして軽んじる発言も多々あった。

だがそれもオルゼヴィアの行く末を真剣に考えるがゆえなのだ。

……そう自分に言い聞かせ、つのる反抗心を抑えてきた。

ところが彼は、いつのまにか国よりも自分の懐《ふところ》を肥やすことに夢中になっていたのだ。邪魔な存在を抹殺してまで己の利権を守ろうと固執する卑劣漢に成り果てていた。

そのことに気付かなかった自分が情けない。経験豊富なザンフィルのほうが的確な判断ができるはずだと思っていたのは、責任逃れに過ぎなかったのか……。

ヴラドは考え込むように軽く眉根を寄せて呟いた。

「……最初のうちは本当に先王やディアドラ様を支えようと奮闘していたのかもしれません。だが、彼は権力を握りすぎた。本来、国王の補佐でしかない立場なのに、自ら権力を行使するうちにその魔力に呑み込まれてしまったのでしょう」

「わたしの責任だな……。奴に権力を与えたのは結局わたしなんだ。反発しながらも信じきっていた。自分の意見が通らなくても、経験の浅いわたしより彼のほうがずっと良い判断をしてくれるはずだと自分に言い聞かせて、深く考えなかった。わたしがもっとしっかりしていれば……！」

ディアドラは呻き、テーブルに載せた両の拳を固く握り締めた。

ヴラドはそんなディアドラに穏やかな口調で告げた。

「人を信じることは悪いことではありませんよ。ただ、良くも悪くも人は変わってゆくものです。私たちはそれに気付かなければならない。たとえその変化が認めたくないものであっても、目をつぶって信じ続けるのは単なる妄信に過ぎません。変化に痛みは付きもの……、とはいえその痛みを自ら引き受ける覚悟がない者に軽々しく口にしてほしくはありませんけどね」

苦い笑みを浮かべるヴラドを、ディアドラは不思議な思いで眺めた。

「――おまえにはその覚悟があるのというのか？」

ヴラドはまっすぐにディアドラを見返した。

「なければこんなことはしません」

無言のままふたりは視線をぶつけ合った。ディアドラのなかで、何かがふっと胸に落ちた。

すとん、とあるべきものがあるべき場所に嵌《は》まったような感覚――。

そうか……、とふいにディアドラは納得していた。

遅かった、くらいなのだ。本来なら絶望から酒に溺れた父の代に王家はラズヴァーン公爵家と入れ代わるべきだった。そうしようと思えばできたはずなのに、先代公爵もヴラドもぎりぎりまで王家に忠誠を尽くしてくれたのだ。

ディアドラはわずかにうつむいて瞬《まばた》きをし、小さな笑みを唇に浮かべた。

「――ヴラド。おまえ、王になるといい。きっと善い王になる」

呆気《あっけ》にとられた顔で見返すヴラドにディアドラは苦笑した。

「わたしの許可など不用だったな。……まぁ、ともかく認めるよ。おまえはわたしよりもずっと英明な君主になるだろうし、そのほうが民も幸せだろう」

「……では、私の妻になっていただけるのですね」

「決まりなら仕方ないな。おまえが言ったとおり直系王族の女はもはやわたししかいない」

改めて、この家系はもう終わりかけていたのだと気付いた。両親、兄弟、近い血縁。皆すでに鬼籍に入った。最後の一人であることからあえて目をそむけていた。怖くて直視できなくて。

(わたしは臆病者だな……)

ふ、と自嘲の笑みが浮かぶ。どんなに強がってみせたところで、恐怖に根ざした強がりなど脆《もろ》いもの。自分には君主たるべき素質がなかったのに、それを認めたくなかっただけなのだ。

世継ぎとして育てられた存在意義が無に帰すことを感情的に受け入れられなかった。

(王家の最後のひとりとしてわたしにできることは、新王の妃となること。もうそれだけだったらやり遂げよう。せめて、最後の王族としての誇りをもって。

「――仕方ない、ですか」

不機嫌な声にディアドラは顔を上げた。冷ややかなヴラドのまなざしにとまどう。

妻となることを承知したというのに、どうして怒るんだ……?

「結局、貴女《あなた》は折れるのですね」

失望口調にムッとしてディアドラは眉を吊り上げた。

「わたしを妻にすると言ったのはおまえではないか。受け入れろと強制して無理やり手込めにまでしておいて、承知した途端につまらなそうな顔をするとは一体どういう了見だ?」

「失礼。こんなにあっさり屈伏するとは思わなかったので」

「屈伏などしていない!」

カッとなってディアドラはグラスを掴んだ。中身が残っていたらヴラドの顔にぶちまけたかもしれない。幸か不幸かワインはすでに飲み干した後だった。

ディアドラは空のグラスをテーブルに荒々しく打ちつけた。

「気に食わないなら結婚しなければいいだろうがっ。勝手にしろ」

吐き捨てると、ヴラドは叛乱《はんらん》の夜に見せたような冷酷な顔で形ばかり微笑した。

「そうはいきません。貴女は私が王となるにあたって必要欠くべからざる配偶者ですからね」

彼はすっと立ち上がり、傲然とディアドラを見下ろした。

「明日、新たな政務担当者を集めて会議を開きます。貴女も出席するように。ご自分の立場を保ちたいならそれにふさわしい服装をなさい。その恰好《かっこう》で現れたら錯乱したと思われますよ」

「言われなくてもわかっている！」

「ならば結構」

小馬鹿にしたように冷笑し、ヴラドは部屋を出ていった。

「──何なんだあいつは！　妻になってやると言ったのに何故《なぜ》喜ばない」

ディアドラは閉まった扉をしばし睨み付けていたが、静まり返った部屋にぽつねんと座っているうちにひどく寄る辺ない気分になってしまい、しょんぼりと肩を下げた。

『貴女は私が王となるにあたって必要欠くべからざる配偶者ですから』

ヴラドはわたしを愛してるわけじゃない。ただ王になるのに必要なだけ──。

そっけない彼の言葉が思いも寄らぬ鋭さで心を深く抉っていることに、今更ながらディアドラは気付いたのだった。

翌日。政務会議に出席するため身支度を整えたディアドラは、鏡に映る己の姿を不機嫌な目つきで眺めていた。一仕事終えたばあやと二人の侍女は満足そうにニコニコしている。

そのうちリディアが主の顔色に気付いておそるおそる尋ねた。

「あのぅ、陛下……。どこかお気に召しませんでしょうか」

ディアドラは顎を上げ、侮蔑するように自分自身を見やって鼻を鳴らした。

「何もかも気に食わん」

冷たい言葉に侍女たちが泣きそうな顔になる。ディアドラが着せられたのは、袖口にレースのついた長袖の白いボディスに、深みのある薔薇色のローブだった。胸部を覆う三角形のピエス・デストマには美しい刺繍《ししゅう》が施され、大小の天鵞絨《ビロード》のリボンで飾られている。ローブの分かれ目から覗くペティコートは美しい翡翠《ひすい》色に染められ、小花模様の刺繍が散らしてあった。

レースの付け襟で飾られた胸元にはダイヤモンドとサファイアのネックレス。優美に結い上げた淡いプラチナブロンドの髪には大粒のルビーを嵌《は》め込《こ》んだ黄金のティアラが挿し込まれている。戴冠式など特別な時にしかつけない王冠の代わりに式典や公式行事に用いられるものだ。

ディアドラは薄く紅を引いた唇を不快げにゆがめた。

「たかが会議に出るだけなのに、こんなに着飾る必要などあるのか？　ヴラドはわたしを笑いものにしたいのか」

「そんな！　ラズヴァーン元帥は、女王陛下にふさわしい恰好をさせよと仰せになって……」

ためらいがちなモニカの言葉が尻すぼみに消える。

ディアドラは自らの鏡像をむっつりと睨めつけた。

（これが『ふさわしい』のか……？）

亡くなった母は確かにいつも美しいドレスをまとい、華やかな宝石でその身を贅沢《ぜいたく》に飾っていた。だが母は王妃だ。政治にはほとんど関わらなかった。

（そうか……、わたしも『王妃』になるんだったな）

新たな国王であるヴラドの妃に。召使たちはまだ『女王陛下』と呼ぶが、すでに実権は取り上げられている。今後はもう国政に口を出せない。ゴテゴテと着飾らせるのは、ディアドラが新王の『持ち物』に過ぎないことを臣下に知らしめるためなのだ。

納得はしたはずなのに、心がひどく重苦しかった。権力を取り上げられただけでなく、ありとあらゆる力を根こそぎ奪われたようで、どうにも歯がゆく心許《こころもと》ない。

ふと、鏡から見返しているのが自分ではなく、死んだ母のように思えてディアドラはぎくりとした。こんな恰好をしていると、いやでも自分が母によく似ていることを思い知らされる。

若い頃の母を描いた肖像画にそっくりだ。

父にはそれが耐えがたかったのかもしれない。仲のよい夫婦だったとも思えないが、それだけに亡妻によく似た気に入らない娘は不快感を呼び覚ます存在だったのだろう。

「……ほぅ、これはお美しい。見違えました」

笑みを含んだ呟き声で我に返った。鏡にヴラドが映り込んでいる。ディアドラはさっと振り向いた。何故だか急に恥ずかしさを覚えたが、深く考えず、怒りにすり替えて怒鳴りつけた。

「ヴラド！　どういう厭味《いやみ》だ、これは!?」

「厭味？」

「ふん！　わかっているぞ。おまえの言うとおり、わたしはセンスがないからな。華美な衣装を着こなせなくて、逆にみっともなく着られているのを笑いたいのだろう。そしてわたしを臣下の前で貶《おとし》め、権威を失墜させるつもりなんだ。王位を奪取するのに必要な存在であっても、元女王のわたしは煩わしい諍《いさか》いの火種。初手から抜かりなく徹底的に叩《たた》いておこうという魂胆なのだろうがッ」

眉を逆立ててまくし立てるディアドラを、ヴラドはぽかんと眺めていた。

やがて眉根にしくりと皺《しわ》を寄せ、辟易《へきえき》した調子で慨嘆する。

「そんな深読み能力があるのなら、もっと生産的な方向に使えませんかね……」

「何だと!?」

「悪意に捉えすぎだと言ってるんです。貴女のそのお姿を見て笑うような馬鹿者がいたら、即刻追放してやりますよ。最低限の審美眼すらないような輩《やから》など、どのみち使いものにならないでしょうから」

気色ばむディアドラに歩み寄り、ヴラドは窘《たしな》めるように言い聞かせた。

「大体その衣装を選んだのは貴女じゃなくてリディアたちでしょう。彼女らのセンスに問題があると仰《おっしゃ》りたいのですか？」

「そんなことは言ってない！　わたしには……、……ッ、わからん！」

顔を赤くして怒鳴るディアドラを軽くいなし、ヴラドは侍女たちに頷きかけた。

「ふたりともよくやってくれた。何も問題はない。――さぁ、ディアドラ様。参りましょう」

悠然と微笑んで腕を差し出され、ムッとしてディアドラはヴラドを睨《にら》んだ。

こんなこと今まで一度だってしたことないくせに……！

無視してやろうかとも思ったが、かろうじて自分の『立場』を思い出し、しぶしぶディアドラは彼の腕を取った。

議場として使われる小謁見室にはすでに家臣たちが顔を揃《そろ》えていた。長方形のテーブルについていた貴族たちが一斉に立ち上がる。彼らはディアドラの姿を見るなり息を呑んだ。

誰もが呆気にとられた様子で目を丸くしている。嘲られている気はしないものの何だか妙に居心地の悪い視線が束になって襲いかかってきてディアドラは憮然《ぶぜん》とした。どこかで咳払《せきばら》いが響き、一同はハッとした様子で頭を垂れた。ディアドラはツンと顎を上げて歩を進めた。

恭順の意を示す臣下たちの顔ぶれを横目で見ると、以前とはだいぶ異なっていることにすぐに気付いた。宰相が仕切っていた時代には閑職に追いやられていた者たちが大部分を占めている。三人の将軍公爵は以前どおり神妙な顔で礼を取っていた。

現在の城は軍部の統制下にあるはずだが、相変わらず会議に出席している軍人はヴラドを含め将軍の地位にある四人だけだ。

階の上にはふたつの玉座が置かれていた。予備のものを出してきたのだろう、形や大きさはほぼ同じだ。ディアドラを左側に座らせ、自分も席に着くとヴラドはテーブルの一番手前に陣取った初老の男に軽く頷《うなず》いてみせた。

半年ほど前に突然引退したペトル伯爵だ。宰相と対立することが多く、マハヴァールとの縁組にも一貫して反対していた。伯爵は一礼し、うやうやしく口上を述べた。

「女王陛下におかれましては変わりなくお健やかなご様子。臣下一同安堵《あんど》いたしました」

「わたしは元気だ。心配はいらない」

ディアドラは頷き、以前と同じ口調で告げた。会議は新たなメンバーの紹介から始まり、特に異論はなかったのでディアドラは全員を承認した。しかし、何故わざわざ確認させるのだろう。すでに実権はヴラドが握っていて、わたしは『お飾り』に過ぎないのに。

ヴラドが玉座を占めていても誰も異議を唱えないのだから、彼が国王として認められていることは間違いない。もっともオルゼヴィアの議会は国王の諮問機関であり、さして強い権限をもっているわけではないが。

ましてやヴラドは軍部全体を掌握する元帥だ。真っ向から逆らう者などいないだろう。

会議は謀叛《むほん》が起こった後とは思えぬほど粛然と進んだ。

ディアドラが軟禁されている間に王朝の交替は滞りなく済んでしまったらしい。女王の退位を誰も惜しまないのかと思うとさすがに寂しい気持ちになったが、仕方がない、これはいわば自業自得だ。それだけの器がディアドラにはなかったということなのだから……。

ズキッとこめかみが疼いてディアドラは顔をしかめた。

頭が痛い。さっきから何となくすっきりしなかったが、いよいよ大きく脈打ち始めた。

それとなくこめかみを指先で揉んでいると、ペトル伯爵が改まった顔で切り出した。

「――では、最後になりましたが……。国王陛下と女王陛下の婚儀につきまして、女王陛下のご意見を賜りたく存じます」

「意見だと……？」

次第に強まっていく頭痛のせいで、ディアドラは胡乱《うろん》な目つきで伯爵を睨んだ。

伯爵は一瞬たじろぎ、しかつめらしい顔でゴホンと咳払いをした。

「は……。ラズヴァーン公爵がオルゼヴィアの王位を引き継ぐにあたりましては、そのぅ、条件がございまして……」

「前王族の女性を妃にしなければならないんだろう？」

「さようでございます。……ご承知いただけますでしょうか」

へりくだった態度にディアドラは失笑しそうになった。

何を今さら。わたしの意思など実際には必要とされていないのに。

ふと、反抗心が湧いた。もしもここでわたしがいやだと言ったらどうなる……？

少なくともヴラドは恥をかくだろう。無理やり処女を奪われたのだから、それくらいの仕返しをしてやったっていいはずだ。

くすり、と隣の玉座でヴラドが笑みを洩らす。

彼は見透かすような流し目をディアドラにくれ、ひそりと囁いた。

「やめておいたほうがいい。恥をかくのは貴女のほうですよ」

「……どういう意味だ」

「貴女が拒否した場合、私は証拠を提出します。貴女がすでに私と契りを結び、実質的な婚姻関係にあると示すものを、ね」

「なんだそれは……」

「私としては、貴女の破瓜の証で染まったリネンなど誰にも見せたくないのですが」

カッと頬《ほお》に血が上る。平然と微笑しているヴラドを殴りつけたくなる衝動を必死にこらえ、ディアドラはペトル伯爵に向かって重々しく頷いてみせた。

「承知する」

その言葉を聞いてホッとしたのは、ひとりペトル伯爵ばかりではなかった。全員が胸を撫《な》で下ろしたような顔つきになる。ムッとしたディアドラが険しい顔で一同を睨み回すと、彼らは慌てて威儀を正した。引き攣った笑みを浮かべ、ペトル伯爵が散会を告げた。

「で、では、結婚式と戴冠式の日程につきましては後日改めて協議する、ということで。今日はこれにて……」

尊大に頷き、ディアドラはヴラドの腕に手を添えて退出した。

自室に帰り着くなり、ディアドラはヴラドの襟首を掴んで怒鳴った。

「返せ！」

「何をですか」

「わたしの、っ……、しょ、証拠だ！」

「いやですね。貴女の処女は私がいただいたのだから私のものです」

頑《かたく》なな顔で返され、ディアドラは逆上した。

「わたしの血はわたしのものだ！　返せ！　燃やす！」

「だったらますます渡せません。鍵をかけて大事にしまっておきます」

「そんなもの取っておく奴があるか！　おまえは変態か!?」

「貴女が結婚を承知してくれましたので、誰にも見せません。ご安心ください」

「そういう問題じゃない！　ふ、不愉快だッ」

「忘れなさい」

「簡単に言うなーっ」

激怒したせいか眩暈《めまい》がしてディアドラはよろけた。頭痛はますますひどくなって頭が締めつけられるようだ。血管がズキンズキンと派手に脈打っている。ふらつくディアドラの手首を掴んだヴラドが訝しげに眉をひそめた。大きな掌で額を覆い、ぎょっとしたように目を見開く。

「熱があるじゃないですか！」

「あ、頭に来たせいだ。放せ！　もうこんな、動きづらいドレスなんか着ていられるか……っ。ばあや、早く脱がせてくれ――」

力任せにヴラドの腕を振り払う。ふらふらするディアドラにマリアとふたりの侍女が慌てて走り寄った。足首に力が入らず、ディアドラの身体ががくんと揺れる。侍女たちが悲鳴を上げた。床に崩れ落ちる寸前、力強い腕がディアドラをはっしと掬いあげた。

急速に意識が遠のいてゆく。

血相を変えて覗き込んだヴラドが何か叫んでいたが、あまりに遠くて聞き取れなかった。

黒い沼に呑《の》み込まれるように、ディアドラの意識はふつりと途切れた。


夜空に花火が上がるのを、ディアドラはバルコニーから眺めていた。

待望の世継ぎの王子の誕生に城も町も浮かれ、沸き返っている。待ちに待った息子を授かって喜びに浸る両親は、繋ぎに過ぎなかった娘の存在などすっかり忘れてしまっていた。

浮かれ騒ぐ人々から取り残され、ぽつんと佇《たたず》むディアドラの傍らに、子どもらしさのない寡黙で無表情なヴラドだけが変わらずに付き従っている。

『――あんたもアドリアンのところに行けば。将来の国王はあの子なんだから、元帥になるあんたが従うべきはあの子でしょ』

寂しさを悟られたくなくて、ディアドラはわざと乱暴な物言いをした。

だが、ヴラドは小さく微笑んでかぶりを振った。この頃ようやく彼はわずかながらも感情の起伏を示すようになった。相変わらずわかりにくいが、たまにはうっすらと笑顔も見せる。

『僕はディアドラ様のお側《そば》がいいです。僕の主はディアドラ様ですから』

『わたしはもう世継ぎじゃないのよ。それでもいいの？』

『僕は永遠にディアドラ様のお側にいたいです』

にこ、と彼は微笑んだ。まだちょっとぎこちない笑顔。

六歳のディアドラには永遠なんてどれだけ長いのかわからないけれど、素直に嬉しかった。

『いつまでも、ずっとってこと？』

『はい。いつまでもずっとです』

あんまり嬉しくて、抱きついてしまった。驚いたように身を竦めたヴラドは、ぽんぽんと優しく背中を叩き、ぎゅっと抱きしめてくれた。ほっそりした少年の身体はとても温かかった。

『大好き、ヴラド』

『はい。僕もディアドラ様が大好きです』

大好きです。

――ヴラド……………。

ディアドラは彼のぬくもりに鼻先を押しつけるように身をすり寄せ、ハッと我に返った。

帳に包まれた薄暗い寝台のなか、ディアドラの身体はすっぽりと広い胸に抱き込まれている。

(夢……)

男っぽい匂いと胸板の厚さに、彼がもう夢の出来事のような少年ではないのだと思い知る。

ヴラドはディアドラより五つ年上だから……、弟が生まれたとき彼は十一歳だった。

お互いほんの子どもだった。夢で見た出来事が本当だったのかどうか今となっては確かめるすべもない。でも、それがいつだったにせよ、彼は誓ってくれたはずだ。ずっと側にいると。

それだけは覚えている。見ることも触れることもできない大切な宝物《おもいで》……。

やがて彼は父王の命令で王子付きとなり、憤ったディアドラは彼を『嘘《うそ》つき』と詰《なじ》った。

それからずっと胸にはわだかまりが棲《す》みついたままだ。

吐息が聞こえ、少し掠《かす》れた官能的な囁き声がした。

「……目が覚めましたか」

ヴラドは気だるげに半身を起こした。掌をディアドラの額に当て、「熱は下がったようですね」と独りごちる。

「わたし……、どうしたんだ……？」

「熱を出して倒れたんですよ。風邪をひいたんです。意地を張っていつまでも裸でいるから」

「毛皮は着てた！　――ん……!?　なんで今も裸なんだ!?」

密着した肌からぬくもりが直に伝わってくる。

うろたえてもがくディアドラを逞しい腕で抱え込み、ヴラドは嘆息した。

「何もしてません。温めてあげただけです」

眠気を含んだ声で囁いて彼はこわばるディアドラの背中を撫でた。

「もう少し寝ていなさい。まだ早い」

すぅ、とヴラドはふたたび眠りに就いてしまう。ディアドラはしばらく固まっていたが、規則正しい彼の寝息を聞いているうちにだんだんと緊張は解けていった。

こんなふうに抱き合って眠るのは初めてではないだろうか……。

ヴラドに抱かれた後は身も心も疲れ果て、深く眠り込んでしまうから、彼の寝顔はおろか寝息を聞いたこともなかった。朝になって目を覚ませばもう姿を消している。

短くなった蠟燭が帳の向こうで静かに揺らいでいた。暗すぎて彼の表情は窺《うかが》い知《し》れない。

静かな寝息と鼓動、そして何より確かなぬくもりがディアドラを包んでいる。

『僕はずっとディアドラ様のお側にいます』

少年のヴラドが神妙な顔で誓う。

『これからは、私たちはずっと一緒だ』

成長したヴラドが噛みしめるように囁《ささや》く。

彼は覚えていたのだろうか。守られることのなかった約束を。

……いや、違う。きっとそれは単に夫婦となることを意味していただけだ。

ヴラドは自分の王位が正当なものであることを示すためにディアドラを妃《きさき》とするのだから。

必要だから、そうするだけ――。

親密なぬくもりに包まれながら、ディアドラの心はいつまでもかじかんだままだった。


ディアドラは窓辺に座り、ぼんやりと空を眺めていた。倒れてから三日、ようやくベッドから離れられるようになった。ヴラドが温めてくれたおかげで熱は一晩で下がったものの、それがきっかけとなってディアドラは一気に体調を崩してしまった。朝になっても眩暈がして起き上がれず、一日中ベッドのなかでうとうととまどろんで過ごした。

侍医の診断によれば、心労が重なったゆえの体調不良で、安静にして滋養のあるものを採っていればすぐに良くなるとのことだった。足が冷えないようにベッドには湯たんぽをふたつ入れ、肩には銀狐《ぎんぎつね》の毛皮を巻き付けた。ばあや手製のやわらかく煮たサルマーレと粥状《かゆじょう》のママリガを食べてぐっすり眠ると眩暈は収まっていた。

だが、立ち上がるとどうにもフラフラして、心配したばあやにベッドに押し戻されてしまった。やむを得ずもう一日横になって過ごした。

その間ヴラドは暇を見つけてはディアドラの具合を確かめに来た。あちこちの部署で担当者の刷新をおこなったため、とても忙しそうだ。何か手伝えることはないかと尋ねると、余計なことは考えずにゆっくり休んでいなさいと不機嫌そうに言われてしまった。

(口出しするなということか……)

もはや何の権限も持たない名ばかりの女王だということを頭では理解していても、つい習い性であれこれ考えてしまう。まずは為政者として考える癖が染みついているらしい。

これからは気持ちを切り換えて、『王妃』として家政を管理するすべを学ばねばなるまい。

自分が身にまとっている衣装を見下ろし、ディアドラは溜息をついた。

毛皮のストールの下に着ているのは厚手のシルクで作られた優雅なローブとペティコートだ。見た目はふんわりと軽やかだが、身体はコルセットで締めつけられている。

今日は病み上がりということでかなりゆるめにしてもらっているが、これからはぎゅうぎゅう締め上げられることだろう。男装していたときもばあやに泣きつかれてコルセットだけはしていたが、ドレスを着るとなればいい加減な締め方ではすむまい。胴回りを絞らなくても、乳房を支えられればそれでいいのに。

（慣れるしかない……のだろうな）

ディアドラは自嘲めいた苦い笑みを浮かべた。拒否するだけではただのわがままだ。実際はドレスがいやなのではなく、何事も強制されると反発心が湧く性分なのだった。

自分を納得させるにはそれなりの時間がかかる。それが立場だろうと服装だろうと同じこと。

はぁ、と溜息をついたディアドラは、チリチリと響く鈴の音に顔を上げた。

「お姫様――！」

嬉しそうな声が響き、満面の笑顔で派手な衣装を着た青年が両手を広げて走ってくる。

「――ジェルジ!?」

思わず腰を浮かすと、道化のジェルジは大仰な身振りでくるりと回って深々とお辞儀をした。

「会いたかったよー！」

「よかった！　無事だったんだな」

ジェルジは腰に手を当て、ぷんと唇を尖らせた。

「全然無事じゃないよ！　ジェルジ、ずっと牢屋《ろうや》に入れられてたんだよ」

「牢屋!?」

「ひどいでしょ。ジェルジ、なーんにも悪いことしてないのにさ。宰相のことだって嫌いだったのに」

そういえば彼は宰相のことをかなり無礼に揶揄《からか》ってはよく怒りを買っていた。城から追い出してやると息巻く宰相をなだめ、たかが道化の悪ふざけに目くじらをたてなくてもとなだめたのはヴラドだ。彼が道化を嫌っていることは知っていたから、すごく意外だった。ヴラドは道化に絡まれても無言・無反応で押し通したが、しゃれにならない目つきで睨めつけたものだ。

「……ジェルジを牢に入れたのはヴラドなのか？」

「さぁ～？　ジェルジ、いい気分で寝てたらいきなり兵隊が押し入ってきて、わけわかんないうちに牢屋に放り込まれちゃったんだ。それからずっと水とカチカチになったパンだけでさぁ。今朝になってやっと出られたんだ。もうお腹《なか》ペコペコだよぉ」

「可哀相に。厨房《ちゆうぼう》で何か食べてくるといい。好きなものを食べさせるようにとわたしが言っていたと伝えれば大丈夫だろう」

「ありがとう！　やっぱりお姫様は優しいねぇ。牢屋に入れられてるあいだ、ずっと心配してたんだよ。元帥にひどいことされてるんじゃないかって」

じっ、と瞳を覗き込まれ、引き攣りながらも何とか微笑み返す。

「わたしは大丈夫だ」

「元帥と結婚するって聞いたけど、本当？　謀叛を起こしたのは元帥なんでしょ。そんな人と結婚しちゃっていいの⁉」

「謀叛とは少し違うんだ。元々彼は王位継承権を持っていた。わたしがあまりに、その……不甲斐なかったものだから、見かねて彼が決起したんだよ」

「お姫様は不甲斐なくなんかないよ！　すっごくがんばってたじゃないか」

「ありがとう、ジェルジ……」

胸が熱くなり、瞳を潤ませながらディアドラは微笑《ほほえ》んだ。自分を認めてくれる人がいるのはいいものだ。たとえそれが道化のおべんちゃらでも、今はただ嬉《うれ》しい。

「本当だよ、お姫様。お世辞じゃないよ。ジェルジはいつも本当のことしか言わないもん。だから人は怒るんだ」

にこっ、と彼は笑い、称賛の目つきでうっとりとディアドラを眺めた。

「ところで素敵なドレスだねぇ……。すっごく似合ってる。やっぱり美しいお姫様は綺麗なドレスを着てるのが一番だよ」

「そうだな……。これからは『お姫様』になるしかないみたいだ」

苦笑したディアドラの睫毛にぽつんと涙の珠《たま》が浮かんだ。

兄が生きて生まれたら、あるいは弟が今も生きていたら、ディアドラがそうあるはずだった本来の立場に戻るだけ。喜ぶべきことなのに……。

せつなげに眉を寄せたジェルジが、そっと手を伸ばす。

「泣かないで、可愛いお姫様……」

だが、指先がディアドラの睫毛に触れる寸前。道化の身体は力任せに後ろに引っぱられていた。襟元で首を締めつけられたジェルジがぐぇっと呻《うめ》く。唖然《あぜん》としたディアドラが顔を上げると、黒い軍装に身を包んだヴラドが険しい顔で道化の後ろ襟を掴《つか》んでいた。

ヴラドは氷刃のごとき瞳で道化を見下ろし、傲然と吐き捨てた。

「汚い手で触るな」

「ヴ、ヴラド！　やめろっ」

慌てて手を伸ばすと彼は不快げに眉をひそめ、必死の形相でジタバタ暴れる道化を床に放り投げた。うずくまってゴホゴホ噎《む》せたジェルジが口許《くちもと》を拭い、不敵な瞳でヴラドを見上げる。

「相変わらず乱暴だなぁ……。そんなんじゃ大切なお姫様に嫌われちゃうよ？」

「……脱走したと聞いて、もしやと思って来てみたが。拾われた道化のくせに忠義なことだ」

「拾われた恩があるからね。優しいご主人様を裏切ったりしないよ」

平然とまぜっかえす道化をディアドラはぽかんと眺めた。

「脱走……？」

「こいつは牢番《ろうばん》に手品を見せて気を逸《そ》らしておいて鍵を盗んだんですよ」

にべもない口調で吐き捨て、ヴラドは剣の柄に手をかけた。

「おまえがどこかの間諜《スパイ》であることはわかっている。今まではあえて泳がせていたが、それも潮時。素直に吐けば苦しまずに殺してやろう」

「どっちにしても殺す気じゃないかっ。僕は間諜《スパイ》なんかじゃない！　職にあぶれて食い詰め

て、ついに行き倒れただけのしがない道化だよッ」

「行路病人を装って城に入り込むのはよくある手口だ」

ヴラドはすらりと剣を抜き放ち、床に座り込んでいる道化に突きつけた。

「違うってばー！　ジェルジはただお姫様に笑ってほしいだけなんだよぉ」

ディアドラは慌ててヴラドに縋《すが》りついた。

「やめろ！　ジェルジはわたしを慰めてくれただけだ。怪しげなことなどしていない」

「貴女は人を信用しすぎます」

「ジェルジを追い出せとわめく宰相を止めたのはおまえじゃないか！　たかが道化の戯《ざ》れ言《ごと》にいちいち目くじら立てるなとおまえが言ったんだぞ!?」

ぴくっとヴラドの目許《めもと》が引き攣る。剣を突きつけられて青くなっていたジェルジは、ディアドラに庇われてたちまち調子づいた。

「ふっふーん。わかってるんだもんねー。元帥が王様になったのは、お姫様をお嫁さんにしたいからだって」

「!?」

ギラリと目を怒らせたヴラドが無言で剣を振り上げる。ディアドラは必死にしがみついた。

「やめろ、冗談なんだからっ。ジェルジ、おまえも口を慎め！　ヴラドは冗談が嫌いなんだ」

「図星を刺されて頭に来たんじゃないの〜？　冗談も解さないような唐変木と結婚するのはや

めといたほうがいいよ。うん、そりゃもう絶対に！」

「いいかげんにしろっ」

背後からヴラドを押え込みながら、ディアドラは真面目くさった顔でのたまう道化を叱りつけた。そりが合わないなら距離を置けばいいのに、わざわざちょっかいを出しては火に油を注ぐようなことばかり口にするジェルジの性格もかなりのものだ。

ヴラドは腕を下げ、憮然と呟《つぶや》いた。

「お放しください、ディアドラ様。この痴れ者を斬るのはやめましたから」

「本当だな!?」

「とりあえず、この場では自粛しておきます」

堅苦しい口調で告げたヴラドから身を離すや否や、ディアドラはとおせんぼするようにさっと腕を広げ、ふたりの間に立ちはだかった。

「ジェルジはわたしが召し抱えている道化だ。勝手な処分は許さない！」

「間諜《スパイ》ですよ」

「違うって言ってるだろ!?」

珍しく犬歯を剥きだした本気の怒り顔でジェルジが怒鳴る。

「ヴラド。彼が間諜だろうとそうでなかろうと、わたしは国の大事を道化に話したりはしない。それくらいの分別はある。それとも、わたしはもう如何なる信用にも値しないのか？」

ヴラドは黙ってディアドラを見返した。冷ややかな威圧を含んだ蒼《あお》い瞳を負けじと睨みつける。彼は小さく肩をすくめ、剣を鞘《さや》に戻した。

「……ふたりきりにはさせません。いいですね？」

「わかった」

頷くと、ヴラドは冷たい視線を道化に向けた。

「風呂に入って身なりを整えてから出直せ。そのようなむさ苦しい恰好で女王陛下の御前にまかり出ることは許さん」

「誰のせいだよっ!?」

拳を振り回す道化を蹴りだすように追い払い、ヴラドはディアドラをじっと凝視《みつ》めた。

「な、なんだ……？」

「……あの道化がそんなにお気に入りですか」

「え？　う、うん……。ジェルジは面白いし、笑わせてくれるから……」

かすかな溜息を洩らし、不本意そうにヴラドは眉根を寄せた。

「まぁいいでしょう。気晴らしになるならお側に置いてもかまいません。ただし、過度に信用なさいませんよう」

「わかっている」

ヴラドは頷いたディアドラに歩み寄り、瞳を覗き込みながら頬を撫でた。どこか愁わしげな蒼い瞳にトクリと胸が疼《うず》く。

彼は長身を屈《かが》めてそっと唇を合わせた。ディアドラは抗わなかった。迷いを含んだくちづけは唇を優しく覆い、時に強く、時にやんわりと唇を吸った。

「……お身体の調子はいかがですか」

「もう……何ともない……」

ちゅ、と唇を甘く吸ってヴラドが目を細める。

「……では、今夜伺います」

頬がにわかに熱くなり、ディアドラはうろたえ気味に目を逸らした。

くすりとやわらかくヴラドが笑う。

「待っていてくれますね……？」

ますます熱くなる頬を隠すようにうつむき、ディアドラはこくりと頷いた。

彼の大きな掌が優しくうなじを撫で、背中を滑る。

その動きだけで夜の秘めごとを思い出してしまい、ディアドラは恥じ入って身を縮めた。

そんなディアドラの反応に目を細め、ヴラドはゆったりと背中を撫でながら甘いくちづけを繰り返したのだった。

第四章　純情なる淫愛

その夜、入浴を済ませたディアドラは半分だけ帳《とばり》を下ろした寝台のなかで、ひとりカチコチに緊張していた。扉に近い部屋の角ではモニカが椅子に座って黙々と編み物をし、その傍らでジェルジがリュートを爪弾いている。

ジェルジは手品や大道芸を得意とする道化だが、実は楽器の腕前もなかなかのものなのだ。ふだんはでたらめに掻《か》き鳴らしているだけでも、その気になれば美しい曲を流麗に奏でられる。

曲に耳を傾けつつ、静かな曲調とは裏腹にディアドラの心はまるで落ち着かなかった。

幾度追い払ってもヴラドの蠱惑的な微笑が脳裏によみがえってくる。今夜伺います、と囁いた彼の声を思い出すたびに耳朶《じだ》を甘く嬲られたような心持ちになって、ぞくっとしてしまう。

(ば、馬鹿。何を期待してるんだ！)

自分を叱りつけ、さらに顔を赤らめてぶんぶんかぶりを振る。

――期待!?　いや違う、期待なんかしていない！　断じてしてない。全然してない！

膝を引き寄せ、赤くなった顔を伏せた。急に自分が恥ずかしくなった。

無理やり身体を拓《ひら》かされたというのに、ひどく感じてしまったのが今さらながら情けない。二度目のときもあられもなく喘いで、何度も絶頂に達してしまった。

(わたし……おかしいのかな……)

無垢な肉体は征服されるや否や快楽を覚え込み、あの恍惚が欲しいとねだってディアドラの内奥を露骨に疼かせる。無理やり処女を奪われたときは殺したいくらい彼を憎んだはずなのに。

ディアドラはぎゅっと膝を抱え込んだ。

(なんてさもしい……。これじゃヴラドに奪われるのを望んでたみたいじゃないか)

——望んだのよ。

自分自身の声が妙になまめかしく頭のなかで笑う。

——嘘をつく必要なんてないわ。もうあなた《わたし》は自分の欲望から目を逸らさなくていい。それが欲しいと素直に望んでいいの。

欲しくなんかない！

ふふっ、と内面の声が淫夢魔めいて艶美に笑う。

——嘘つきはヴラドじゃなくてあなた《わたし》ね。彼が欲しくてたまらなかったくせに。あの逞《たくま》しい腕に抱かれ、力強く抱きしめられたいと願っていたでしょう？　固い殻を剥いて、誰もまだ愛でたことのない瑞々《みずみず》しい果肉を心ゆくまで味わってほしかった。そうよね？

違う！　そんなこと望んでなどいない……！

──望んだわ。今も望んでる。以前よりももっと、望んでいる。彼に貫かれ、身も心も征服されることを望んでいるの。

違う……!!

──恥じることなどないわ。あなた《わたし》はヴラドのことがずっと好きだったんだもの。愛されたいと願って当然。幸運にも彼も同じことを望んでくれている。あなた《わたし》を所有したがってるの。身体も心も全部、我がものにせずにはいられない。

──涼しげな顔をして、彼って凄く貪欲よね。でもあなた《わたし》はそれが嬉しいんだわ。だって彼が、それだけあなた《わたし》に執着してくれてるってことだもの。そうでしょう?

コツコツと扉をノックする音に、ハッとディアドラは我に返った。

応対に出たモニカが扉を開ける。低い話し声が聞こえてきた。ディアドラは枕にもたれかかり、反対側を向いた。頬が燃えるように熱くて、ヴラドの顔をまともに見られそうにない。

「陛下」

ためらいがちな侍女の声に驚いてディアドラは向き直った。

帳の陰から申し訳なさそうな顔を覗《のぞ》かせ、モニカが囁く。

「あの……、イリナ様がおいでなのですが」

予想もしなかった名前にディアドラは目を瞠《みは》った。

「イリナ? イリナ・コルトヴァシュか?」

ディアドラはとまどった。イリナ・コルトヴァシュはヴラドの許嫁《いいなずけ》――いや、元許嫁だ。そして失脚した宰相の姪《めい》でもある。彼女との婚約は破談にしたとヴラドは言っていたはず。

何故、彼女がわたしを訪ねてくるのだろう。しかもこんな夜遅くに……。

「いかがいたしましょう。拝謁を賜るような時間ではございませんし、お引き取り願ったほうが……？」

「――いや、きっと火急の用件があるのだろう。通してくれ」

正直気まずかったのだが、出直せというのも気が引ける。彼女からヴラドを奪う形になったことが何となく後ろめたくもあった。

ややあって、顔を伏せたイリナがしずしずと近づいてきた。ディアドラは寝台のなかで身を起こし、まっすぐに座り直した。

帳が半分下りているため、イリナは足元のほうに立って恭しく身を屈めた。

「夜分遅くにまかり越しました非礼をまずはお詫びいたします。拝謁をお許しいただき恐縮にございます」

「久方ぶりだな、イリナ。息災だったか」

顔を伏せたままイリナは頷いた。

「はい……。こたびのこと、女王陛下におかれましてはさぞご心痛でしたでしょう」

「うむ。そなたもな。――まぁ、座れ。わたしに話があるのだろう？」

モニカが運んできた椅子に腰掛けると、イリナはようやく顔を上げた。青ざめて面やつれした顔に絶句する。

イリナは非常に女性らしい美貌の持ち主だ。深い焦げ茶色のつぶらな瞳は雌鹿を思わせ、開きかけの薔薇のごとき唇からは真珠色の皓歯がちらりと覗く。

全体に小作りなのだが、豊満な胸と引き締まったウエスト、少女っぽさを残したあどけない顔立ちが相まって、何ともいえない婀娜っぽさが漂う。

年齢はディアドラよりふたつ年下だが、醸しだされる色香では足元にも及ばない。

そんな臈たけた雰囲気も、今の彼女からはまるで感じられなかった。

よく眠れていないのだろう、目の下にはうっすらと隈が浮かび、ふっくらしていた頬の肉もかなり削げてしまっている。青ざめた唇は瑞々しさを失い、肌はくすんでいた。

イリナは昏い瞳をディアドラに向け、かすれた声で囁いた。

「陛下。お人払いを願えますか」

ディアドラは一瞬ためらったが、頷いてベッドの天蓋から垂れる紐《ひも》を引いた。

チリンと鈴が鳴り、即座にモニカが現れる。

「イリナと話がある。ふたりきりにしてくれないか」

モニカは迷うそぶりを見せた。イリナが捕らえられている宰相の身内であることから警戒したのだろう。ディアドラに目で促され、モニカはしぶしぶ頷いた。

「少ししたら戻って参ります。何かあればすぐにお呼びください」

「ああ。それと、ジェルジはもう下がらせてよい」

「かしこまりました」

音楽が止み、ふたりが出て行く。

扉が閉まるとふたたびイリナは目を伏せ、膝の上に置いた手を握り込んだ。

「――話とは何だ？」

できるだけ穏やかに尋ねてみたが、イリナはぐずぐずと躊躇した様子で答えようとしない。

そのうちようやく決心がついたのか、顔を上げて窺《うかが》うようにディアドラを凝視《みつ》めた。

「伯父のことです……」

やはり――。イリナとは個人的に親しくしていたわけではない。顔を合わせれば立ち話をする程度だ。こんな時間に話しにくるなら、伯父であるザンフィル・ベネデクか、元婚約者のヴラドに関すること、そのどちらか以外にない。

正直、ヴラドを返してくれと言われなかったことにディアドラはホッとしていた。

「ザンフィルのことは、わたしもとても残念に思っている」

「誤解なんです！　伯父がそんなことをするはずありません。ひどい濡れ衣だわ……！」

「イリナ……」

ディアドラは困惑して眉根を寄せた。イリナは幼い頃に両親を亡くし、ザンフィルが後見人となって養育してきた。彼女にとってザンフィルは父親のような存在だったのだろう。

否定したい気持ちはわかる。ディアドラだって、彼が国庫を横領して私腹を肥やしていたなんて、できることなら信じたくはなかった。

「誤解であればよかったが、証拠があるんだ。それに、彼の罪は横領だけではない。前カンブレ公爵を殺害した。本人も罪を認めている」

「ありえません！　そんなの無理やり言わされたに決まっています。拷問されて、やってもいない罪を自白させられたんです」

確かに、ある意味無理やりではあったが、飲まされそうになったのが毒でなければあれほど取り乱すはずがない。ディアドラは噛んでふくめるように言い聞かせた。

「その場にはわたしも居合わせた。確かに厳しい取り調べだったが、拷問などしていない。彼は罪を認めたんだ。残念だが、そなたの伯父は道を踏み違えてしまったんだよ」

絶句したイリナは青ざめた唇を噛みしめ、しばらく黙り込んでいた。

やがて彼女は不安定に震える声で低く呟いた。

「それが本当だとしても……、陛下なら助けられますよね……？」

イリナはいきなり椅子から立ち上がり、ディアドラの手を痛いほど握り締めた。

「女王陛下なら伯父を助けられるはずです！　どうか特赦をお与えください。伯父は長年にわたって王家に仕えてきました。先代のデネシュ王陛下にもディアドラ女王陛下にも誠心誠意お仕えしてきたんです。伯父の献身に少しばかり報いてくださってもいいではありませんか。誰だって過ちを犯すものです。一度や二度の過ちで極刑を科すなんてあんまりです……！」

「イリナ。ザンフィルは己の地位を利用して国庫を食い物にしていたんだ。不正に蓄財し、王家所有の鉱山から採掘した銀を横流しして自分の懐に入れていた。収賄容疑は他にも複数ある。加えて上位貴族の殺害――。ザンフィルの身分ではいかなる理由があろうと死罪は免れない。法をねじ曲げるわけにはいかないよ」

「ですが、陛下が温情をかけてくだされば……！」

ディアドラは自嘲的に首を振った。

「わたしにはもうそんな権限はないんだ。この国の王はヴラドに変わった。古き盟約をもって王権は彼に移行した。わたしはもはや名ばかりの女王にすぎない」

「だったらヴラド様にお願いしてください！　陛下はあの方と結婚なさるのでしょう!?　ヴラド様に、伯父をお許しくださるよう頼んでください。命を助けてくださるだけでいいんです。財産はすべて献上いたします。わたしたちは国を出て行きますから……！」

鬼気迫る顔で訴えられ、ディアドラはたじろいだ。だが、無責任な約束はできない。

「そんなことは頼めないよ。わたしが決定を下す立場であっても認めざるを得ない事態なんだ。わたしだってすごく残念だ。おまえの気持ちはよくわかるが……」

「夜明けには伯父は処刑されてしまうのですよ!?　もう時間がないんです！」

切羽詰まった声でイリナが叫び、ディアドラは目を剥いた。

「夜明けに処刑……!? そんな、わたしは聞いていないぞ」

「中止が無理ならせめて延期を……! 伯父にもう一度釈明の機会をお与えください。女王陛下、どうかお願いですから――」

「――いいかげんにしろ」

冷徹な声が戸口から上がった。ハッとして帳《とばり》をめくると、腕を組んで扉の前に佇む長身の影が目に飛び込んでくる。ヴラドは端麗な顔に厳しい表情を浮かべ、ひとかけらのぬくもりも感じられない声で言い放った。

「この期に及んで直訴したところで無駄だ。たとえ女王陛下にお願いされても、決定を覆すつもりはない。予定どおり、夜明けに刑を執行する」

「ヴラド様、どうかお慈悲を……!」

イリナはヴラドに縋りついて訴えたが、彼は煩わしげにイリナを引き剥がすと控えていた衛兵に邪険に押しつけた。

「もう下がれ。宰相が処刑されてもきみに累が及ぶことはない」

「そんなことを心配しているのではありませんっ。伯父は無実です！ 濡れ衣を着せられたの。――そうよ！ そうだわ、あなたが罪をなすりつけたのね!? 自分の罪を伯父に着せたんだわ、そうなんでしょう!?」

「くだらぬことを」

うんざりした顔で吐き捨てるヴラドを、イリナは狂気じみた目つきで睨んだ。

「国庫を食い物にしたのは伯父様じゃない！　あなたよ！　伯父様が邪魔だから、自分の犯した罪を全部着せて、始末してしまおうというんだわ……!!」

こめかみに青筋を浮かせてわめきたてる元許嫁を、ヴラドは呆れと侮蔑の入り交じった目つきで冷ややかに眺めた。

「ザンフィルはきみが父親から受け継いだ財産をも勝手に使い込んでいたんだぞ？　その金で愛人に贅沢三昧をさせていた。それでも伯父を庇えるのか？」

「嘘よ！　伯父様がそんなことするはずないわっ」

「必要なら後で詳細を説明してやる。目減りしたきみの財産は奴《やつ》の私財から補填《ほてん》しておいた。イリナ、きみには当分のあいだ屋敷にて蟄居を命ずる。——コルトヴァシュ嬢を屋敷まで送り届けろ。丁重にな」

「はっ」

命じられた衛兵は畏《かしこ》まって敬礼すると、腫れ物に触るようにイリナを部屋から連れ出した。その間もイリナは金切り声でヴラドを非難し続けていた。

扉が閉まり、喧騒が遠ざかるのを確かめると、ヴラドはおもむろにベッドに歩み寄った。

上着を脱いでイリナが座っていた椅子の背にかけ、険しい顔のディアドラを憮然と見返す。

「言いたいことがあるならどうぞ」

「夜明けにザンフィルを処刑するというのは本当なのか」

「本当です」

「聞いてないぞ⁉」

「言いませんでしたからね」

軽く腰に手を当てて飄然《ひょうぜん》と返され、ディアドラは激昂《げっこう》した。

「何故言わない⁉」

「教えれば貴女は立ち合うと言い出したでしょう？」

「もちろん立ち合うぞ！　奴の不始末はわたしの責任だ。最後まで見届ける！」

「その必要はありません。貴女にはすでに実権がないのだから、見届けは不用です」

「ザンフィルはわたしの宰相だったんだ！」

ディアドラは叫び、拳を握り締めた。

「――わたしが任命し、政務を執らせてきた。信頼して任せていたんだ。彼の政《まつりごと》はすなわちわたしの政だった。それが断罪され、終焉を迎えるのなら、その最期を見届けなければならない。それは王としての――王だった人間としての、わたしの責務だ！」

敢然と言い放つディアドラを見やり、ヴラドはうんざりと眉をひそめた。

「斬首など女性が見るものではありませんよ」

「わたしを女扱いするな！」

むかっ腹をたてて言い返すと、ヴラドは珍しく怒気もあらわに眉を吊り上げた。

「あなたが女性であることは事実だ！　女扱いして何が悪い⁉」

「……ッ、わたしは……！」

「何度も言いますが、貴女はもはや王ではないのですよ」

わかっていたことでもヴラドの口から断言されると凍りつくように胸が冷えた。

彼は容赦のない声音でディアドラを追い詰める。

「わたしが貴女を『女王陛下』と呼ぶのも、周囲に未だそう呼ばせているのも、貴女に敬意を払っていればこそです」

「ふん！　おまえの厚意に過ぎぬというわけか」

ありったけの闘志を掻き立てて睨み付けると、ヴラドは悔やんだように眉間をゆるめた。

「――私は貴女を大切に思っているんです」

哀訴めいた呟きがひどく腹立たしくて、ディアドラは露骨に皮肉な口調で言い返した。

「そうだろうとも。わたしはおまえに権威と正当性を与えてやれる唯一の存在だからな！」

ヴラドの瞳に傷ついた色が浮かぶのを見て、ディアドラは自分の発言をたちまち後悔した。

だが、口から出てしまった言葉を引っ込めることはできない。無理やりに猛々《たけだけ》しい敵意を込めて睨み付けると、ヴラドは人が変わったように辛辣な冷笑を浮かべた。

「わかっていれば結構。失った権力などさっさと忘れて、今のご自分に課せられた義務を果たすことです」

彼は腕を組み、軽く顎を反らして傲然とディアドラに命じた。

「まずは妻の務めを果たしていただきましょうか。――そうですね。さしあたり、夜着を脱いで私を誘惑してみなさい」

「なっ……!?」

顔を真っ赤にして睨むと、ヴラドは悪魔がほくそ笑むようにクックッと喉を鳴らした。

「もっとはっきり言わないとわかりませんか？　裸になって股を開けと言ったんです」

「…………ッ!!」

容赦なく上掛けをむしり取られ、ディアドラは身を縮めた。

ヴラドの瞳には一片の容赦もない。残酷で、どこまでも冷たく、嘲りに満ちている。

「どうしました？　できないんですか。私の妻になることを承知したはずなのでは？　私のことを嘘つきと詰《なじ》ったくせに、どうやら真の嘘つきは貴女のほうですね」

「嘘などつかぬ！　おまえが王として善政を敷くなら妻でも慰みものでもなってやるさ！」

ディアドラは屈辱に唇を震わせ、荒々しく夜着の襟元を開いた。

やぶれかぶれで夜着を脱ぎ捨て、全裸になって脚を広げる。

後ろ手を突き、どうだとばかりにヴラドを睨み付けると彼は冷たく嘲笑した。

「その程度で誤魔化《ごまか》すつもりですか？　もっと大きく開きなさい。貴女の一番いやらしい場所がよーく見えるようにね」

わざと辱めるような言い方に、羞恥以上に怒りが込み上げる。ディアドラはできるかぎり顔をそむけ、限界まで大きく股を広げた。昼間のような明るさはないのだから、はっきり見えはしまいが、それでもこんな卑猥《ひわい》な恰好《かっこう》を強いられるのは途轍もない屈辱だ。

注がれる彼の視線を感じた。広げられた脚の間に冷たい欲情の視線が突き刺さる。それを意識するだけで勝手に花芽が充血し、きゅんと疼いた。

今更ながら恥ずかしくなり、ディアドラはじっとりと汗ばむ腿《もも》を小さく震わせた。

ヴラドは枕元の小卓に置かれていた燭台を取り上げるとベッドに腰掛けた。脚の間を無遠慮に照らしだされて狼狽する。

「な、何を……!?」

脚を閉じ合わせたくても、炎に触れるのが恐ろしくてできない。

腿にじわりと炎熱を感じた。秘すべき場所をあかあかと照らしだされる恥辱に顔が引き攣る。

「……ふふ。濡れてきましたね。憤っていても、男に見られれば欲情してしまうんですか？　とんでもない淫乱だな」

艶笑をふくんだ嘲り声に、ディアドラは眉を逆立てた。その一方でお腹の奥がぞくりと疼いてしまい、唇を噛みしめる。貶《おとし》められて昂奮するなんて絶対ありえない。

そんな変態的な嗜好、わたしは断じて持ち合わせていないっ……！

ディアドラの葛藤など素知らぬ顔で、ヴラドは珍しい花でも鑑賞するかのように秘裂の奥庭をしげしげと覗き込んだ。

「美しいですね……。淡い蜂蜜色の和毛。髪よりも少し色が濃い。とてもやわらかそうだ」

そっと伸ばした指先に絡めるように茂みをくすぐられ、びくっと腰が跳ねる。

「んッ……！」

慌てて唇を噛むと、ヴラドは情欲にぬめるような瞳で含み笑った。

「重なり合った薔薇色の花弁が露に濡れて……。綺麗ですよ、ディアドラ様。とても淫靡で美しい花を隠し持っておられる」

くす……と笑う吐息にすらぞくぞくと感じてしまい、ディアドラは枕にもたれて顎を反らした。トロリと奥から蜜があふれてくるのがわかる。見られ、言葉で嬲《なぶ》られただけなのに、下腹部が不穏に戦慄くのを止められない。情けなさに目頭が熱くなった。

豊かな胸を上下させて乱れた吐息を洩らすディアドラを陶然と凝視《みつ》めながら、ヴラドはさらに煽《あお》り立《た》てるような言葉を淫猥《いんわい》に囁いた。

「おや……、茂みの下に可愛い茱萸《ぐみ》がなっていますね。柘榴のように真っ赤に色づいて……、もうすっかり食べ頃のようだ」

ヴラドが自らの唇をぺろりと舐めるのを見ると、腰骨を貫くような甘い刺激が走った。

ディアドラは目を潤ませて喘いだ。はしたなくも期待に媚肉がわななき、血液が集中した蕾《つぼみ》はぷっくりとふくらんで痛いほど疼いている。

「……いや、もう少し熟れるのを待ったほうがいいか」

独りごちる声にディアドラはハッと顔を上げた。

思わずねだるように凝視めてしまい、ヴラドがくすりと勝ち誇った笑みを浮かべる。

「どうしました？　ディアドラ様。そんな切なそうなお顔をされて」

「な……、なんでもないっ」

「言ってごらんなさい。どうしてほしいんです？　正直に言えば、そのとおりにしてさしあげますよ。私は貴女の忠実なるしもべですから……。私の女王陛下」

欲情に潤んだディアドラの瞳を覗き込んでヴラドは囁いた。

ぞくんっと走った刺激の強さに、ディアドラは剥《む》き出しの胸を上下させた。

「し、知るか！　何でも好きにすればいいだろうっ」

「……そうですか。では言ってください。貴女の一番恥ずかしいところを舐めてほしいと」

「!?　だ、誰が言うかっ、そんないやらしいこと！」

目を剥くディアドラを、ヴラドは傲然とせせら笑った。

「私の好きにしていいのでしょう？　私は貴女にそう言ってほしいのですよ。だから、言ってください」

「いやだ……ッ」

「言いなさい。それとも自分は気まぐれな嘘つきだと認めるんですか？」

くっとディアドラは唇を噛み、涙の滲んだ睫毛をきつく閉じ合わせた。胸の先端が温かく濡れた感触に包まれ、ぎょっとして目を開くと、ヴラドが乳暈にゆっくりと舌を這《は》わせていた。

舌先で転がすように屹立《きつりつ》した先端を刺激し、目を上げて残忍に含み笑う。

「どうしました？　嘘つきだと認めますか。私は別に構いませんがね……。自分勝手な嘘つきには罰を与えてあげますから。——そう、たとえば達することができないように加減しながら一晩中責め苛むとか？」

どうですか、と残酷に笑って尖《とが》った乳首をこりりと甘噛みする。

「……ッ」

「そうしたら、意地っ張りな貴女もさすがに音を上げるでしょう。そのとき貴女がどんなふうに乱れ、無我夢中で縋《すが》りついてくるのか……。試してみるのも悪くない」

「いや……っ」

ディアドラは潤んだ瞳を見開いた。そんなことをされたらどうなってしまうのかわからない。きっと恥も外聞もなく卑猥なことを口走り、彼に抱きついて悦楽をねだってしまうだろう。ただでさえ辱められ踏みにじられてボロボロにされた自尊心をこれ以上傷つけられたくない。

せめて優しくしてもらえたら……、愛されていると錯覚できるかもしれない。ディアドラを抱くのは打算からでも劣情を発散するためでもなく、情愛ゆえなのだと。

それがただの思い違いでも、ひとときだけは甘い夢に浸っていられる――。

「言う……から……っ、やめ、て……！」

「では言ってみなさい」

「あ……、わた、しの……、恥ずかしい……場所……、な……舐め、て……っ」

ヴラドの指が、茂みに隠された宝珠を揶揄《からか》うようにつんつんと突つく。

「これを舐めてほしいんですか？　私に」

「ん、んッ……」

ディアドラはぎゅっと目を閉じ、がくがくと頷《うなず》いた。

「そこ……っ、ヴラドに、舐めてほし……の……ッ」

「……よく言えましたね」

ヴラドは目を細め、褒めるように優しくくちづけた。彼は小卓に燭台を戻すと、ひとしきりディアドラの唇と舌を貪った。熱い吐息を絡ませ、ディアドラは懇願した。

「……っ、おね、がい……。優しく……して……」

「もちろんですとも。可愛い妻には優しくしますよ」

唾液で濡れた唇をぺろりと舐め、ディアドラの腿を抱え込むようにして顔を近づける。

熱い舌がぬるりと花芽に絡みついた。

「く、ひ……ッ」

じゅわぁっと炙《あぶ》られたバターが溶けるように快感が込み上げ、ディアドラは真っ赤になって口許を押さえた。舌先でぐるりとなぞられ、ちゅぷちゅぷと音を立てながらねぶり回される。

ディアドラは快美感に涙を浮かべ、ふるふるとかぶりを振った。

指の間から上擦った嬌声《きょうせい》が洩れる。

「あ……！　あ、んぅ……ッ、ン……、い、ぃ……、あ……ッ、あぁん」

ちゅぅぅと震える媚肉を吸い上げてヴラドが淫靡に笑った。

「美味しいですよ、ディアドラ様。とても甘くてやわらかく……、蜜もほら、こんなにたっぷり……」

じゅるるっとわざと大きな音をたてて啜り上げられ、ディアドラは悲鳴を上げた。

「やぁあっ、やめて！　音……いや……ッ」

ヴラドの頭を押し戻そうとしたが、手に力が入らない。

そのあいだも彼の舌は熟れきった秘裂を縦横無尽に這い回った。愛蜜と唾液でぐちゃぐちゃの泥濘《ぬかるみ》と化したそこは濃密な女の香りを匂い立たせ、ヴラドの欲情をさらに煽る。

蜜まみれの尖《とが》りを軽く甘噛みされ、舌で舐め転がされながら緩急をつけて吸い上げられて、ディアドラは我を忘れて身悶《みもだ》えた。

「ひぁン、はぁッ、あッ……、やっ、ヴラド……！　ンン……ッ」

びくびくと蜜襞が蠢き、ディアドラは絶頂に達した。

痙攣《けいれん》する女陰にゆっくりと舌を這わせながら、ヴラドが含み笑う。

「もう達《い》ってしまわれたのですか？　これからじっくりと中を可愛がってさしあげようと思ったのに……、待ちきれませんでしたか」

脚をだらしなく開き、激しく胸を喘がせていたディアドラは、揶揄混じりの艶笑に唇を戦慄かせた。喘《あえ》ぎながらも恨みがましく眉根を寄せてヴラドを睨むと、彼は表情を甘くやわらげ、機嫌を取るようにディアドラの頬を優しく撫でた。

「睨むのはおよしなさい。そんな色っぽい目つきで睨《にら》んだところで逆効果にしかなりませんよ。それともそれを狙っているのですか？」

「だれ、が……ッ」

ヴラドは目を細め、さらりと流れる月光のようなディアドラのプラチナブロンドを指で梳き、チュとくちづけた。

「そんなふうに貴女に睨まれると、たまらなく劣情を掻き立てられる……。どうしようもなく貴女が欲しくなってしまうんです」

「どうかしてるぞ……、おまえは……っ」

「ええ、自分でもそう思います。……ですが、貴女も良くないんですよ。逆効果だと教えたのにまだ睨むのだから」

ヴラドの端整な顔が急接近し、逃げ場のないディアドラはなすすべもなく目を見開いた。

くすりと微笑して彼は囁いた。

「……どうして貴女はそうも私を煽るのでしょうね。怯《おび》える貴女を見ると、可哀相だと思う以上に引き裂いて支配したくなるんです。貴女は私を獣にする……。酷いひとだ」

「か、勝手な戯れ言をぬかすな……」

「優しくしてほしいのでしょう？　だったら意地を張らず、素直に蕩《とろ》けていなさい」

ヴラドは無造作に服を脱ぎ捨て、ディアドラの身体を抱き寄せた。

重なった唇を割ってぬるんと舌が滑り込み、同時に濡れた秘処に指が侵入する。ディアドラは潤んだ瞳をいっぱいに見開いた。

「んッ！　んんッ」

舌を擦り合わせながら唾液と蜜で濡れそぼった媚肉をぐちゃぐちゃに掻《か》き回《まわ》され、腹底が捩れるほどの快感にビクビクと腰が跳ねる。

「ふぅッ……、ン！　んぅッ……」

呼吸もままならず頭がクラクラした。彼の指が媚壁のあわいに沈み、ずるるっと奥処《おく》まで一気に入り込んでくる。ぬちゅぬちゅと指を前後させながら、そそのかすようにヴラドは囁いた。

「濡れ襞が吸いついてきますね……。ほら、ご自分でもわかるでしょう？」

触れ合った唇から伝わる声の振動にさえゾクゾクと感じてしまい、ディアドラの瞳は羞恥でさらに潤んだ。ヴラドは濡れてぷくりとふくらんだ唇を執拗《しつよう》に吸いねぶり、誘い出した舌をいやらしく舐めしゃぶった。

「あ……、はぁ……ッ」

いつのまにか二本挿入されていた指が、ディアドラの弱い場所をこりこりとくすぐるように刺激する。たまらずにディアドラはヴラドにしがみついた。

「あぁッ、ヤン！　それ、いやぁっ……」

「ここがお好きなんですよね」

優しく指先で擦られてビクビクと身体が跳ねる。

ぷしゅりと勢いよく淫水が弾け、ヴラドの指をしとどに濡《ぬ》らした。恥じ入って身をこわばらせるディアドラの目許に優しくくちづけ、ヴラドは甘く囁いた。

「ああ、潮《しお》を噴いてしまいましたか。……そんな泣きそうな顔をしないで。大丈夫、恥ずかしいことではありませんから」

恥ずかしいに決まっている！　自分の身体をコントロールできないのは恐《こわ》い。快楽に溺れて媚《こ》びるような声を上げ、身体をくねらせてしまうのも恥ずかしくてたまらなかった。

ヴラドの掌《てのひら》で思いのままに転がされている気がした。

彼が耳元で睦言《むつごと》を囁くだけで漣《さざなみ》のように愉悦が肌を伝い、呼吸が荒くなってしまう。そんな過敏な反応を示す自分自身が見知らぬ他人のようで、怖くてたまらずヴラドに縋りついた。

「……ぅ……ふッ……、ッ」

かぼそい啜り泣きを洩らすと、ヴラドはハッとしたようにディアドラの顔を覗き込んだ。冴えわたる夜空の月に雲がかかるように、蒼い瞳に翳がよぎる。彼は苦しげに眉を寄せて囁いた。

「泣かないで、ディアドラ様。貴女を……愛しているんです……」

それはまるで罪を告白するかのような口調で……。ディアドラはぼんやりと彼を見上げた。

わたしを愛している……？　だったらどうして苦しそうな顔をするんだ？　そんな顔で嘘《うそ》をつかれたら、都合のいい夢に浸ることさえできなくなる。どうせ嘘ならもっと甘く言えばいい。ああ……、ヴラドは正直者だから、『愛してる』なんて心にもない嘘は巧く言えないのか。

「……今更そんな嘘つくな……」

「嘘では——」

「おまえはわたしを征服したいんだろう？　獣のように引き裂いて支配したいのだと……、そう言ったじゃないか。だったそうすればいい。見え透いた嘘など……不用だ……」

こわばったヴラドの表情が、ゆっくりと冷たく残忍なものへと変わってゆく。

彼は獲物に忍び寄る獣のごとく、くくっと喉を鳴らした。

「そうしたくなる、と言ったのであって、そうしたいと言ったわけではないのですがね……。まぁ、いいでしょう。それが貴女のお望みなら」

彼は傲然と言い放ち、ディアドラの身体をひっくり返した。

うつ伏せにした腰を掴んでぐいと引き起こす。

「やっ……!?」

獣のような姿勢を強いられ、反射的に抗《あらが》ったが、四つん這いの体勢ではどうにもならない。

尻朶をぐっと掴まれ、左右に割り広げられてディアドラは赤面した。

「やぁあ……っ」

そんなに開かれたら後ろの窄《すぼ》まりまで丸見えだ。恥ずかしさに身を捩ると、ぬるんだ秘裂に熱い塊がぐりりと押しつけられた。背中でヴラドが残酷に笑う。

「貴女を壊してさしあげますよ。我が麗しき女王陛下」

「――――ッ!!」

ぐぷっ……と濡れた隘路《あいろ》を割って熱杭が挿入される。すでにじゅうぶん濡らされてはいたが、その巨大な質感に圧倒されてディアドラはかすれた悲鳴を上げた。

「ひ……あ……ッ。い、た……ああぁッ……!!」

「――ふ。まだキツイな……」

根元まで淫刀を埋め込み、ヴラドは低く呟いた。

腰を掴んで確かめるようにぬちゅぬちゅと蜜孔を前後させる。ディアドラはリネンを握り締め、唇を戦慄《わなな》かせてかぶりを振った。涙が散ってポタポタとリネンに滴った。

「いや……ぁ……、んんッ……く、ひぁッ……」

「もう少し指で慣らしておけばよかったですね」

ずぷずぷと媚壁を穿《うが》ちながらヴラドが呟く。

容赦なく揺さぶられ、ディアドラは、はくはく喘いだ。斜め上から突き込まれると肉楔の先端で弱い場所をぐりぐりとこすられて、わけがわからなくなるほどの快感に苛まれる。

「ひッ、あッ、あぁッ、あぁン」

激しく身悶《もだ》えるディアドラを、さらに追い立てるような容赦ない抽挿をヴラドは仕掛けてきた。ぐぷぐぷと空気を含ませて粘膜を掻き回し、張り出したえらで引っかけるようにして感じる場所を責め立てる。

身体を支えきれず、ディアドラはリネンに突っ伏した。尻だけを高く突き出す恰好になり、淫猥な体勢を意識するとますます過敏になって些細な快楽さえ余さず拾い上げてしまう。

「あぁッ、あッ……、ンぁ……、あぁ……ッふ……」

ひっきりなしに上がる嬌声がリネンに阻まれてくぐもる。

そのぶん自分の耳にはひどく猥りがましく響き、否が応にも羞恥心を煽られた。

掻きだされた愛蜜がしぶき、腿を伝い落ちる。脳髄が痺《しび》れたようになって、視界にチカチカと光が瞬いた。ディアドラは掻きむしるようにリネンを掴み、きつく眉根を寄せた。

「んぅ――――――ッ!!」

繋《つな》がった部分が愉悦に疼き、熱く蕩《とろ》ける。ビクビクと痙攣する柔襞に雄蕊《おしべ》を絞られてヴラドが低く呻いた。動きを止めて締めつけをじっくりと堪能し、彼はホッと吐息を洩《も》らした。

「……危うくこちらまで持っていかれるところでしたよ。ディアドラ様は素晴らしく淫猥な肉体をお持ちですね。まるで娼婦のようだ」

汗の浮いた背中にそっとくちづけられる。

言葉の残酷さとは裏腹に、その仕種は優しく、恭《うやうや》しささえ感じられた。

「私の女王陛下……。これからは私の膝があなたの玉座なのですよ。私にもたれかかり、可愛らしく啼いてください。どんなに甘えてもいいんです」

甘い毒薬のような声が耳孔を蕩かしてゆく。

その心地よさに恍惚となりながらも、ディアドラはかすかな理性の残滓《ざんし》にしがみついた。

「わた、しは……、愛玩物、じゃ……ない……ッ！」

「ふふ、手強いひとだ。それだけ壊しがいがあるというもの……。私の伴侶として、じっくりと躾けてあげましょうね。貴女にならいくら手間隙をかけても惜しくはない」

ヴラドはディアドラの背にゆっくりと舌を這わせた。背中の窪みに沿ってツッと舐め上げられると鋭い性感が走り、ひくりとディアドラは喉を反らした。

「ひぁ……ッ」

腰を掴《つか》んでいた彼の手が前に回り、茂みの奥の秘珠に触れてくる。

濡れそぼつ可憐な花芽を指先でいたぶりながら、彼はゆっくりと腰を打ちつけた。

「こちらも放っておいては可哀相ですね。一緒に可愛がってあげないと」

「やぁあっ、やめ……ッ、一緒……いや……、ふぁ、あ、あッ、あンンッ……！」

二本の指で挟むようにきゅっきゅと扱きながら挿入した雄根の先端で感じる場所をずりゅずりゅと擦られ、ディアドラは涙をこぼして悶え狂った。

「ぁふッ……、ひぁあ……、あ、は……ぁン、くひ……ッ」

先走りと混じり合った蜜がじゅぷじゅぷと掻きだされ、ぐっしょりと茂みを濡らしてゆく。尻を掲げた恰好なので、淫液は腹部を伝って胸元に流れ落ちた。ねっとりしたその感触すらも敏感になった肌には刺激となり、淫靡な陶酔を掻き立てる。

まるで粗相したように下肢がべとべとに濡れていた。また『潮』とやらを噴いてしまったらしい。だが、恥辱も何も圧倒的な快楽の前にぼんやりとかすんでしまう。

「んッ、んッ、あ……、また……ッ、ぃくッ……、い……、っちゃぅ……!!」

きゅうきゅうと痛いほどに下腹部がうねる。大量の蜜でぬめる花芯を指先で捏《こ》ね回《まわ》しながら濡れ鞘を穿っていたヴラドが淫魔のように囁いた。

「達きなさい。何度でも、好きなだけ」

「はぁ……ッ、あ……、ん……、ら、め……ぇ……、も……、いく、の……ッ」

溜まった唾液が絡んで舌足らずになってしまう。朦朧とした呟きを洩らすディアドラの横顔を愛《いと》しげに見つめながら、ヴラドは挿入した屹立の抽挿を速めた。

「あッ、あッ、ひッ、ひぁあッ、ぁう……、んんっ、ふぁ……ッ」

ディアドラは眉根をきつく寄せ、もう何度目かわからない絶頂に達した。

繋がった部分から放射状に愉悦が走り、指先まで痺れたようになる。きれぎれの吐息を洩らすディアドラの蜜孔から、太いままの剛直が抜け出てゆく。

ぽかりと虚《うろ》が空いた気がした。

ひくひくと蠢く肉鞘は呑《の》み込んでいた淫刀のかたちを留めたまま、せつなげに震えている。

もはや力の入らない身体を元に戻され、正面から覗《のぞ》き込まれた。絶頂の余韻でとろんと弛緩《しかん》したディアドラの表情を愛しそうに凝視《みつ》めながら、甘くヴラドが囁いた。

「気持ちいいですか？　ディアドラ様」

「ン……」

かくり、と糸が切れた人形のように頷いた。逆らう気力など根こそぎ奪われていた。

愉悦に支配され、うっとりするような心地よさの他には何も感じない。ただあるのは肉体と精神を支配する強烈な悦楽だけだ。ヴラドは満足げに微笑んでディアドラの頬を優しく撫でた。

「キスしてあげましょうか？」

「ん……、して……。いっぱい……キス、欲しい……」

舌足らずに甘えると、ヴラドは優しく唇を合わせてくれた。

じわりと幸福感が胸にあふれる。自ら彼の舌を求め、夢中になって口腔《こうこう》を探った。舌を絡ませながら彼はディアドラの脚を開き、猛々しい屹立をずぷりと挿入してくる。蜜にまみれた空隙を逞しい熱杭でぎちぎちに満たされる快感に、ディアドラは鼻にかかった溜息を洩らした。

「あぁン……、ぉ……きぃ……」

「……今度は一緒に達《い》きましょう」

甘い囁きにうっとりと頷く。ヴラドは身を起こし、ディアドラの身体を膝に抱え上げた。

正面から抱き合い、唇を合わせる。

汗に濡れた乳房を彼の厚い胸板に押しつけ、ディアドラは自ら腰を振った。

「私もとても気持ちいいですよ、ディアドラ様」

「んッ……あ……、ふと……ぃの……、きも……ち、ぃ……。ヴラド……っ」

「あッ。あッ。すご……ッ、蕩けちゃぅ……、も……、そこ……蕩けちゃ、ってる……ッ」

「全部蕩けてしまえばいい。……ほら、もっと乱れて、いやらしく啼きなさい」

「あぁっ、だめッ……。そ、な……奥処……ぐりぐりしたら……ッ、あ！　あ！　ぃく、ぃ、くぅ……ッ」

腰を振りたくりながらディアドラはのけぞった。噴水みたいに快感が内奥から次々に噴き上がってくる。夜空が降りてきたように視界に星が瞬いた。

汗の浮いた白い喉元にねっとりと舌を這わせ、ヴラドが官能的に呻《うめ》く。

くれ上がった。

「ディアドラ……っ」

ぐっと腰を掴み、抉《えぐ》るようにずちゅぬちゅと奥処に突き刺すと、彼の剛直はますます固くふくれ上がった。

「く……ッ、なんて気持ちいいんだ……。すっかり貴女に呑《の》み込《こ》まれてる……！」

ディアドラは彼の背中に腕を回し、ぎゅっとしがみついた。なめらかな皮膚の下に感じる逞しい骨格や力強い筋肉の動きに陶然となる。快感が螺旋《らせん》状に渦巻き、ついに頂点で弾け跳んだ。

「んは……ッ、ぁ……、んん……、んッ――――!!」

「ふ……ッ」

ヴラドはふたたびディアドラをリネンに沈め、ぴたりと身体を密着させて獣のように呻《うめ》いた。ぐっと腰を突き上げるたびにどぷどぷと熱い飛沫《しぶき》が噴き出し、蜜襞を欲望の色に塗り込める。

濃密すぎる交歓の果て、ディアドラはことりと折れるように意識を失っていた。


翌日、目覚めたときにはすでに日は高く昇っていた。ベッドにヴラドの姿はなく、気だるい身体を横たえたままディアドラはしばらくぼんやりとしていた。すでにザンフィルは処刑されてしまっただろう。自分が荒淫に疲れ果て、だらしなく眠りこけている間に……。

何故悪行に走ったのか、ザンフィルに直接訊《き》きたかった。自分がもっとしっかりしていれば、彼が道を誤ることはなかったのではないか……そんなふうに思えてならない。

ヴラドは午後になって現れ、ザンフィル・ベネデクの処刑は予定どおり執行されたと淡々とした口調で告げた。

「……おまえは立ち合ったのだな」

「ええ。他の三公爵も」

「何か……言い残したことはないか？　わたしに……」

「信頼に背いたことをお詫びします、と言っていました」

ディアドラはその言葉の意味を噛《か》みしめた。

「……罪を認めたということか」

「悔いていたようです。悪い夢を見ていたようだ、とも言っていましたね」

ディアドラは幼い頃から見知っていた彼の姿を思い浮かべた。父に諫言する姿。辛抱強く自分に物事を教えてくれた姿。笑っている顔。怒っている顔。けっして悪人ではなかったと思う。ただ、権力に踊らされ、その闇に呑まれ溺れてしまったのだ。ディアドラはそれに気付かず、止めることもできなかった。その罪は一生背負っていくしかない。

「彼の墓を作ってやりたい。……だめか？」

「手配します」

ヴラドは渋ることなく許可してくれた。おずおずとディアドラは微笑んだ。

「ありがとう」

彼は一瞬間を置き、無言で会釈すると静かに出ていった。

それから数日、ヴラドは姿を見せなかった。新体制への移行で忙しいのだろう。蚊帳の外に置かれていることは寂しかったが、もうそんな立場にはないのだと繰り返し己に言い聞かせた。

ヴラドが善き王になってくれればいい。彼ならきっと善政を敷くだろう。これからは王妃として彼の支えになるのだ。そう考えて、ちょっと落ち込んだ。彼には自分の支えなど必要ないかもしれない。盟約の定めにしたがってわたしを妃にできれば、それでいいのだから。

(わたしにできることといったら……跡取りを産むこと……?)

もちろん出産も子育ても大事な役割ではあるけれど、それだけというのは正直虚しい。今まで最高位の為政者であっただけに、急に無力になったような気がした。まるで価値のない存在に転落したようにすら感じてしまう。慣れるには相当時間がかかりそうだ。

(悪く考えすぎだ……)

ヴラドに指摘されたように、自分のこととなると何故か無闇に悪いほうへ考えが向かってしまう。両親から軽んじられて育ったせいか、根本的な無価値感がどうしても拭えない。

はぁ、と溜息をついてディアドラはハタと我に返った。目の前にヴラドの端整な顔があった。

「ひっ……!?　な、何だいきなり!?」

「さっきからいました」

思わずのけぞると、彼は憮然《ぶぜん》とした顔で答えた。ディアドラはドキドキする胸を押さえた。

「そ、そうか。気がつかないで悪かった」

じっ、とヴラドはディアドラを凝視した。

「……具合でも悪いのですか？」

「別に……、考えごとをしていただけだ」

掌を額に当てられ、ディアドラは顔を赤くしながらぶっきらぼうに呟《つぶや》いた。

「熱はないようですね。きちんと寝て、食事をしていますか？」

「食べてるし、睡眠もたっぷり取ってる。……おまえは？」

「私もちゃんと食べて寝てますよ」

「どこで？」

「どこって、もちろん私の部屋ですが」

面食らった顔でヴラドは応じた。彼はオルゼヴィア国軍元帥だから、城内に執務室と居間、寝室など一続きの部屋を持っているのだ。

「おまえはもう国王だろう？　戴冠式はまだでも実質的には。だったらここを使えばいい」

国王執務室、秘書官の控えの間を兼ねた書斎、大小ふたつの居間、広々とした寝室といった一連の部屋は、ディアドラが父王から受け継いでそのまま使っている。

実権を失った今では執務室と書斎は閉め切りだ。ヴラドが使っている気配もないなと思っていたら、彼は元帥として持っていた部屋をそのまま使っていたのだ。

「わたしは母上の部屋に移る。今は空き部屋になっているから……」

クス、と笑ってヴラドはディアドラの手を取った。

「いいえ、このまま貴女がお使いください。私は元帥の地位も当分のあいだ兼任しますので、向こうのほうが何かと都合がいいのです」

「おまえがそれでいいなら……いいけど……」

跪いていたヴラドは立ち上がり、ディアドラの隣に座った。

ぐいと腰を引き寄せられて身体が密着する。

「ちょ、ちょっとヴラド……っ」

室内にはいつものように侍女が控え、ジェルジがリュートを奏でている。

ディアドラがヴラドと結婚することはすでに知れ渡っているが、まだ挙式していないのだからあまり人前でベタベタされたくない。それとも前女王をすでに我がものとしたことを見せつけるつもりなのだろうか。己の権威付けのために……。

「……また無駄な深読みをしていそうですね」

鋭い指摘にギクリとして、ディアドラは顔を引き攣らせた。

「別に……。軍のトップが昼日中からこんなことをしていては士気に関わるのではと危ぶんでいただけだ」

「誰も見てませんよ」

コリ、と耳朶《じだ》を甘噛みしてヴラドが囁く。肌を羽毛で撫でられたみたいに官能を刺激され、ディアドラはぞくんと戦慄いた。召使や道化など眼中にないというのだろうが、慎ましく黙っていたところで彼らはしっかり見ているのだ。

何とか躱《かわ》そうとしたが、ヴラドはかまわず唇を重ねてきた。チュッ、と甘酸っぱい音が響くと身体の奥が不穏に疼いてしまう。

無意識に脚をもじもじさせていると、くすりと耳当たりのやわらかな吐息でヴラドが笑った。

「体調はいかがですか」

「ふ、普通だ」

「それはよかった。……先日は無理をさせてしまいましたからね。まだ慣れていないのだから手加減すべきだとわかってはいるのですが、煽られるとどうにも抑えが効かなくなって」

「煽ってなんかいないぞっ」

「ほら、また。可愛く睨まないでと言ったでしょう？」

唇をふさがれ、滑り込ませた舌で悪戯《いたずら》っぽくくすぐられると、突き放そうとした手から力が抜けてしまう。簡単に籠絡されてしまう自分が情けなくて涙が出た。

湿った睫毛《まつげ》に唇を押しあて、悩ましげにヴラドは囁いた。

「そんな顔をしないでください。押し倒したくなる」

真っ赤になってディアドラは眉を吊り上げた。

「ば、馬鹿っ。おまえは万年発情期か!?」

「貴女の媚態に反応しているだけです」

「び……!? そ、そんなものわたしにあるわけないだろう!?」

「私にだけわかればいいんですよ」

彼は思わせぶりに笑って立ち上がり、すっと手を差し出した。

「お手をどうぞ、女王陛下。貴女にお見せしたいものがあります」

とまどいながら手を取ると、部屋の外へ連れ出された。

ふたりの侍女に加え、ジェルジまでひょこひょこと後ろから付いてくる。

「……どこへ行くんだ?」

小声で尋ねてもヴラドは謎めいた微笑を浮かべるだけで答えない。

廊下で行き会う兵士や文官たちがふたりに対して恭しく頭を垂れた。特に予定はないが身支度はきちんとしてあるし、略式のティアラも髪に挿している。しかし近頃は部屋にこもりきりだったので、何だか落ち着かない気分だ。

城の前庭に面したバルコニーに連れ出され、ディアドラは目を瞠《みは》った。眼下の石畳は人で埋まっていた。ディアドラの姿を目にした途端、ワーッと歓呼の声が上がる。

「女王陛下!」

「ディアドラ様――っ」

老若男女、さまざまな年齢層の人間が顔を輝かせて手を振っている。城下に住まう平民たちだ。農民や商人、坑夫と、服装も多岐にわたる。

その誰もが笑顔でディアドラに向かって手を振り、歓呼の声を上げていた。

「これは……いったい……!?」

「貴女を心配して集まってきたんですよ」

傍らでヴラドが囁く。

「わたしを？」

「ええ。宰相が処刑されたことが告知されると、女王陛下の無事な姿を見せろと押しかけてきました。一目お姿を見るまでは梃子《てこ》でも動かぬと、このとおり前庭を占拠されましてね」

ヴラドが苦笑する。ディアドラは歓声を上げる臣民たちを呆然《ぼうぜん》と見回した。

「皆、宰相の息がかかった役人どもに搾取されていましたからね。宰相自身は民の恨みを買っていましたが、ディアドラ様はこのとおり慕われていたのですよ。流感が猛威を振るっていた頃も、陛下は自ら国内の様々な場所に赴いて食料や医薬品を配って回られたでしょう？　病人の手を握って励まし、要望に耳を傾け、環境の改善に取り組まれた。皆、そのお姿を間近で拝見していました。だが宰相は豪勢な屋敷に引きこもり、病の流行が収まるのを頭を低くしてひたすら待つばかり。どちらが信頼に値する人間なのか、子どもにだってわかります」

ヴラドに促され、おずおずと前に出る。歓呼の声が一段と高くなった。

ディアドラは込み上げてくるものを抑えてにっこりと笑い、手を振った。わーっと歓声が上がり、集まった人々が満面の笑顔で手を振り返す。

左右を見回しながら歓呼に応え、ディアドラは居住まいを正した。次第にざわめきが静まってゆく。神妙な顔で見上げる人々に微笑みかけ、ディアドラは凛と声を張った。

「皆、わたしを心配して集まってくれてありがとう。見てのとおりわたしは元気だ。安心して日々の生活を送ってほしい。さいわい流行《はや》り病《やまい》もほぼ終息した。まだしばらくは大変なこともあるだろうが、皆で力を合わせて乗り越えよう。これからは……、こちらのラズヴァーン元帥が国王としてオルゼヴィアを導いてくれる。わたしも精一杯彼を支えてゆくつもりだ」

ヴラドが王位に就き、ディアドラが彼の妃となることはすでに周知されていたらしい。ディアドラの言葉に民たちは一斉に歓声を上げた。

元帥閣下万歳、ご結婚おめでとうございます、などと叫ぶ声があちこちで上がる。

ヴラドは微笑してディアドラの手を取り、うやうやしく手の甲にくちづけた。

歓呼の声に熱狂が加わり、拍手や口笛の音が入り交じる。肩を並べて手を振ると、ふたりは城内へ引っ込んだ。背後に歓声を聞きながら、ディアドラはホッと息をついた。

「……おまえも意外と人気があったのだな」

「嫌われ者の宰相を断罪した反動でしょう」

ヴラドは肩をすくめ、そっけなく答えた。途端に背後から朗らかな声が聞こえてくる。

「ご謙遜を。ヴラドは以前から人気者じゃないですか」

振り向くと城内警備担当者であるダスカレク公爵ミハイがニコニコしながら立っていた。

将軍という物々しい肩書にはそぐわぬ童顔の美青年だが、ヴラドに言わせれば取り扱い注意の危険物らしい。

傍らには羆《ヒグマ》のごとき偉丈夫のラドゥ・ヴァカロイと、猛禽類を思わせる鋭い目つきのディミトリエ・カンブレもさりげなく控えている。

現在、実質的にオルゼヴィアを動かしている四将公が揃い踏みだ。

ヴラド以外と顔を合わせるのは先日の政務会議以来だが、いつもながら四人が揃うと一瞬気圧されるような迫力が漂う。ディアドラは軽く咳払《せきばら》いして喉を湿した。

「そうなのか？　知らなかったな」

それほど意外でもないか、と思いつつ訊き返すと、ラドゥが軽く頭を掻《か》きながら応じた。

「オルゼヴィアでは男の働き手の三分の一は傭兵《ようへい》ですからね。軍のトップであるヴラドに人気が集まるのは当然でしょう。加えてこのとおり水も滴る佳い男だから、女性にも騒がれる」

「それで、群れ集まってくるご婦人方に筋肉羆さんは涎《よだれ》を滴らせるわけですね」

したり顔で頷くミハイをぎろりとラドゥは睨《ね》めつけた。

「けっ。てめーみてえなエロガキが滴らせるのはさしずめ――」

「女王陛下の御前で不埒な冗談はやめろ」

ディミトリエの冷ややかな声に、ふたりはさっと取り澄ました顔になった。

ごほん、と咳払いをして、しかつめらしくラドゥが切り出した。

「ちょっといいか、ヴラド」

「……ああ」

頷いたヴラドはディアドラに一礼して踵《きびす》を返したが、ふと思いなおしたようにディミトリエに声をかけた。

「ディミトリエ。陛下を部屋までお送りしてくれないか」

訝《いぶか》しげに眉をひそめたものの、ディミトリエは素直に「わかった」と頷いた。

ミハイが不満そうな声を上げる。

「僕がお送りしますよ！　城内警備担当者ですから——ててつ、何すんだよラドゥ！」

耳をぐいぐい引っぱられてミハイは悲鳴を上げた。

「いいからてめーは一緒に来い」

「僕だってたまには女王陛下と親しくお話を〜」

「また今度にしろ」

ミハイの耳を掴んだまま、ラドゥは大股でずんずん歩きだした。

ヴラドは何食わぬ顔でディアドラに会釈して、悠然とふたりの後に続いた。

「参りましょうか、陛下」

「――ああ」

促され、ディアドラはディミトリエと並んで歩きだした。

ディミトリエは宰相の一件では最も直接的な被害を受けた人間のひとりだ。彼の父親は宰相の手で毒殺された。ザンフィルの処刑には彼も立ち合ったそうだが、父親を殺した男の首が斬り落とされるのを、彼はどんな気持ちで見守ったのだろう……。

何か話しかけねばと思いつつ、言葉を選んでいるうちに部屋に着いてしまう。

それでは、と恭しく頭を垂れるディミトリエを、慌ててディアドラは引き止めた。

「あ、あの！　よかったら、その……、ちょっと歩かないか？」

驚いたように目を瞠ったディミトリエは、微笑んで頷いた。ホッとしてディアドラは彼を中庭のひとつに誘った。ようやく若葉が芽吹き始めた早春の庭をそぞろ歩きながら、ディアドラは頭を悩ませた。だが、気の利いた言葉はひとつも浮かばない。

ふぅ、とディアドラは嘆息した。こうなったら自分の今の思いを正直に告げる他なさそうだ。

「――ディミトリエ。わたしはおまえを信頼しているよ」

不意打ちを食らった様子で彼は目を瞬いた。

「……ありがとうございます、陛下」

「宰相のこと等いろいろあったが……、おまえたちが私利私欲や私怨で動いているわけではないことはわかっているつもりだ。真剣にオルゼヴィアの現状を、行く末を考えてくれている。だからわたしはおまえも、ミハイもラドゥも、……ヴラドのことも信頼している。おまえたちは皆、オルゼヴィアに対して忠実だった。これからもそうあってほしい」

ディミトリエは表情を改めて頷いた。

「もちろんです、陛下」

「わたしはもう王ではないが……、わたしに仕えてくれたように、新たな王であるヴラドにも仕えてもらいたい。だが、それ以上に彼の友人でいてほしいと思う。いつまでも、気の置けない友としてヴラドの側にいてやってくれないか」

かすかに顔を歪ませてディミトリエは囁いた。

「貴女は今でも私にとって大事な主君です。オルゼヴィアを思う気持ちがある限り、貴女はこの国の女王だ」

ディミトリエは跪き、臣下の礼を取った。

「ありがとう、ディミトリエ」

ディアドラは囁き、手を差し伸べて彼を立たせた。

腕を組んで庭を歩きながら、ディミトリエは遠慮がちに囁いた。

「あの……。ヴラドの非礼については私からもお詫びいたします。今さらですが……、私たちは彼の意図を知っていて止めませんでしたから」

「ああ……うん。いいんだ、もう。別に恨んではいないよ」

ディアドラは苦笑して、顎を上げた。

「ヴラドが王位に就くためにはわたしと結婚することが必須条件なのだし、あのときはわたしも頭に来ていたから、誰がおまえとなんか結婚するかと拒絶してしまった……。ヴラドが国政の全権を掌握するには、わたしと結婚するか、少なくとも結婚の同意を取り付けていなければならなかったんだろう？」

ディミトリエは固い表情で頷いた。

「あのときは可及的速やかに実権を握る必要がありました。国王命令でないとできないこともあったので……」

「おまえたちにしても、ヴラドに国王たる資格を持たせる必要があったということだな」

「……申し訳ありません」

「いいさ。もう……いいんだ……」

小さく笑うディアドラを、ディミトリエは気づかわしげに凝視《みつ》めた。

「言い訳にしかならないでしょうが……。ヴラドは陛下のことがずっと好きだったんですよ。主君としてだけでなく、それ以上にひとりの女性として愛していたんです」

呆気《あっけ》に取られてディミトリエを見返すと、彼は真剣な顔で頷いた。

「彼はまだ言ってませんか？」

「いや……、一度言われたような気もするが……」

ディアドラは口ごもり、頬を染めた。

『泣かないで、ディアドラ様。あなたを……愛しているんです……』

愛を告げるにはあまりにも苦しげな声。悩ましげな表情――。

「でも、あれは……」

きっと、わたしが柄にもなく泣いたから。驚いてとっさに出ただけの……慰めだ。

「嘘じゃありません。ヴラドは貴女を愛しています」

たたみかけるように言われてディアドラは眉を吊り上げた。

「だったら最初からそう言えばいいではないか！　あんな極端な行動に出る前に言ってくれたら……、わ、わたしだって……」

カァ、と頬を染め、ディアドラはうつむいた。

「わたしだって……ヴラドのことが、ずっと……」

「それを彼に告げましたか？」

「い、言えるわけないだろう！　わたしはオルゼヴィアの女王で、ヴラドはわたしの臣下なんだから……っ」

「では、ますます彼のほうから告白するわけにはいきませんね」

「……？」

眉根を寄せるディアドラに、ディミトリエは苦笑した。

「お忘れですか？　我が国の婚姻制度を。身分差があっても結婚できますが、ひとつだけルールがある。『身分が下の者から上の者に対して結婚を申し入れてはならない』」

「……っ」

「元々は成り上がり目的の略奪婚を防止するためのルールだったようですが……」

「そ、それじゃ何か。わたしが女王だからヴラドは好きだと言えなかったと……!?」

「彼はちょっと度が過ぎるほど生真面目な男ですからね。ある意味、頭が固いんですよ。オルゼヴィアへの忠誠心で凝り固まってるような奴《やつ》でして……。そんな彼が忠義を尽くすべき女王陛下に、貴女を女性として愛しているから臣下の自分と結婚してほしいだなんて、とても言えないでしょう」

ディアドラは呆然とした。

「そんな……っ」

「だから彼としては、陛下と結婚するためには身分差をぶち壊すしかなかったんですよ。それもぐずぐずしてはいられない。貴女はマハヴァールの王子との結婚を決断してしまった。こうなったら古き盟約を利用して自らが王となり、陛下と対等の立場に立つしかない。そうすれば堂々と求婚できるし、最悪の場合でも強引に結婚にもっていける。……褒められたことではありませんが、身分が対等なら事実婚を主張できますからね」

できればそれはやめてほしかったんですが……、とディミトリエは残念そうに溜息をついた。

「わたしが……マハヴァールの王子と結婚を決めたから……？」

「この際はっきり申し上げておきますが、その決断は支持できません。我々は何もヴラドに積年の想《おも》いを遂げさせてやりたいばかりに王位奪取に力を貸したわけではないんですよ」

ディアドラは赤くなってうろたえた。

「で、でも……、だからって……」

「文句はヴラドに言ってください。おふたりとも素直じゃないですよね。というか、真面目すぎるんでしょうか？」

どうやらヴラドに対するディアドラの想いは、何かと察しの良い彼らにはただ洩れになっていたようだ。ディアドラは目許《めもと》を赤くして、冷やかすように微笑しているディミトリエを睨み付けたのだった。


「――何を拗ねていらっしゃるんです？」

深みのある甘い声にぞくっとして、膝を抱えていたディアドラは急いでそっぽを向いた。

「そんなに端に寄ると転げ落ちますよ」

ちら、と目を遣るとヴラドの逞《たくま》しい裸の上半身が目に飛び込んできて、慌てて顔をそむける。

夜も更けた頃になって寝室を訪れたヴラドは、さっさと服を脱いでベッドに入ってくるなり背を向けて横たわっていたディアドラを抱き寄せた。寝た振りをしようと思っていたのに反射的に抗ってしまい、広い寝台の隅に逃げるとヴラドは怒ったふうでもなく苦笑した。

「おいやなら今夜は何もしません。してほしいなら何でもいたしますが」

しれっと言われ、ディアドラは赤面して眉を吊り上げた。

「お、おまえはすることしか頭にないのか!?」

「ベッドでは貴女のこと以外考えたくありませんから」

衒《てら》いのかけらもない返答に、ますますディアドラは顔を赤くした。

「よくもそんな歯の浮くような台詞《せりふ》をぺらぺらと喋《しゃべ》れるものだな……っ。よほど頻繁に口にしているると見える」

「貴女にしか言っていませんし、言いませんよ」

妙に艶っぽい表情でヴラドは囁いた。彼は小首を傾げてディアドラを眺め、くすりと笑った。

「ディアドラ。こっちへ来なさい」

命令口調のくせに甘やかすような声音に、ますます落ち着かない気分になる。

依怙地《いこじ》に膝を抱えていると、ヴラドは余裕を保ったまま諭すように告げた。

「妻は夫の言葉を聞くものですよ」

しぶしぶ近づくとすかさず抱き寄せられ、子どもみたいに頭をぽんぽんと撫でられた。

厚い胸板に顔を埋めながら、ディアドラは拗《す》ねた口調で呟いた。

「夫だって妻の言葉を聞くべきだ。夫婦の立場は対等だぞ」

「喜んで聞きますよ。何ですか？」

さんざん迷った末にディアドラは拗ねたように呟いた。

「……わたしを愛しているというのは本当なのか」

一瞬、動きを止めたヴラドが苦笑して背中を撫でる。

「何を今更。もちろん本当に決まっているでしょう。貴女を愛しています、ディアドラ。もうずっと昔から」

優しく囁かれ、ディアドラは顔を赤くしてヴラドを睨んだ。

「き、気付かなかったぞ！　昔って、いったいいつからなんだ」

「そうですね……。貴女に対する気持ちが単なる忠誠心ではないと気付いたのは……、貴女が世継ぎではなくなった日、だったでしょうか」

「それって、弟《アドリアン》が生まれた日のこと……？」

「お祝いの花火が上がりましたね」

「うん……。ふたりでバルコニーに並んで見たな」

「あのとき自分に誓ったんです。どんな形であれ、貴女を一生守っていこうと……。正直に言いますと、アドリアン様が生まれて貴女が世継ぎでなくなって、私は嬉しかったんですよ」

「わたしに仕えずによくなってホッとした？」

「またそんな卑屈なことを……。そうではなくて、ただの王女なら降嫁を望めるかもしれないでしょう？　デネシュ王やアドリアン王子に忠義を尽くせば、貴女を貰い受けたいと願うこともできるようになるのではないか……、そう思ったんです。嘘つきと詰《なじ》られて拒絶されたときは、本当につらかった」

「す、すまん……」

ディアドラは頬を染めて目を泳がせた。

思えばあれが、ヴラドへの恋心を自覚するきっかけだったかもしれない。彼が自分のものではなくなったのだと思い知らされて、悔しくて、悲しくてどうしようもなかった。

「あのときまでわたしは無邪気に信じ込んでいたんだ。ヴラドはずっとわたしの側にいてくれるって……。でも、そうじゃなかった。ヴラドはわたしが世継ぎだから仕えていただけ。世継ぎじゃなくなればヴラドを捕まえておけない。わたしはきっと……アドリアンを恨んだ」

ヴラドの大きな手が背中を撫で、チュッと額にくちづけられる。

「私も同罪だ。アドリアン様が亡くなり、私はあの方を恨みました。あの方が亡くなったせいで貴女はふたたび世継ぎとなってしまった。貴女を妻に迎えようという計画も水泡に帰した」

ディアドラは溜息混じりに囁いた。

「皮肉だな。わたしはまたおまえを側に置くことができて、単純に喜んでいたよ」

ただ側にいられれば、それだけで嬉しくて。ヴラドが側にいてくれたら女王としての役目を立派に果たしていくことができる、と……。王位を誰かに譲るとか、考えたこともなかった。権力に執着していたわけではなく、単に逃れられない運命《さだめ》として、どんなに重たかろうと背負っていかねばならぬものと頭から思い込んでいたのだ。

「長い付き合いなのに、私の想いに全然気付かなかったのですか？」

甘く咎めるような口調にディアドラは頬を染めた。

「好意は……持ってくれてるだろうと思ったけど。でもそれは、わたしが仕えるべき主君だからだと……」

「思った以上に鈍いのですね」

「……ッ、悪かったな！　ふん。おまえだって、わたしの考えは読めても心までは探れまい」

くすっと笑ったヴラドに押し倒され、ディアドラは目をぱちくりさせた。

「わかりますよ。貴女が私にベタ惚れであることくらい、難なくね」

「なんだと」

自信満々な言いぐさに、ムッと眉を吊り上げる。

ヴラドは赤らんだディアドラの目許を指先で愛しげにたどった。

「そんなことは目を見ればわかる……。目は心の窓といいますが、あなたはちょっと危なっかしいくらいに開けっ広げですから」

「どういう意味だッ」

「あなたが私を見るとき必ず瞳孔が開き気味になる。黒目が大きくなるんですよ。人間は大好きなものを見るとそうなる。表情も緩みますしね。つまり私は貴女の大好物というわけです」

悪戯っぽく言われてディアドラはカーッと赤面した。

「だ、だったらおまえはどうなんだ!?　いつだって仮面かと思うほど無表情だったぞ！」

「私は感情を表に出さないよう、常日頃から注意していますから」

「わ、わたしだってそれくらいのこと、ちゃんと訓練したぞ!?」

これでも世継ぎとして帝王学を叩き込まれたのだ。弟の存命中は中断されていたので少々中途半端になってしまったが、為政者らしく在ろうといつも意識していたつもりだ。

「子どもの頃、貴女はご両親や家臣たちの前で『良い子』を演じていた反動で、ばあやのマリアと側仕えだった私にはよく癇癪《かんしゃく》をぶつけたでしょう？　だからわかるんですよ。どんなに取り澄ました顔をしていようと、たちどころにね」

ディアドラは真っ赤になって口をぱくぱくさせた。余裕の笑みを浮かべて覗き込んでくるヴラドの小憎らしい顔をひっぱたいてやりたくなる。ディアドラは握り込んだ拳を震わせ、無我夢中で彼の腕を振りほどいた。ベッドから飛び下りようとしたが難なく捕まってしまう。

「み、見るな、馬鹿！　放せっ、あっちへ行け！」

「やれやれ、子どもみたいだな」

苦笑しながらヴラドはディアドラの頬を両手で挟んだ。ディアドラはぎゅっと目をつぶり、彼に見られることから懸命に逃れようとした。

「目を開けなさい」

笑みを含んだ声で促され、いやいやとかぶりを振る。心を読まれるのが恐《こわ》い。ヴラドには嘘《うそ》がつけない。どんなに取り繕っても、どこかでこぼれてしまう。本当の気持ちが――。

「ディアドラ。お願いだから目を開けて、ちゃんと私を見てください」

真摯な口調で懇願され、おそるおそる瞼《まぶた》を開く。

ヴラドは優しく微笑み、そっとディアドラの頬を撫でた。

「しっかりと私を見て。今度こそ、目を逸らさずに。貴女はいつも、私が捕らえる前に目を逸らしてしまった。まるで何かを恐れているみたいに……」

せつなげな囁きに、ふと気付いた。

そうか……、わたしは恐れていたんだ。ヴラドに囚《とら》われてしまうことを。彼に恋をしながら、囚われるのを恐れていた。そうなったら王でいられなくなる。ただの女になってしまう。

「――あの日、貴女は珍しく私をじっと凝視《みつ》めていましたね。マハヴァールの王子と結婚すると告げて、期待するように私を見た」

「おまえが……止めてくれないかと期待したんだ。なのにおまえは……っ」

「女王として貴女が下した決断にとやかく言う権利など、あのときの私にはなかったのですよ。私は一貫して反対してきたのに、貴女は結婚を決めてしまわれた。なのになお私に止められることを期待する。……狡《ずる》いですね。あのときほど貴女が悪女に思えたことはありませんでした。そんなに私を逆上させたかったんですか？」

「そ、んな、こと……っ」

「さっさと退出しなければ、あの場で貴女を組み伏せていたに違いありません。……それもよかったかもしれない。結果的には同じことをしたわけですから」

うっそりとヴラドは笑った。彼の蒼い瞳に昏《くら》い翳《かげ》が落ちる。

ぞくんと身を震わせるディアドラの背を、なだめるようにゆっくりと撫でながら彼は囁いた。

「そんなに私がお好きなら……、ずっと側にいてほしいと願っているのなら、貴女はただ命じればよかったんですよ。自分と結婚しろ、と」

「……命じたら、ヴラドは従っただろう？　たとえ婚約者がいたって」

「当然です。貴女の命令は絶対だ」

彼の声には紛れもなく陶酔の響きが混じっていた。ディアドラは唇を噛み、ヴラドを睨《にら》んだ。

「だからいやだったんだ！　わたしと結婚するように『命令』するなんて……、それじゃおまえがわたしを好きなのかどうかさえ、わからなくなってしまうじゃないか」

「私は貴女を愛しています」

「でも！『命令』に従って結婚したら、それが一番の理由になってしまう。そうしたら愛は二の次だ。そんなのはいやなんだ……っ」

　ほろりと涙が頬を伝う。

「……わたしは女王だから、『願う』ことができない。わたしの『願い』はみんな『命令』になってしまう。そして誰もが命令に従う。否応なく……」

「――貴女を伴侶とすることが私の望みであっても？」

　傷ついた表情で問われ、瞬《まばた》きするとまた涙がこぼれた。

「わからなくなる。信じられなくなりそうで、恐い……。おまえがわたしを『愛している』と囁いても、それは本当だろうかと疑ってしまいそうで、いやなんだ……」

　うつむいたディアドラを、ヴラドは力一杯抱きしめた。

「私以上に頭の固い人ですね……！　しかも疑り深くて臆病だ。まったく……貴女を無理やり奪ったことを己が罪として一生かけて償うつもりだったのに……。正しいことをしたような気になってしまうじゃありませんか」

　怒ったように呟き、ヴラドは抱え込んだディアドラの頭をぎゅっと胸に押しつけた。

「……ヴラド……？」

「貴女が欲しかった。たとえどんな手段を使っても。……それが本音なんだ。貴女を誰にも渡したくなくて、玉座ごと奪った。古き盟約など方便にすぎない。私はただ、貴女を自分だけのものにしたかったんですよ……！」

ヴラドはようやく腕の力を緩め、ディアドラの瞳を狂おしく覗き込んだ。

「愛しています、ディアドラ……。だが、それをもって貴女を傷つけたことを正当化したくはない。言い訳にしたくないんです。それこそ愛を穢《けが》してしまう……」

ディアドラはそっと彼の頬に手を添えた。

「……言い訳になんかしてないだろう？　確かにおまえの行為で傷つけられたよ。でも同時に癒されもした。きっとわたしも望んでいたんだ。おまえとこうなることを……」

ディアドラは初めて自分からヴラドにくちづけた。

うなじに手を回して引き寄せ、何度も唇を重ねる。

「愛してる、ヴラド……。わたしはただ、おまえの胸に飛び込んでしまえばよかったんだな」

ただ彼を抱きしめて、気持ちを告げるだけでよかった。彼を愛していると。誰よりも好きなのだと。ずっとずっとずっと、側にいてほしいのだと——。

なのに、拒絶されるのではないかと恐れて言えず、かといって命令することもできなかった。

愛は強いられるものではないのだから。

「ヴラド……、わたしを愛してる……？」

ためらいながら尋ねると、彼は蕩けるほど甘やかに微笑んだ。

「愛しています、ディアドラ。貴女のためなら何だってする……。貴女の命令に従うことは私の喜びなんです。どうか私に命じてください。貴女を愛するように、と……」

ディアドラは顔を赤くしてヴラドを凝視《みつ》めた。ふだんは冷徹極まりない彼の蒼い瞳が陶酔に甘く蕩けている様を見ると、ぞくぞくして息が荒くなってしまう。

「ぁ……。わたしを……愛して……、ヴラド……」

「仰せのままに。私の女王陛下」

彼は恭しく囁いてディアドラの夜着を脱がせ、妖しく微笑みながら体重をかけてのしかかった。背中がリネンに沈み、唇が重なる。

熱い舌がぬるりと入り込んできて、躊躇なくディアドラを捕らえた。

「んッ……、ぅむ……ン、んぅ……」

ちゅぷちゅぷと舌が鳴り、濡れた水音がこぼれる。

唾液と吐息を絡ませ、喘《あえ》ぎながら熱っぽく凝視めあい、また互いに唇を貪りあう。

口腔を存分に蹂躙《じゅうりん》し尽くすと、ヴラドは唾液で濡れた唇をディアドラの首筋に這《は》わせた。

ねろりと舌で皮膚を舐め上げられ、ぞくんっと背をしならせる。

「あ！　ッん！　ふぁ……あ……、はぁ……ぁ……ッ」

首筋をねろねろと舐め、軽く愛咬しながらヴラドの手が豊かな胸の盛り上がりを優しく包んだ。まろやかな乳房をリズミカルに捏ね回しながら指の腹を使ってやわやわと揉《も》みしだく。

指先で突つかれるとやわらかだった先端はたちまち尖《とが》り、薔薇色の愛らしい刺《とげ》となった。

「はぁン……、あ……、それ……っ」

「感じていますね」

きゅっと摘んだ屹立《きつりつ》をくりくりと左右に紙縒《こよ》られて、ディアドラは喘ぎながら頷《うなず》いた。

「ん……、きも……ちい、の……、ぅふ……ッ」

「どんどん固くなって……、可愛《かわい》いな」

甘く囁いてヴラドは尖りを口に含んだ。乳暈ごと銜《くわ》え込んで舌でねぶり、ちゅぅと吸い上げては唇で強く扱く。限界まで引っぱられ、唾液でぬめって離れると、上気した白い果実がたゆんと揺れた。面白がるようにそれを繰り返され、ディアドラは泣き声を上げた。

「や……ッ、そんなにしたらダメっ……」

「ふふ、すっかり赤くなってしまいましたね」

彼は囁き、詫《わ》びるように優しく乳首を舐《な》め回《まわ》した。

もう片方の乳首を指でくりくりと弄りながら執拗《しつよう》に舐められていると、腰骨の辺りがうずうずして脚の付け根に刺すような痛みが生まれてくる。

絶え間なく沸き上がる疼きをやり過ごそうと、ディアドラは無意識に腰を揺らした。

脚の間に割り込んだヴラドの身体を膝で挟んでしがみつく。

真っ赤に熟れるまで散々に乳首を弄り回し、彼はおもむろに身体を起こした。膝裏に手を入れてディアドラのすんなりした脚を大きく開かせる。

あらわになった花園を愛《いと》しげに眺めつつ、薄い内腿の皮膚に手を滑らせて囁いた。

「貴女の花は今日も美しく咲いていますね。しとどに露に濡れて、なんと美しいのだろう」

「ふ……ッ」

恥ずかしさと同時に、手放しに称賛されて誇らしいような気持ちも沸き起こる。

「もっとよく見えるように広げてくれませんか」

ディアドラは真っ赤になったが、欲情に濡れた瞳で促されると逆らえなかった。そろそろと手を下腹部に伸ばし、下生えに包まれた淫唇を指で軽く摘んで粘膜を左右に割り広げる。

アーモンド型に開いた慎ましい蜜孔を覗き込み、ほう、とヴラドは感嘆の吐息を洩《も》らした。

「可愛いな……。素敵ですよ、ディアドラ様。何ともいやらしく、麗しい……」

じゅわっと奥処《おく》から蜜が噴き出すのを感じてディアドラは顔を赤らめた。清潔に保つよう心がけてはいてもじっくり見たことなどない部分だ。大体自分ではよく見えない。恥毛に覆われ、肉襞が重なった器官などとても美しいとは思えないのだが、ヴラドは本気で褒めちぎっている。

「そ……そんなに好きなのか？　こんなものが……」

「こんなものなんて言ってはいけません。とても大事なものですよ？　女性しか持っていないのだから」

それを言ったらヴラドの股間に佇立している立派なものだって、男しか持っていないじゃないか。それとも……、だからこそ愛しくてたまらないのか……？

「そんなに好きなら……、キ、キスしてもいいぞ」

照れ隠しでわざと尊大な口調で言うと、ヴラドは軽く目を瞠り、蕩けるように微笑んだ。

「ありがたき幸せ」

囁いて、ぷくりとふくらんだ花芯にそっとくちづける。

もどかしいほど恭しい仕種で、ちゅ、ちゅ、とついばむようにキスされるたびにぞくぞくと肌が粟立った。ディアドラはぎゅっとリネンを握りしめ、顎を反らした。

「――――んッ！」

ちろっと舌先で淫芽の付け根を探られて、びくりと身体が跳ねる。トロトロと蜜が誘い出され、ちゅぷりと淫靡《いんび》な音をたててヴラドが媚蕾を口に含んだ。

舌を使ってねぶり転がされて、ディアドラの唇から上擦った嬌声が洩れた。

「あは……ッ、んん……、ンッ、ンッ、ふぁ……、あ……いい……ッ」

びくびくと跳ねる身体を押さえ込み、ヴラドの口淫がますます大胆になる。舌を大きく出し、蜜まみれの淫溝全体を繰り返し舐め上げられると、ピシャピシャと獣が水を飲むような音が響いて羞恥で目が熱くなった。

恥ずかしい……。でも気持ちいい……。

「ん……、ヴラド……っ」

艶《つや》やかな黒髪に指を差し入れ、頭を抱え込むようにしてディアドラは喘いだ。彼の舌が淫靡な生き物のように女陰を這い回り、媚壁をくすぐるように舐め回す。

時折じゅっと大きく蜜を吸り上げる音が響き、そのたびにびくんと身体がしなった。

細く尖らせた舌が蜜孔に差し込まれ、入り口の浅い部分をにゅぷにゅぷと刺激し始める。

「んッ！」

ずくりと腰骨が疼き、ディアドラは反射的に彼の肩を押し戻そうとした。

だが逆に尻朶を掴まれて、ぐっと引き寄せられてしまう。ヴラドの端整な鼻が充血してふくらみきった淫芯に当たり、刺すように鋭い性感にディアドラは甲高い媚声を上げた。

「あぁあッ、ひぁ……ッ」

悦がり声に気を良くしたか、さらにぐりぐりと刺激されてディアドラは涙の薄膜の張った瞳を壊れそうに見開いた。

「やぁ……ッ、ヴラド、そんなにしたら……ッ」

「達っていいんですよ？　何度でも、お好きなだけ。ご満足いただけるまで奉仕いたしますから。私の女王陛下」

淫蕩《いんとう》な囁き声に誘われるようにディアドラは達していた。痙攣する媚肉の奥からどっと蜜があふれてくる。それを猫が喉を鳴らすようにして啜られ、羞恥と昂奮で眩暈がした。

戦慄く秘裂を愛しげに舌で嬲《なぶ》りながら、うっすらと汗ばんだ内腿《うちもも》をヴラドは優しく愛撫《あいぶ》した。

膝の辺りから脚の付け根まで、触れるか触れないかの絶妙なタッチで手が滑る。そのたびに

ぞくぞくと性感を刺激され、ディアドラは子どもがむずかるような声を上げて悶《もだ》えた。

連続して何度もピークに達してしまい、はふっ……と弱々しい吐息を洩らす。下腹部が引《ひ》き攣《つ》ったように甘く痺れていた。軽く圧迫されるだけで過敏になった媚肉はびくびくと感じ入る。身体中が敏感になりすぎて、ささいな刺激でもディアドラはあっけなく忘我の境地に跳んだ。

起き上がったヴラドが、恍惚と蕩けきったディアドラの顔を眺めて満足そうに囁いた。

「さぁ、ディアドラ様。次は貴女が私にキスしてください」

膝立ちした彼の股間では逞しい雄根がすでに悠揚と勃ち上がっている。その様を眼前に見せつけられてディアドラは赤面した。すでに何度もこの身に受け入れてきたのに、未《いま》だに信じられない。こんなに大きくて太いものが自分の狭い火陰《ほと》に収まってしまうなんて……。

のろのろと身を起こし、剛直に手を添えておそるおそる唇を寄せた。

露で濡れている先端に舌を伸ばし、そっと舐めてみる。促されておずおずと上下に扱くと、さらに固さと太さを増すのが如実に伝わってきて、少し怖くなった。

ためらいを察したか、ヴラドは優しくディアドラの髪を撫でた。

「恐れないで。貴女の快楽に奉仕するためのものなんですから……。さぁ、優しくキスして、撫でてみてください。大丈夫、これはもうすっかり貴女に懐いて、夢中になっていますよ」

言われるままに鈴口にくちづけながら先端を舌先でぺろぺろと舐《な》めた。誘うように唇をそっと突かれ、素直に口を開ける。ぬぷ、っと弾力のある固い楔《くさび》が口内に侵入してきた。

太棹を半ばまで呑《の》み込み、舌を絡めながら収まりきれない部分を指先で懸命に愛撫した。

ぱくりと銜え込んだ先端のくびれを丹念に舌でたどり、唇で扱くと、唾液が泡立ってちゅぷちゅぷと淫靡な水音をたてた。

とろんと潤んだ瞳で、目許を酔ったように赤く染めながら一心に奉仕していると、頭上で感じ入ったようなヴラドの囁き声がした。

「色っぽい顔をなさいますね……。なんとも淫らで美しい……」

肉楔を銜えたまま目を上げると、ヴラドは軽く息を呑み、ディアドラの頰に手を添えてぐちぐちと屹立を前後させ始めた。

「んッ、んッ、……っむン、ンン……っ」

歯が当たらないように口を大きく開き、ディアドラは口腔《こうこう》を犯されるにまかせた。

少し苦しかったが、舌の表面を亀頭でざらざら擦られると快感と昂奮を煽られてしまう。

生理的な涙が浮かび、ディアドラは瞳をいっそう悩ましげに潤ませた。

両手をリネンについて犬のように四つん這いになっているディアドラを見下ろし、ヴラドは低く唸《うな》った。

「私はなんと不敬なことをしているんでしょうね……。気高き女王を裸に剝いて這いつくばらせ、己のモノで口を穢すなんて、不敬の極みだ。……だが、私はそれに悦《よろこ》びを覚えずにはいられない……」

「んん、んぅッ……」

いいの、もっと辱めて……とねだるように、ディアドラは不器用に腰をくねらせた。ちっともいやではない。それどころか、彼の大切なモノを口に含んで奉仕できるのが嬉しかった。腰を揺らしながらヴラドはディアドラの髪を優しく撫で、大きな掌《てのひら》で背中をゆっくりとさすった。

「ああ……、可愛くお尻を振っていますね。気持ちいいですか？　ディアドラ様」

腰をくねらせながら頷き、とろとろとあふれてくる苦い先走りの露を唾液とともに飲み下す。

「……このまま出してしまいたいが、さすがにそれは気が咎めますね」

彼は腰を引き、いきり立つ淫刀を唇からずるりと引きずり出した。そして胡座をかくように座り込み、ディアドラの身体を引き寄せる。

彼の膝を跨いで抱き合いながらディアドラは不満げに呟《つぶや》いた。

「出してもいいのに……」

「結婚式を挙げてからにしましょう。何かひとつくらい、初夜のために初めてのことを取っておきたい」

目許を染めるディアドラの耳元で、ヴラドが甘く囁いた。

「さぁ、ディアドラ様。私を迎え入れてください。貴女の熱く蕩けた泉に……」

誘惑の声音にクラクラしながらディアドラは彼の屹立を熟れきった秘処に導いた。つぷ、となめらかな先端が蜜口に沈む。膝の力を抜くと、自重で彼の剛直がずるるっと一気に奥処まで貫いた。みっしりと隘路《あいろ》をふさがれる過剰なまでの充溢感にディアドラは啜り泣きを洩らした。

「あン……、やっぱりおぉき……ッ」

のけぞる喉を舐めながら、ヴラドはまろやかな臀部をなだめるように撫で回した。

「ぴったりですよ、ディアドラ様。あなたの可憐な肉鞘が、あつらえたように私の剣を収めてくれている……。蕩けるように熱くて……心地いい……」

唇を合わせ、互いの舌を絡めてまさぐりあう。密接に身体を繋げたまま、夢中になって熱いくちづけを交わした。キスを重ねるごとに愛しさと切なさが増して、もっとキスしたくなる。

「あ……ン……、ヴラド……、すき……」

「ディアドラ……！」

余裕のない声で囁いてヴラドが荒々しく唇をふさぐ。激しく腰を突き上げられ、奥処をずぷずぷ突かれる狂おしい感覚に、ディアドラは潤んだ瞳を見開いた。

「あふッ……、ンン……ン……。っひ、あ、あぁあ……！」

じゅぷじゅぷと媚汁が掻《か》き回《まわ》され、泡立って結合部からトロトロと噴きこぼれる。

ディアドラはヴラドにしがみつき、彼の動きに合わせて腰を振りたくった。下腹部が絞られるように疼き、絶頂の予感に蜜襞が戦慄く。

「あッ……あッ……、達く……ッ、達く、っの……！」

一足先に悦楽の大海に身を投じたディアドラを追って、ヴラドの欲望が弾けた。

奥処が灼けるように熱くなる。ぐちゅっ、ぐちゅっ、と深く抉《えぐ》るように突き刺されるたび、噴出した情欲が蕩けた蜜壺を満たしてゆく。

「ぁ……、こんな……いっ、ぱい……」

どくどくと注がれる熱愛の証《あかし》に愉悦が広がる。繋がりを解かれぬままリネンにそっと横たえられ、朦朧とディアドラは呟いた。胎の奥でゆらゆらと蒼い炎が燃えているようだ。

ようやく吐精を終えたヴラドが、痙攣し続ける蜜襞のあわいからぬちゅりと己を抜き出した。淫らにまといつく白濁がこぼれ、濡れた会陰をとろりと伝ってゆく。

優しく抱き寄せられて髪を撫でられ、ディアドラは甘い吐息をついた。

「今ので……身籠もったような気がするぞ……」

「だといいですね」

くすりと笑ってヴラドはディアドラの身体を裏返し、背後から愛しげに抱きしめた。掌を下腹部に当てて軽く圧迫しながらやんわりと撫で回《まわ》され、ディアドラは心地よさに溜息《ためいき》をついた。

埋み火を掻き立てられるように、快感がじわりと腹底から沸き起こってくる。

「ん……ッ。だめ、ヴラド……。それ……されると……」

「達ってください。もっと深く……。私の子種をうんと奥処まで取り込めるようにね……」

ひくりと媚肉が疼《うず》く。先ほど達した絶頂のように意識が跳ぶものではなかったが、うっとりするほど甘美な愉悦がもたらされた。

肩口についばむようなくちづけを落としながらヴラドは繰り返し下腹部を愛撫した。ディアドラは眠りに落ちるまで甘い悦楽を与えられ、何度となく快感に打ち震えたのだった。

第五章　背徳の嬌宴

「――なんとお美しいのでしょう、姫様……！」

感極まったマリアの声に、ディアドラは顔を赤らめた。春の穏やかな陽射しが降り注ぐ部屋で、ディアドラは婚礼衣装を合わせていた。厚手の絹織物《ブロケード》で作られたドレスは光沢のある琥珀色で、身頃には金糸銀糸を使った刺繍《ししゅう》が施されている。

ファージンゲールで大きくふくらませたスカート部分には真珠と小粒のダイヤモンドが縫い込まれ、肘の長さの袖はレースとリボンで飾られて、長く優美に垂れ下がるデザインだ。

「いかがでございましょう、女王陛下」

助手を何人も従えた仕立屋がうやうやしく尋ねる。

ディアドラは何だか照れくさくてぶっきらぼうに答えた。

「ずいぶん重いのだな。それに窮屈だ」

「固い織りの絹を使っておりますし、宝石もふんだんに用いましたので……。背後の編み上げで調節できるようにしてありますが、少しきつめに絞られたほうがお身体のラインが綺麗に出てさらにお美しく見えるかと」

「拷問だな……」

「お式の間くらい辛抱なさいまし、姫様」

ばあやがレースのハンカチでしわの寄った目許をぬぐいながら微笑む。

「結婚式に戴冠式、祝宴と、一日がかりなんだぞ」

「大丈夫ですよ、国王陛下がお隣で支えてくださいますから」

ニコニコと満面の笑みを湛《たた》えてリディアが請け合う。ディアドラは目許を赤らめて視線を泳がせた。ばあやがふと思い出したようにリディアに尋ねた。

「そういえば、モニカはずいぶんと遅いねぇ」

「そうですね」

リディアも不審そうに眉をひそめる。モニカは、仕上がったドレスは夫となる方にも確認してもらわねばと言い張り、自ら呼びに行ったのだが、未だに戻って来ない。

「きっと忙しくて手が空かないのだろう。――もうよい、脱ぐぞ」

「そんな！　もう少しだけお待ちしましょう」

リディアが慌てて止めに入ると同時に、断りもなくドアがばたんと開いた。

つんのめるようにモニカが走り込んでくる。

「た、大変です、陛下！　王子様がいらっしゃいました！」

ディアドラを始め、部屋に居合わせた全員がぽかんとモニカを見た。一斉に注目を浴びたモニカは赤くなったり青くなったりしながらせかせかと頷いた。

「王子様だと？　どこの」

怪訝《けげん》そうにディアドラが尋ねると、モニカはもどかしげに叫んだ。

「もちろんマハヴァールの王子様ですよ！　陛下の元婚約者の！」

ディアドラが絶句していると、モニカの背後から溜息混じりの声が聞こえてきた。

「婚約はしていないんだがね……。その前に破談にした」

「あっ、閣下！　いえ、陛下！　申し訳ございませんッ」

モニカが真っ青になって平身低頭する。目線で促され、召使と仕立屋はそそくさと部屋を出ていった。扉が閉まり、室内にはディアドラとヴラドだけが残される。

何となく気まずい心持ちでいると、ヴラドはディアドラの全身を眺めてやわらかく微笑んだ。彼は相変わらず夜空のような漆黒と金の軍装姿だ。

「綺麗ですね……。燦然と輝いて、まるで太陽の女神が降臨されたかのようだ」

衒《てら》いのない賛美の言葉にディアドラは顔を赤くした。

容姿を褒められることには未だに慣れない。身体を重ねるようになってから、ヴラドは何かにつけてディアドラの美を称賛するのだが、いつもこそばゆさを感じずにはいられなかった。

ヴラドはディアドラに歩み寄り、腰に腕を回して引き寄せた。

「……とてもお似合いです。美しすぎて誰にも見せたくないくらいだ」

「お、おまえは近頃やたらと大げさだぞ……。箍《たが》が外れたのではないか？」

「そうかもしれません」

くす、と笑って彼は唇をふさいだ。すっかり慣れた温かな感触に、安堵《あんど》と幸福感がじわりと沸き上がる。思う存分くちづけを堪能すると、ヴラドはディアドラの首筋に鼻先を擦りつけ、唇を押し当てた。官能の予感にぞくぞくしながらも、ディアドラは懸命に彼を押し返した。

「ま、待て！　イムレ王子が来たというのは本当なのか!?」

「残念ながら本当です」

不快そうにヴラドは鼻を鳴らした。

「数日前から使者を寄越《よこ》してしつこく面会を求めていたんですよ。政情が落ち着いてからにしてくれと断ったのに、先ほど突然本人が現れまして。門前に居すわられても迷惑なので、やむなく城に入れました。別にマハヴァールと積極的に事を構えたいわけでもないですしね」

「何しに来たんだ？　――はっ。まさか婚約破棄の文句を言いに、とか……!?」

青くなるディアドラを見やり、ヴラドは眉間にしくりとしわを寄せた。

「だから婚約はしていないと言ったでしょう……。私が王権を握ると同時に、縁談の申し出はお断りすると先方に伝えてあります」

「そ、そうか」

ディアドラはホッと胸を撫で下ろした。今になって、きちんと断りを入れていなかったことを思い出して焦ったが、ヴラドが抜かりなく手を回していたようだ。

「では、何をしに来たのだ？」

「友好使節だと本人は言っています。新たな王統に敬意と友情を示すためだとか」

吐き捨てるような口ぶりから、彼が王子の言葉を信じていないことは明らかだ。

ヴラドはマハヴァールという国をまったく信用していない。特に、彼の領地はかの国と境を接しているから尚更なのだろう。マハヴァールは評判の良いオルゼヴィアの傭兵《ようへい》を国王親衛隊として雇いたいとたびたび申し入れていたが、ヴラドはそれも拒否していた。

万が一かの国で内乱が起きた場合、傭兵は国王を死守する責務を負う。

オルゼヴィア独立を未だに公認せず見下しているような国のために、自国の大事な兵士をひとりたりとも犠牲にする気はないとヴラドははっきり公言していた。先祖代々ラズヴァーン公爵家は強硬な独立維持派の牙城なのである。

「しかし……、友好のための訪問だと言うのなら無下にはできまい。粗略に扱えば、かえって向こうに難癖をつける口実を与えかねないぞ」

「ええ、わかっています。むろん向こうもそれを見越して大きな態度に出ているんですよ。業腹ですが、存分にもてなして早々にお帰り願うしかありませんね」

ヴラドは憂わしげに眉をひそめ、ディアドラの頤《おとがい》を指でそっと掬《すく》った。

「……できれば貴女は隠しておきたいが、そうもいかないか」

「あたりまえだろう。そのようなことをすれば何を言われるかわかったものではない。おまえが王位に就くのは王家の盟約に基づいた正当な行為だが、他国から簒奪《さんだつ》と謗《そし》られる恐れは多分にある。わたしと結婚すれば謀叛《むほん》じみた印象はやわらぐだろうが、わざわざつけ込まれるような行為は控えるべきだ」

諭《さと》すように言われ、ヴラドは微笑して頭を垂れた。

「女王陛下の仰せのままに」

ディアドラは赤くなってヴラドを睨んだ。

「おまえは国王であろうが。もうわたしにへりくだらずともよい」

「言ったでしょう。私にとって貴女は永遠に敬うべき女王だと。貴女が間違わない限り、私は貴女に従います」

手の甲にくちづけられ、ますますディアドラは頬を染めた。

「……わたしが間違えたら叱ってくれるのだろうな?」

「ええ、もちろん。必要ならお尻を叩きます」

そっと背中を撫で、ヴラドは心底無念そうに嘆息した。

「残念だ。ファージンゲールが邪魔で、貴女の可愛いお尻が撫でられない」

「ば、馬鹿!」

真っ赤になって眉を吊り上げるディアドラを愛しそうに凝視《みつ》め、ヴラドは恭しく唇にキスしたのだった。


その夜、急遽マハヴァールの王子を歓迎する饗宴が開かれた。

最小限の護衛だけを連れて政変まもないオルゼヴィアにやってきたイムレ王子という人物は、果たして度胸があるのか、それともこの国をなめているのか。判断に迷うところだが、挨拶を交わしたときの様子では別段緊張した様子もなく上機嫌に微笑んでいた。

ディアドラがイムレ王子と直接顔を合わせるのはこれが初めてだ。縁談を打診されたとき贈られた肖像画はさほど修正されてはいなかったらしい。かなりの美男子、それも女性に大層もてそうな甘いマスクの貴公子である。

優美なふるまいも実に如才なく、ディアドラの手を取ってくちづけた仕種は文句の付けようもなく洗練されたものだった。いつも優雅に微笑んでいるあたり、慇懃《いんぎん》無礼が軍服を着て歩いているようなヴラドとは面白いくらいに対極的だ。マハヴァールの宮廷は洗練された優美さで夙《つと》に有名だが、さしずめそれを体現するような人物と言えよう。

「ああ、やっとお会いできました」

イムレ王子はディアドラの手を握り、称賛のまなざしを注ぎながらうっとりと囁いた。

「まさかこれほどお美しい方だとは……、破談になって実に残念です」

「はぁ……」

何と言ったものやら、ディアドラは堅苦しい微笑を浮かべつつ言葉を濁した。

それとなく手を引き抜こうとしたのだが、気付かないのかわざとなのか、王子はいっかな手を離そうとしない。背後でヴラドが大きく咳払いをして、ようやく王子の手が緩んだ。

急いで手を引っ込めたディアドラは牽制するようにヴラドに目配せした。怜悧《れいり》な美貌はいつものように無表情だが、さっきから目つきがやけに不機嫌だ。

(もしかして妬いているのか……？)

そう思うと何だか嬉しくなって、ついつい気分が高揚してしまう。

(――いかん！　浮かれている場合ではない)

ディアドラは自らを叱咤すると、澄まし顔で席に着いた。今宵の主賓であるイムレ王子が高座の中央を占め、彼の右手にヴラド、左手にディアドラが座る。

広間には細長いテーブルが並べられ、オルゼヴィアの騎士とマハヴァールの騎士が互い違いに座っている。ところどころにオルゼヴィア騎士の妻たちも混じり、屈託なく談笑していた。

ちなみに出席者のなかで未婚女性はディアドラだけだ。

天井の高い広間には室内バルコニーがあり、お抱え楽士たちが演奏するなか小姓たちによって料理が運ばれてきた。様々な種類の魚料理や肉料理を盛った銀の皿が白布で覆われたテーブルに並べられ、特産のワインが何種類も出される。

スパイス入りの挽き肉団子《ミティティ》、煮込み料理《チョルバ》、鮭や鱒のグリルなどが食欲をそそる匂いを発する豊かな食卓を見回し、イムレ王子はにっこりと微笑んだ。

「凶作だったと聞きましたが、どうやら深刻な被害はなかったようですね」

「数年起きに不作となるため常に備蓄を怠らないようにしています。さいわい川魚はいつでも豊富に採れますので」

そっけなくヴラドは応じた。もとより愛想がないうえ彼はマハヴァール人が嫌いなので、堅苦しい表情のままにこりともしない。さいわいイムレ王子は気にした様子もなく、あれこれと社交的な話題を振ってきた。言葉少なに、それでもヴラドは礼儀正しく応じている。

ディアドラとの婚姻が成立しなかったからといってオルゼヴィアを軽視するつもりはないとイムレ王子は繰り返した。食料や医薬品はいつでも援助する用意がある、遠慮せずに申し出てほしいという王子に対し、ヴラドは備蓄のやりくりで何とかしのげそうだと答え、丁重に断った。

ヴラドとディアドラの結婚についても王子は何らこだわりなく祝辞を述べ、いずれ王女が生まれたら是非マハヴァールに輿入れ願いたいなどと気の早いことまで言い出した。

いっそう冷ややかな顔つきになったヴラドが気のない薄笑いを浮かべてのらりくらりと言を左右していると、急に末席のほうが騒がしくなった。

見れば衛兵に取り囲まれた女性が金切り声を上げて騒いでいる。それがイリナ・コルトヴァシュだと気付き、ディアドラは目を丸くした。彼女は自宅謹慎中のはずでは……？

イリナは酔ったようにふらふらしながら衛兵たちを押し退けようと暴れていた。豪奢《ごうしゃ》なドレスや装身具で着飾っているのに頭髪はひどくもつれてぼうぼうなのが傍目にも異様である。

高座に着いているヴラドを見出すと、彼女は眉を吊り上げて罵倒し始めた。城内警備責任者のミハイがなだめているが、まったく聞き入れない。挙げ句の果てには人殺しだの簒奪者、裏切り者などとわめき散らすので、ヴラドもさすがにたまりかねた様子で席を立った。

「──失礼、すぐに戻ります」

ヴラドは大股にイリナに歩み寄ると、二の腕を掴《つか》んで有無を言わさず広間から引きずり出した。ミハイも慌てて後を追う。残ったふたりの将軍、ラドゥとディミトリエは険しい顔を見交わして浅く頷いた。ラドゥは手にしていたゴブレットを故意に音高くテーブルに打ちつけた。

「どうした、楽士ども。音楽が止まっているぞ」

怒鳴ったわけでもないのに深みのある彼の声音は朗々と広間に響きわたった。騒ぎに気を取られて手を止めていた楽士たちが慌てて演奏を再開する。何事もなかったかのようにラドゥはふたたび飲み始め、ディミトリエもまた中断していた隣席のマハヴァール騎士との会話に戻った。広間がふたたび華やいだざわめきを取り戻し、ディアドラはホッと息をついた。

「……今の女性はどなたですか？」

イムレ王子が声をひそめて尋ねる。仕方なくディアドラも小声で答えた。

「前の宰相の姪《めい》でヴラドの元婚約者です。可哀相に、このところ心労が重なりまして……」

ああ、と腑に落ちた顔でイムレ王子は頷いた。

「前宰相は反逆罪で処刑されたのでしたね。しかもそれを命じたのが元許嫁《いいなずけ》では……。気の毒に、相当なショックでしょう。取り乱すのも無理はない」

「ええ、ご覧になったとおり彼女は錯乱しています。口にした事を本気になさいませんよう」

狂乱するイリナは哀れだが、彼女の妄言で王子に妙な誤解をされてはたまらない。ヴラドは盟約に基づいて正当な権利を行使しただけであって、王位を簒奪したわけではないのだ。

当初はディアドラも混乱して彼を裏切り者と罵倒してしまったけれど、今では心の整理も付いて納得している。

ところがイムレ王子は妙に挑発的に瞳をきらめかせた。

「本当にそうでしょうか……。ラズヴァーン元帥がオルゼヴィア国王として即位し、女王である貴女を妃《きさき》にするという通告は受けていますが、我が国は承認しておりません」

マハヴァールの承認などいらぬと怒鳴りつけそうになるのを必死にディアドラは抑えた。

ここで喧嘩を売っても何にもならない。かえって事態を悪化させるだけだ。

「女王《わたし》が認めたのですから何の問題もありません。国民も元帥を支持しておりますし、我が国は復興に向けて着実に歩みだしています」

マハヴァールの援助はいらぬと言外に匂わせ、ディアドラは務めて自信ありげに微笑んだ。

国庫の窮乏については宰相による私物化と帳簿の改竄が主な原因だったことが判明してい

る。確かにそう余裕はないが、ヴラドが言ったとおり切り抜けられる目処は立っているのだ。

王子は甘い相貌に意味深な笑みを浮かべ、ディアドラの顔を覗き込むようにして囁いた。

「女王陛下。民というものは、大抵見せられたものをただ見るだけなのですよ。それが目に美しいものであればなおのこと、彼らは単純に熱狂し、意のままに踊らされる」

「……どういう意味ですか」

「このたびの謀叛で——あえて謀叛と言いますよ——ラズヴァーン元帥は望むものすべてを手に入れた。王位、絶対権力、そして美しく気高い女王《あなた》……。反対に、邪魔なものは容赦なく一網打尽にした。宰相にすべての責任を押しつけて、ね」

憐れみ混じりの皮肉な口調にムッとして、ディアドラは眉を吊り上げた。

「宰相は罪を犯した。本人も認めています」

「結果的にはそうでしょう。だが、彼が堕落するきっかけを誰かが作為的に作ったのだとしたら——、どうです？」

「……!?」

にんまりと笑う端麗な王子の顔を、ディアドラは呆気《あつけ》に取られて見返した。

彼は素早く周囲に視線を走らせ、さらに顔を近寄せて囁いた。

「宰相は父君の代から王家に仕えていたのでしたね。貴女から見て、彼はどんな人物でしたか。主君を裏切るような男だったのですか？」

ディアドラは絶句した。そんなことはない。ディアドラの知る限りザンフィルは真面目な男だった。だからこそ彼が横領や収賄を繰り返していたことが信じられなかったのだ。

ましてや自ら殺人に手を染めるほど堕ちていたなんて――。

(まさか、誰かが彼を腐らせたというのか……⁉)

「処刑される前に宰相と話をなさいましたか？」

「いや……。話は……しなかった」

できなかった。ディアドラには彼の処刑日時すら伝えられず、乱入してきたイリナの訴えで直前になって偶然知ったのだ。最期に話をしたいという要望はヴラドに撥《は》ねつけられた。

それればかりか彼はひどく不機嫌になって、人事不省に陥るまで手ひどくディアドラを辱めた。

「阻《はば》まれたのではありませんか？　元帥に」

ぴくりとディアドラの頬が引き攣るのを見て、イムレ王子はしたり顔で頷いた。

「宰相は最期になって気付いたのかもしれませんね。誰かの手で汚職の泥沼に引きずり込まれたことに……。その『誰か』が誰であるかを貴女に伝えようとしたが、阻止された」

「――ヴラドの謀略だと言うのか⁉」

「さて……。元帥はいつから王位を狙っていたのでしょうね？　案外ずっと以前からゆっくりと事を進めてきたのかもしれませんよ。己の罪を着せるための生贄を仕立てるにはそれ相応の時間がかかる」

「そんなことあるわけない！　ヴラドはずっとわたしの忠実な臣下だった」

「いくら忠実だろうと男なら多少の野心くらい持ち合わせているものですよ。ましてや彼は第一位の王位継承権を持っていたのでしょう？　貴女さえいなければ、自分がオルゼヴィアの国王になれる。だが、貴女が私と結婚して子を儲けてしまったら、途端に王位は遠ざかる」

イムレ王子はディアドラのこわばった顔を眺めやり、さらに秘密めかして囁いた。

「そこで強行手段に訴えることにしたわけです。建国時の盟約を利用すれば王位と貴女の両方が手に入る。まさに一挙両得。――いや、実際は貴女が原因なのかもしれませんね。これほどまでに美しい女性を間近に見ていながら手を出せないなんて、まさしく拷問だ」

つっ、と伸ばされた手を振り払い、ディアドラは王子を厳しく見据えた。

「お戯れも大概になさるがよい。今のは酔った上での他愛ない戯れ言《ざごと》と聞き流しておきます」

「何の根拠もなくこのようなことは口にしませんよ。かくいう私も甘いエサに釣られて元帥に踊らされた痴れ者のひとりですからね」

「どういう意味――」

「実は、私たちの婚姻を最初に打診してきたのは彼なのですよ」

「馬鹿な……っ」

そんなことありえない。ヴラドはマハヴァールを嫌っている。結婚の申し出にも、彼は真っ先に反対していた。イムレ王子はさらに何か言いかけ、ふいに視線を動かすと声を低めた。

「ふたりきりでお話できませんか？　明日にでも」

ラドゥとディミトリエが大股で近づいてくることにディアドラも気付いた。じっくり考える暇もなく小声で返す。

「明日の午後、図書室で」

「――女王陛下」

語尾にかぶさるようにラドゥの豊かなバリトンが響いた。顔を上げると、ラドゥはいかついながら人好きのする顔に珍しく冷ややかな笑みを浮かべて会釈した。

「ご歓談のところまことに申し訳ありません。元帥より伝言にて、時間がかかりそうなので女王陛下には先に部屋へお戻り願いたい、と」

ラドゥは露骨な威圧を込めた笑みを無遠慮にイムレ王子へ向けた。

羆《ヒグマ》のごとき筋骨隆々とした偉丈夫に不敵な笑顔で見下ろされ、王子の顔がさすがに引き攣る。何もイムレ王子が短躯なわけではなく、ラドゥがやたらとばかでかいのだ。

客人を脅したように取られてはまずいと、ディアドラは急いで立ち上がった。

「わかった。――では、失礼して先に休ませていただきます。殿下はどうぞごゆっくり。我が国特産のワインなど、心ゆくまでお楽しみください」

「お心遣いありがとうございます」

同じく立ち上がったイムレ王子が優美に答礼する。ラドゥを従えてディアドラが立ち去ると、ディミトリエは客人をもてなすには剣呑すぎる笑みを王子に向けた。

「それでは主君に代わりまして僭越ながら私がご相伴いたします。マハヴァールの方とお話する機会は滅多《めった》にありませんので、両国の今後の友好関係などについて意見を交わせればありがたいのですが」

「ええ、もちろん喜んで……カンブレ公爵」

若干臆したようなイムレ王子の返答に、ディミトリエは猛禽じみた瞳をいっそう鋭く輝かせて微笑したのだった。


その夜、夜更け過ぎまでヴラドは戻って来なかった。

イムレ王子が口にしたことが気になって仕方なく、ミハイを呼びつけて質したところ、ヴラドはイリナを自宅まで送っていったまま未だ戻っていないことが判明した。

「どうしてわざわざヴラドが送るんだ。誰か他の者に送らせればよいではないか。元婚約者がそんなに大事なのか？」

にわかに不機嫌さを増したディアドラを、ミハイは冷汗をかきながらなだめた。

「いやいや、そうじゃなくてですね。イリナ嬢がヴラドに抱きついて離れないものですから、どうにもやむをえず……」

「抱きつく……!?」

「あ、いえ！　しがみついて離れなかったんです！　子どもみたいにおんおん泣きわめいて、彼を人非人と責め立てたかと思えば一転して取り縋《すが》ってさめざめと涙を流したり……。ヴラドがいくら振りほどこうとしても、べったり縋りついてくるんですよ。いくら何でも泣いてる女性を突き飛ばすわけにはいかないでしょう？　そこで、やむなくヴラドが一緒に馬車に乗って自宅まで送り届けることにしたんです」

「それにしても遅い！　もう夜中だぞ!?」

「ええと～、たぶんイリナ嬢がしつこくしなだれかかっているのではないかと……」

「──おい。そういう言い方はよせ」

ミハイと一緒に顔を出したラドゥがぼそりと窘《たしな》める。

青くなったミハイは両手をぶんぶん振り回した。

「あっ！　そ、そのような意味ではなくてですねっ」

「もうよい。ふたりとも下がれ」

ディアドラは目を怒らせて邪険に命じた。ふたりは小突きあいながら不本意そうな顔で出ていった。気晴らしに強いものを飲みたくなったディアドラは侍女にツイカを持って来させ、もう用はないと下がらせた。

小さなグラスに注いだツイカをグッと飲み干す。食道を炎が駆け降りていった。ツイカはスモモのブランデーでアルコール度数が75度くらいある。空になったグラスを小卓に戻し、ディアドラは引き寄せた膝にくたりと顔を載せた。頬が熱い。胃の中で蒼い炎が燃えてるみたいだ。

酒にはわりと強いほうだが、ふだん飲むのはもっぱらワインだ。毎日のように口にしているから二、三杯ならどうということもない。だがツイカは滅多に飲まないし、ワインに較べて格段にきついので一杯でもクラッと来た。

軽い酔いに誘発され、頭のなかでイムレ王子の言ったことがぐるぐると回りだした。

ヴラドが宰相を陥れた……建国時の盟約を利用すれば……一挙両得……わたしが原因……。

そのうちに、ヴラドが囁いた睦言《むつごと》まで別の意味を持っていたように思えてくる。

『貴女が欲しかった。たとえどんな手段を使っても』

『貴女のためなら何だってする』

どんな手段を使っても。何だって、する――。

潔癖な人間を甘い毒で腐らせ、故意に堕落させるようなことまでも……？

いずれすべての『悪』を背負わせて始末するための存在を、時間をかけて作り出しておく。

ヴラドがそんなことまでしたというのか？　誰よりわたしに忠実だったヴラドが？

いや、忠実だったからこそ、ということもある。愛と忠誠を大義名分に、ヴラドは何をしていた……？　わたしの知らないところで、彼はいったい何を――。

かたん、と部屋のどこかでかすかな物音がした。ハッと顔を上げると同時に帳《とばり》が捲られる。

「――まだ起きていたんですか」

意外そうな声とともにヴラドが長身を屈《かが》めてベッドを覗《のぞ》き込《こ》んだ。物音のした方向とヴラドの出現とが結びつかず、ディアドラは軽く混乱した。彼は眉をひそめ、ベッドの端に腰掛けた。

「どうしたんですか？　顔色が悪いですよ」

「別に……」

何でもない、と呟いてディアドラは顔をそむけた。きっとネズミでも出たのだろう。

ヴラドはディアドラがへそを曲げているとでも思ったのか、機嫌を取るように甘く囁いた。

「遅くなってすみませんでした」

ああ、と口の中で曖昧に答えると、ヴラドは小卓のグラスを見て微笑んだ。

「珍しいですね。ツイカをお召し上がりとは。私もいただいてよろしいですか」

彼はグラスを呷《あお》って吐息をついた。秀麗な面差しにうっすらと疲労の翳がまとわりついている。だが何故か素直にいたわることができない。

妙に後ろめたい気分になり、ディアドラはどうでもいいことをぶっきらぼうに尋ねた。

「ツイカが好きなのか」

「好きというか、軍では『飲む』と言えばもっぱらツイカですからね」

「誰が一番強い？」

「さて……、ラドゥでしょうか。ディミトリエもかなり。ミハイはすぐに寝てしまいますが、復活すれば底無しです」

「おまえは？」

「さしあたり、ラドゥに飲み負けたことはないですね」

彼は澄ました顔で微笑み、もう一杯グラスを干した。白皙《はくせき》の美貌は相変わらず月下の雪面のごとくひんやりとしている。ディアドラはたった一杯でまだ胃の辺りがじわじわ熱いというのに。何だか面白くなくて、ディアドラは憮然《ぶぜん》とした顔で訊いた。

「イリナの様子はどうだ？」

「すっかり情緒不安定に陥っているようです。埒《らち》も無い恨みつらみを延々と繰り返すばかりで、何を言ってもまるで聞き入れません。諭そうとすれば泣き出すし、辟易《へきえき》して帰ろうとするとしがみついて離してくれない。仕方ないので眠り薬を飲み物に混ぜて、やっと寝かせました。召使たちには当分のあいだ彼女を外出させないよう言い含めましたが、元乳母が甘やかし放題でしてね。そのせいかひどく依存的な性格になってしまった……。早々に信頼できる後見人か管財人でも付けなければ、とてもやっていけないでしょう」

「おまえが後見してやればいいじゃないか」

「私は赤の他人です。好きで婚約していたわけでもなし、これ以上関わりたくありませんね」

「冷たいな」

「過度に依存的な人間は嫌いなんです」

きっぱりと言い切り、ヴラドは眉根を寄せてじっとディアドラを凝視《みつ》めた。

「どうしたというんですか。今夜は何だか変ですよ」

「別に！　わたしはもう寝る。おやすみ」

視線を逸《そ》らし、ベッドのなかに潜り込もうとすると腕を掴んで引き止められた。抗《あらが》う暇もなく抱き寄せられる。間近から覗き込まれ、蒼い瞳の冷たい苛烈さにディアドラは息を呑んだ。

「何でもないわけないでしょう。貴女はすぐ顔に出る。殊に、この瞳のなかに」

ひくっと喉を鳴らすと、まなざしの冷ややかさがほんの少しやわらいだ。

ヴラドは引き攣るディアドラの目許《めもと》をなだめるようにそっと指先で撫でた。

「貴女の瞳は夜になると光沢を増す……。昼間は灰色がかった緑色なのに、蠟燭の灯を受けるとまるで銀のようにひっそりと輝くんです」

「し、知るか、そんなこと！　手を離せ。今夜はその気になれない」

邪険に押し退けようとするとかえって強く拘束された。ディアドラは身を捩《よじ》って抵抗した。

「ヴラド！　いやだと言ってるだろう!?」

「イムレ王子とずいぶん話が弾んでいたようですね」

もがくディアドラをきつく抱擁しながら彼は耳元で低く呟いた。

その声に含まれた明白な怒りに背筋が寒くなる。

「客をもてなすのは……当然だ……」

「顔を寄せ合ってひそひそ話をしていたとか。初めて会った人間に、ずいぶんと親しげなもてなしかたをなさるものだ。少々行き過ぎなのでは？」

イムレ王子が思わせぶりな話を仕掛けてきたのはヴラドが中座してからのことなのに。

カッとなってディアドラはヴラドを睨《にら》み付《つ》けた。

「おまえはわたしを見張らせているのか!?」

「当然でしょう。大事な貴女を信用ならぬ相手とふたりきりで放置できるわけがない」

嘲りをおびた声音にディアドラは身を固くした。ヴラドがイリナを引きずるように退出した後、ラドゥとディミトリエはずっとディアドラを監視していたのだ。そしてイムレ王子の無遠慮な接近をいよいよ見過ごせなくなって横槍を入れてきたに違いない。

「わたしはおまえの所有物ではない！　いちいちわたしのすることに口を挟むな！　誰と話そうがわたしの勝手、――――ッ!?」

いきなり枕に身体を押しつけられて息を詰める。

冷ややかな威圧のこもった視線に気圧《けお》されて、ディアドラは声もなく瞳を見開いた。

ヴラドの口端が奇妙に歪《ゆが》む。それは笑みのかたちに見えなくもないが、むしろ恫喝して牙を剥く野獣を連想させた。大層美しくて危険極まりない、獣の貌《かお》――。

「……そんなにイムレ王子が気に入りましたか」

「な……何を言ってる……」

「貴女はああいう優男タイプがお好みだったんですね。知りませんでした」

「馬鹿を言うな！　全然好きじゃないぞ!?　おまえっ……、まさか妬いてるのか!?」

くすりとヴラドは笑った。獲物を前にした獣が舌なめずりをするように。

「ええ、妬いていますとも。貴女が目を惹きつけられるものには何にでも嫉妬してしまうんです。それが人間だろうと動物だろうと、あるいは無生物だろうとね」

彼は身を屈め、ディアドラの口許《くちもと》をぺろりと舐めた。ぞくっとしながら掠れ声で言い返す。

「どうかしてるぞ……っ」

「わかっていますよ。でも、いけないのは貴女だ。貴女が私を狂わせるから……。この、溶けた銀のような瞳で」

「ひ、人のせいにするなっ」

かろうじて言い返すと両頬を掌で包まれた。ディアドラの顔をすっぽりと覆ってしまえるほど大きな手──。きっと片手だけでディアドラを縊《くび》り殺すこともできるに違いない。

恐い……。だが同時にかすかな昂奮と陶酔を覚えてもいる。

ヴラドは掌や指でディアドラの滑らかな頬を撫でさすり、初めて見るもののように無心に唇を弄んだ。と、口のなかにいきなり指を差し込まれる。

「んんッ!?　んぅ……ッ」

二本の指で舌を摘まれて、ぬるぬると扱かれる。同時にヴラドは夜着の裾を割り開き、膝でディアドラの秘処を刺激し始めた。薄い布越しに固い膝頭がくすぐるように上下していると、否応なく官能を引きずり出されてしまう。ディアドラは目を潤ませて不自由な口を喘がせた。

いつのまにかディアドラは自らヴラドの指に舌を這《は》わせ、舐めしゃぶっていた。

ちゅぷちゅぷと淫靡《いんび》な水音が絡み、頬が熱くなる。まるで彼の一物に奉仕させられているかのような錯覚に捕らわれた。腰が揺れ、ゆっくりと上下している彼の膝に自ら媚肉をこすりつけるような恰好《かっこう》になってしまう。夜着のその部分は早くもすっかり濡れて貼りついていた。

ヴラドは妖美な愉悦を含んだ瞳でディアドラを見下ろし、そそのかすように甘く囁いた。

「貴女をその気にさせることなど簡単だ。淫奔な貴女はいつだって快楽に飢えて、刺激されるのを待ち構えているのだから……」

ディアドラは彼の指を銜《くわ》えさせられたまま、瞳を潤ませてふるふるとかぶりを振った。

違うと叫びたくても、残酷に犯されている口腔から出てくるのは無様な呻《うめ》き声《ごえ》だけだ。

愉《たの》しげに、くすっとヴラドが笑う。

「いいんですよ。素直になって、もっと淫らに求めればいい。欲しいだけあげますから……、教えてくださいディアドラ様。王子と何を話していたんです？」

ちゅぷりと指が抜かれ、ディアドラははぁはぁ喘いだ。唾液まみれの指で頬を撫でられ、さらにねっとりと舌を這わせられる。ディアドラは背をしならせ、力なくもがいた。

「あ……、なに……も……っ」

「単なる世間話とはとても思えぬ深刻そうな様子だったと聞きましたが？」

「く……口説かれて……、困っていた、だけだ……ッ」

「口説きたくなる気持ちはわかりますがね。そんな甘ったるい雰囲気ではなかったそうで」

「んん……ッ、ほん、っとに……、それ、だけ……っ。信じて……」

「残念ながら信じられません。貴女の言い訳は大抵の場合可愛らしくて好きですが、今はそうも言っていられない。——仕方ない、貴女の強情なお口を解《ほぐ》してあげるほかありませんね」

彼は身体を起こして薄く笑うと、手早く脚衣《ショース》を脱ぎ捨てた。

半勃ちの陽根が視界に飛び込んでくる。さほど猛っていない状態でも恐怖を掻き立てるには充分に禍々しい。ディアドラは怯んで遮二無二暴れたが、腿《もも》を掴まれ、強引に膝の上まで腰を引きずり上げられてしまった。

「やぁあっ……！」

ヴラドはしかし無理な挿入はせず、身体を伸ばしてツイカの壜《びん》を取ると腰を上げてディアドラの下半身をほとんど逆さまにした。大きく脚を開かされ、濡れた蜜口がくぱっと開く。肩の後ろだけをリネンに押しつけて身体を持ち上げられた恰好で、ディアドラは懸命に身を捩った。

「なっ、何を、する……っ!?」

「酔えばお口も軽くなるでしょう？」

ヴラドは含み笑い、ツイカの壜を傾けた。

蜜孔にびしゃりと冷たい液体が注がれ、ディアドラは悲鳴を上げた。

「ひぁあッ」

冷たさに身を竦《すく》めるや否や、逆にカーッと柔肉が熱を放つ。

敏感な粘膜に直接注がれた火酒は冷たさと熱さの両方で媚壁を刺激した。あふれ出した酒がタラタラと下腹部を伝い、臍のくぼみに溜まる。

酒精《アルコール》の刺激で濡れ襞《ひだ》はじんじんと疼き、痛いほどに媚蕾がふくれ上がった。

ヴラドは淫靡な花杯に唇を押しつけ、じゅるっと音高く啜った。脳天を貫くような快感に、ディアドラは嬌声《きょうせい》を上げてのけぞった。

「ひッ――――!!　ンやぁあーっ」

粘膜を疼かせる酒精の刺激とヴラドの舌による淫戯とで、すでに蕩《とろ》けかけていた理性は瞬時に蒸発した。カッカと火照る秘処を持て余し、何とか熱を逃がそうと足掻いたが、そうやって身体をくねらせることでますます快感が強まってしまう。

「あッ、あッ、あンッ……、いやぁ……、あ！　ンン……っ」

びくっ、と白い喉が引き攣る。尖《とが》らせた舌で感じ入る場所を容赦なく責められた上に酔いも加わり、妙にふわふわと心許なく、それでいて鮮烈な快感に襲われた。

ディアドラは眉間をきつく寄せ、絶頂の階段を駆け上がった。

快楽が弾け、ゆっくりと落下するような感覚にますます眩暈《めまい》が強まる。全身の骨がなくなったみたいに身体に力が入らない。霧がかったようにぼんやりする視界に、ヴラドの冷艶な顔が映った。彼は犬のようにべろりとディアドラの唇を舐め、無造作に舌を挿れてきた。

「ンむ……ぅ……」

まつわりつくツイカは口腔《こうこう》の粘膜からも吸収されて、ディアドラをさらに酔わせた。果てしなく身体が沈んでゆくような感覚……。貪られ、食らい尽くされるような倒錯的な淫戯に、いつしか愉悦を覚え始めている。このまま正体をなくすほど酔わされたくなった。酒ではなく、ヴラドの情欲に蕩かされ、呑《の》み込まれてしまいたい。何も考えられなくなるまで――。

「……王子と何を話していたのです？」

なのに、彼は怜悧な問いかけでディアドラを刺し貫く。

苛められた童女のように瞳を潤ませ、ディアドラは頼りなくかぶりを振った。

「なに、も……ッ」

「何もってことはないでしょう。事実貴女たちは会話をしていたのだから。私はただ何を話していたのか聞いているだけですよ？」

残酷な笑みを含んだ声で優しげにヴラドは囁いた。

「貴女は素直に答えればいい。判断は私がします」

脳裏にかすかな反発が閃《ひらめ》いた。お飾りのような扱いはディアドラにとって何より厭《いと》わしいことだ。それを知らないはずもないのに、ヴラドはあえて矜持《きょうじ》を踏みにじるような言い方をする。

わざとなのか、あるいはそのことにも思い至らぬほど憤激しているのか……。

酔いの回った頭ではうまく考えられない。それでもディアドラは依怙地《いこじ》に首を振り続けた。

「知らない……。話なんか、何もしてない……っ」

ヴラドの端整な顔が苛立ちで歪む。彼は冷ややかな視線で嘲るようにディアドラを見下ろし、口端を皮肉っぽく曲げて身を起こした。

「仕方ありませんね。素直に話せるようになるまで酔っていただきましょうか」

ふたたび熟れた花肉にツイカが注がれた。高い場所から糸のように細く垂らされた酒が淫芽を刺激し、蜜溜まりにかぐわしい媚酒を醸す。粘膜から直接吸収された酒精は、普通に飲むよりずっと早くディアドラを深い酩酊《めいてい》状態に陥れた。

ヴラドの声がひどく遠いところから響いてくる。よく聞こえないのに、何故か自分はそれに答えていた。自分が何を喋っているのか全然わからない。意識が隔離されたような状態になって、ディアドラはぼんやりと中空に浮かんでいた。

ぞくん、と下腹部から快感が沸き起こる。ヴラドの指がくすぐるように花蕾を撫でている。ディアドラはその愉悦に取りすがった。ふくらみきって過敏になった淫珠を指先で上下に転がし、摘んでそっと扱かれると、痛いほどの悦楽で四肢の先端まで痺《しび》れた。

自分が何かを叫んでいるのをぼんやりと感じた。きっと淫らな言葉を口走っているのだろう。尊厳のカケラもなく、卑猥《ひわい》なことをねだっているに違いない。

そんなことはもうどうでもいい。今は何も考えず、彼の愛撫《あいぶ》に蕩かされてしまいたかった。覆いかぶさった彼が媚肉を弄りながら耳朶《じだ》を甘噛みし、甘く残酷な囁きを注ぎ込んでくる。自分の肉体が喜悦の声を上げ、あられもなく彼に縋りつくのを、ディアドラは中空からぼんやりと見下ろしていた。

快楽の茨に四肢を拘束されながら、心だけが固い殻のなかに封じられているかのようだ。脚を大きく広げて彼を受け入れている自分の姿を、何の感慨もなく眺めた。感情は波立たず、ただぼやけたような虚ろな哀しみだけが胸を浸していた。

ヴラドが何か言っている。それはディアドラの心には届かない。

聞き取ることができないのに、酩酊した肉体は素直に応え、さらに淫らな嬌態を晒《さら》していた。繋《つな》がったまま体勢を入れ替え、尻を高く掲げて背後から刺し貫かれる。

彼が剛直を突き込むたびに身体が前のめりに揺れ、乱れたリネンに頬が擦りつけられる。その感覚に、ふっと意識が戻った。瞬《まばた》きをしたディアドラは自分が後背位でヴラドと繋がっているのを感じた。肉洞を灼けるような質感が埋めている。

同時に鮮明な快感が戻ってきて、指先まで炎が走るように一気に官能が駆け抜けた。

「あぁあッ、あ——……ッ！」

嬌艶な悲鳴が喉から迸る。ヴラドが身体を倒し、背後から耳殻を噛んだ。ぞろりと耳の後ろを舐められて、ディアドラはびくんと背をしならせた。

根元まで突き入れた淫刀をさらに深く押しつけ、子宮口をぐりぐりと抉《えぐ》るように責めながら、ヴラドは濡れそぼった花芽を指先で扱いた。強烈な快感にディアドラは達しながら叫んだ。

「ひぃッ、あ……！　やぁあッ、だめ……っ、い……くッ……、く……ひぃ……ッ」

先鋭すぎる快楽で神経が灼き切れてしまいそうだ。涙があふれ、口の端から唾液がこぼれる。

「あふ……ッ、ふ……、ぅ……や……。とま……ッな……、あぁッ、また……ッ、く……」

次々と襲いかかる快感の波に翻弄され、わけがわからなくなる。

酔いと快楽とで頭はぐるぐる回りっぱなしだ。何度極めても落ち切る前にまた達してしまう。ディアドラは淫楽に溺れて悦がり狂った。

「んくぅッ……、ン……ン……、ぅふ……、はぁ……ッ」

両手でリネンをきつく握り締め、上気した頬をベッドに押しつけて腰を揺らす。突き込まれる雄茎はますます怒張して、固く締まった肉棒でずちゅぬちゅと抉られるたびに甘ったるい媚声が際限なくこぼれ落ちた。蕩けきった雌壺を穿《うが》ちながら、ヴラドが仄昏い声で囁いた。

「……ほら、約束のご褒美ですよ。どうですか？　ディアドラ様」

「あン……。いぃ……の……、いぃ……。悦すぎ……て……、へんに……なる……ッ」

「くひ……ッ　……ッ、ぁ……！」

忍び笑ったヴラドにぐりりと奥処《おく》を抉られ、ディアドラの瞳から新たな涙が噴きこぼれた。

「……可愛《かわい》いですね。そんなに悦いのですか？」

「ン……、悦い……すごく悦いの……、ヴラド……。ずっと……達きっぱなしなの……」

「いやらしい方だ。貴女がこんなに淫奔な身体の持ち主だなんて、誰も想像しえないでしょうね……。私も驚きました」

背骨のくぼみをヌルリと舐められ、ディアドラはまた達した。

柔襞が淫靡に蠢いて、肉楔をきゅうきゅうと締めつける。ヴラドは官能的な吐息を洩《も》らした。

「意外だったが……これも悪くない。そう……、淫らな本性をお持ちの貴女を、さらにいやらしく、可愛く躾けるのは実に愉しいですよ。私の女王陛下」

「ウン……ッ」

汗と媚汁で濡れた腿をやわやわと撫でさすられ、きゅぅぅと膣が締まる。

ゆっくりと腰を使いながらヴラドは囁いた。

「ふふ。お上手ですね、陛下。いつのまに男を悦ばせるすべを身につけてしまわれたのか……。気になるな。もしや私以外の誰かをベッドに引き込まれましたか？」

「しな……っ、そんな……こと……っ」

「だめですよ、ディアドラ様。私を裏切ったら、二度としてあげませんからね……」

「やぁッ……！　ヴラドがいい、ヴラドがいいの……ッ。もっとして。いっぱいして……。気持ちよく……してあげる、からっ……」

そっと彼の手が胸に回り、重たげに揺れている乳房をやんわりと揉《も》みしだいた。

「光栄です、陛下。貴女のもっとも忠実なる臣下にお情けを……。もっと腰を振ってみてください。うんと卑猥にね……」

言われるままにディアドラはなまめかしく腰をくねらせた。銜え込んだヴラド自身を蜜襞でくるみ、きゅっと締めながら扱くと彼は心地よさそうに吐息を洩らした。

「困りますね……、こんなにお上手だとかえって疑ってしまいそうだ。誓っていただけませんか、ディアドラ様。私以外の男に情けはかけぬと」

「ン……、誓う……。ヴラドがいい……、ヴラドじゃなきゃ……いや……」

ディアドラは無我夢中で腰を振りたくり、甘ったれた声で啼いた。

「すき……ヴラド……。あいしてる……。だから、壊れるくらい、愛して……。もっと、いっぱい……愛して……めちゃくちゃに、壊して……。もっと、たくさん、ちょうだい……ッ」

「ディアドラ……！」

ヴラドはディアドラを背後から抱きしめ、もつれあうように横たわった。

ぴったりと身体を重ね、胸を揉み絞りながらねろりと耳朶に舌を這わせる。

「……いけませんね、そんなに煽っては。本当に壊してしまいますよ」

「いいの……。ヴラドが、好き、だから……っ、証明……したぃ……」

かすかに息を呑み、彼はディアドラの身体に腕を絡ませて抱きしめた。

「わかっています……。それはわかっているんですよ。ただ私は……、貴女に」

信じてほしいだけ――。そう呟くと、彼はディアドラの膝裏を掴んで持ち上げ、さらに深く繋がった部分を密着させた。上体を起こし、横たわったディアドラの子宮を突き上げるように抽挿を再開する。ディアドラはただうっとりと痺れるような快感を貪った。

唾液で濡れた唇からは甘い吐息がひっきりなしにこぼれ落ちる。とろんと潤んだ瞳はぬめるように妖艶な輝きを発し、男の情欲をさらに煽った。熱い吐息が絡み合い、欲望のぶつかりあう破裂音が薄闇に響く。ぐちゅぬちゅと熟れた肉洞を穿つ速度が速まり、動きが単調になる。

容赦なく追い詰められたディアドラは、数えきれないほど迎えた絶頂のさらなる極みに達した。待ちわびたヴラドの熱情が奔流のように押し寄せてくる。

幾度となく奥処へと吐き出された愛欲で、全身を内側から熱く濡らされるようだった。

倒錯感と悦《よろこ》びに包まれて、果てしない眩暈《めまい》に酔う。

甘美なる陶酔の頂点で、ディアドラの意識は溺れるように深く深く沈んでいった。

暗がりできつく膝を抱え込んでいたジェルジは、腕の力をゆるめてホッと嘆息した。

衣装箪笥の隅にうずくまったまま耳を澄ましてみたが、物音は何も聞こえない。そろそろと這うように扉に近づき、そっと押し開けて様子を窺《うかが》う。室内は蠟燭が一本灯っているきりで、寝台の帳はすべて下ろされていた。さっきまでの嬌宴が嘘《うそ》のようにしんと静まり返っている。

ジェルジは胸を撫で下ろした。うっかりこんなところに隠れてしまったのが間違いの始まりだったのだ。こそこそするつもりなどなかったのに……。

突然現れただけでも鬱陶しいのに、イムレ王子は明確な悪意をもってディアドラに良からぬことを吹き込んでいた。ジェルジは楽士用のバルコニーにいたから二人が喋っているのがよく見えたのだ。声は聞こえなかったものの、ディアドラの表情からして明らかに単なる世間話ではなさそうだった。イムレ王子のほうはこちらに背を向けていたが、したり顔でもっともらしいことを吹聴していたに違いない。

正体を明かすことになっても警告しておこうと、衛兵の目を盗んでこっそり部屋を訪ねたまではよかったが、ディアドラはちょうど湯浴み中で部屋には誰もいなかった。何食わぬ顔で忠犬よろしく待っていればよかったのに、湯上がりのディアドラが隣室から出てくる気配を察したら何故だか妙に疚《やま》しい気分に襲われて、つい衣装箪笥に身を隠してしまったのだ。

(何してんだろ、俺……)

と内心でぼやきつつ、出て行くタイミングを見計らっているうちにヴラドが戻ってきた。

そのうちに二人は口論を始め、いつしかそれが痴話喧嘩に発展した挙げ句、ついには激しい情交が始まってしまった。

完全に出るに出られなくなり、ジェルジはひたすら身を縮めて嵐が通りすぎるのを待った。

ヴラドが責めている言葉は低くてほとんど聞き取れなかったが、ディアドラの嬌声は勘弁してくれと言いたくなるほどよく聞こえた。最初、怒って抵抗していた彼女の声が次第に艶をおび、甘えかかるような哀訴に変わると、まずいことにジェルジは股間が固くなってしまった。

ふだんのディアドラは女王らしく凛とした女性で、自制心が強く毅然《きぜん》とした態度を貫いている。だが、恋人に抱かれている彼女はまるで別人だった。

落ち着いたアルトの声音が甘い艶をまとうと何ともいえない色香が漂う。くぐもった喘《あえ》ぎ声や、時折甲高く響く嬌声によって彼女が感じている快楽まで鮮明に想像できてしまった。

何度追い払っても、淫猥《いんわい》な姿勢で男と交わるディアドラの痴態が頭に思い浮かんで止まらない。ジェルジは能《あた》うかぎり強く膝を引き寄せ、すっかり充血して固くなった己を腹に押し当てて耐え抜いた。

どくんどくんと脈打つ振動が下腹に響いて気が狂いそうだった。かといって自分でどうにかするわけにもいかない。ジェルジはひっきりなしに己を叱咤し、残酷な拷問を耐え忍んだ。

爪が食い込むほど拳を握り締めていなければ妄想の中でディアドラを犯してしまいそうだった。もしそれが許される状況なら、きっと彼女の甘い艶声に聞き入りながら欲望を解き放ってしまったことだろう。

啜り泣くような喘ぎがふつりと途絶え、気がつけば静寂が戻っていた。昂った身体が落ち着くのを苛々しながら待ち、ようやく平常心を取り戻して衣装箪笥の扉をそうっと押し開けた。

帳を巡らせたベッドを窺いながら忍び足で入り口へ向かう。帳の向こうに動きはない。

ホッとして背を向け、扉に手を伸ばした瞬間――。背後でかすかな気配がした。

ギッ、とベッドが軋む音に振り向いた時にはすでに刃が迫っていた。頬に熱が走り、厚い扉板に切っ先が食い込む。瞬きする暇もなく二閃目が襲いかかった。

髪の毛ひとすじの差で避けたものの、ジェルジはバランスを失って尻餅をついた。歯を食いしばって跳ね起きようとすると、眉間に剣先を突きつけられて身動き取れなくなる。

燃えるようでいて氷のように冷たい眼《め》をしたヴラドが、長剣をジェルジの眼前にぴたりと据えていた。下履《ブレー》きを身につけただけの半裸体なのに、全身から放たれる苛烈な闘気に気圧されてしまう。

禁欲的な漆黒の軍装に身を包んでいると実際よりもずっとおとなしく、着痩せしても見えるのだ。しかし本性はそんなものではない。まさに野生の猛獣。この殺気はちょっと尋常ではない。畢竟この男は愛する女王にだけ忠実に懐いている、獰猛な野獣にすぎないのだ。

マハヴァールで横行している名ばかりの貴族軍人ではなく、実際に相当鍛えてある。さすが傭兵《ようへい》を売りにしている国の元帥だ。身の軽さには自信があったのに、彼の俊敏さはジェルジの予想を遥《はる》かに上回るものだった。

〈黒い閃光〉と呼ばれるのはだてじゃないってか……）

舌を巻くと同時に素直に感心もする。だが、ヴラドはジェルジの驚嘆のまなざしなど気にも留めず、冷ややかに吐き捨てた。

「正体を現したな、煩わしいネズミめが」

「ちょ、ちょっと待った！　話を──」

「死ね」

無造作な言葉とともに躊躇なく剣が一閃する。ジェルジは転げるように身を躱し、ディアドラの注意を引こうと故意に大声を張り上げた。

「ちょっと待てって！　話があるんだ！　聞いて損はないからっ」

「間諜《スパイ》の話など聞く耳は持たぬ」

「だから俺は違うって！　話くらい聞いてくれたっていいだろ!?」

「怒鳴っても無駄だ。陛下は泥酔しておられる」

冷笑され、ジェルジはヴラドを睨み付けた。

「横暴にもほどがあるぞ！　結婚するからって、高貴な女性をそんな粗略に……」

いきなり容赦ない蹴りが飛んできて、ジェルジは床に叩きつけられた。

ふらふらする頭をどうにかもたげると同時に、剣が首すれすれに突き刺さる。襟を床に縫い留められ、ジェルジは息を詰めた。ヴラドの瞳には鬼火の如き憤怒が燃えていた。

「……貴様に説教される謂われはない」

「へっ……、少しは気が咎めてんのかよ、ぅぐ！」

力任せに胸郭を踏みつけられ、肺が潰れそうになる。無表情に見下ろすヴラドにはためらいなどカケラも見受けられなかった。ぞっと背筋が冷たくなった。

(こいつ本気だ……!)

間違いなく本気でジェルジを殺そうとしている。

絶句するジェルジを見下ろし、冷淡な声でヴラドは呟《つぶや》いた。

「貴様が潜んでいることはわかっていた。いずれ始末するつもりだったし、ちょうどいい。今ここで殺ることにしよう。最期に楽しませてやったのだから、感謝して死ね」

「無茶苦茶言うなっ。俺がいるのを知っててお姫様を抱いたのかよ!? どうかしてるぞ」

「貴様が目障りなんだ。不愉快な思いをさせられたぶん、相応の礼をしてやったまで」

ジェルジを踏みつけたままヴラドは引き抜いた剣をすらりと翳《かざ》した。

なりふり構わずジェルジは手を振り回した。

「わーっ、待て待て! 俺には利用価値がある! 殺すよりいいぞ、絶対いい!!」

顎下に剣を突きつけられ、ひくっと喉を鳴らす。切っ先が皮膚に食い込んでいた。あとほんの少し力を加えるだけで、ジェルジの命は無残に切り裂かれるだろう。凍った星のようなヴラドの瞳に変化は見られなかったが、彼はすっと剣を引き、傲然とジェルジを睨め付けた。

「価値は俺が決める。ただの時間稼ぎだったら……楽には殺さぬぞ」

「嘘じゃないよ」

青ざめながらも自信満々にうそぶき、ジェルジは頬に走る赤い筋をぐいとぬぐった。

第六章　永遠の秘めごと

重苦しい目覚めだった。ディアドラは気だるく寝返りを打ち、顔をしかめた。

ひどい頭痛がする。この痛みが原因で目が覚めたのだ。

「陛下、おはようございます」

「んぅ……」

リディアの呼びかけに、ディアドラは眉根を寄せて呻《うめ》いた。

「ご気分が優れませんか？　でしたらもう少しお休みに」

「……水が飲みたい。頭が痛いし、何だかひどく喉が乾いて……」

リディアはすぐに水差しとグラスを持って来た。

注がれた湯冷ましをディアドラはゆっくりと二杯ほど飲んだ。

「いかがですか？」

「ああ……、いくらか良くなった」

ズキンズキンと脈打っていたのも軽減し、耐えられないほどではなくなった。だが、起きる気力がわかず、ディアドラはリディアを下がらせて暫しベッドでぼんやりしていた。

（昨夜……何があったんだっけ……？）

苛立ちを紛らわそうと寝酒にツイカを飲《や》ったが、一杯だけだ。たった一杯で二日酔いになるほど弱くはない……、と考え、いきなりかぁっと頬に血が上った。思い出した。戻ってきたヴラドにしたたか酔わされたのだ。それも、とんでもない破廉恥なやり方で……！

ディアドラは握った拳をふるふると震わせた。今ここにヴラドがいたら、絶対に殴りつけていたところだ。酔っぱらっている最中のことは記憶が跳んでいて思い出せないが――思い出したくもない！――、とにかく執拗《しつよう》に辱められたことだけはうっすらと浮かんだ。

繰り返し無慈悲に突き入れられた腰回りがだるくて仕方がない。散らされて間もない花鞘には負担が大きすぎるのに、不機嫌な彼は容赦なく己が凶器を振るった。他の男の持ち物など知らないけれど、ヴラドの雄はかなり大きい気がする。確か本人もそんなことを言っていた。

（だったらもう少し手加減してくれたって罰は当たらないだろうっ）

この場にいないヴラドを頭の中でボカボカ殴る。手ひどく扱われたにもかかわらず愉悦を感じ、何度も達してしまった自分が情けない。頭痛がぶり返し、ディアドラは唸り声を上げた。

枕を抱え込んで溜息をつく。結局ヴラドを質《ただ》すことはできなかった。――イムレ王子が言っていたことは本当なのだろうか。ヴラドが宰相を汚職の泥沼に沈めたというのは……。王子との婚姻をマハヴァールに打診したのも実際にはヴラドで、彼はそれを餌にマハヴァールから利益を得ていた――。そんなこと、とても信じられない。だが、ひっかかる部分も確かにある。

ヴラドの愛と忠誠を疑ってはいない。むしろ彼ほどディアドラを無条件に愛し、忠義を尽くしてくれる男は他にいないだろう。

だが、愛しているからといって何もかも許されるわけではない。ディアドラが間違えたら叱ると彼は言ってくれた。だったらディアドラも、彼が間違えていたら正さねばならない。

どんなに愛していたってしていいことと悪いことがある。彼が宰相を追い払うために故意に堕落させたのだとしたら、やっぱり許しがたい。

さらに、ディアドラを手に入れるためにあえて間違わせようと、回りくどくイムレ王子との婚姻を仕組んだのだとしたら……、そんなやり方はどれだけ愛があっても卑怯《ひきょう》だと思う。

ディアドラは額を擦って嘆息した。一人でぐるぐる考えていても仕方ない。すべてはイムレ王子の発言を真実と仮定した場合の話だ。

確かにヴラドはいつだって冷静沈着なくせに、ディアドラが絡むとどういうわけか暴走気味になる。身体を繋げるようになって初めて気付いたのだが、涼しい顔をして彼は少々粘着の度合いが過ぎる。

もし彼がディアドラに執着するあまり道を誤ったのだとしたら……？　そんなこと絶対にありえないと言い切る自信はなかった。頭ではなく身体で理解してしまった。彼の執心の深さを。

ぶるっ、とディアドラは震えた。ヴラドを愛している。でも、少し……怖い。

ディアドラを手に入れるためならどんなことでもしてしまうであろう、彼が。

（確かめないと……）

どちらが真実なのか、見極めなければ。もしイムレ王子の言葉が本当だとしたら……そのときはどうすればいいのだろう。ヴラドを許せる？　これまでどおりに愛せる？

――わからない。でも、どんなときも彼とは真摯に向き合いたい。誤魔化《ごまか》すのも誤魔化されるのもいやだ。ヴラドに対してはいつも誠実でありたいのだ。だから彼にも誠実でいてほしい。

もうひとつ溜息をつき、ディアドラはリディアを呼んで風呂の支度を命じた。


昼を過ぎてもヴラドは顔を見せなかった。気にはなったが、わざわざ呼びつけるのも業腹だ。

（わたしは怒っているのだからな！）

やり過ぎたと向こうから謝ってくるまでは口をきいてやらない。徹底的に無視してやる。

ようやく頭痛の治まったディアドラは、マリアが用意した軽い昼食を済ませると図書室へ向かった。静かに考えごとがしたいから、とお供の侍女たちを扉の外で待たせておく。

オルゼヴィア城の図書室は代々の国王が集めた蔵書でかなり充実したものだ。優美な曲線を描く壁面は天井まで届く作り付けの書架で、上半分はぐるりとバルコニー状になっており、中央の螺旋階段で昇ることができる。

父王は狩りと酒宴を好み、書物には興味を持たぬ人だったが、ディアドラは暇なときはもっぱら図書室で時間を過ごした。殊に弟の存命中はおざなりに捨て置かれていたため、ほとんどここに入り浸りだった。面白い本を読んでいればヴラドがいない寂しさもいくらか紛れた。

最近はあまり来ていなかったが、革表紙の書物が放つ独特の匂いや時間が止まったような静けさ、北向きの窓から射し込むやわらかな間接光に触れればやはりホッとする。

ディアドラは足音を忍ばせてゆっくりと図書室を見て回った。

城勤めの人間は出入り自由だが、今は誰もいないようだ。イムレ王子の姿も見えない。まだ来ていないのだろう。そういえば時間を指定しそびれた。

(王子が図書室に入るのをリディアたちに見られたくないな……)

少なくともどちらかひとりは入り口に貼りついているはずだ。図書室には出入り口が一箇所しかない。わざわざ告げ口もしないだろうが、万が一ヴラドの耳に入ればきっと誤解を招く。

(あいつはやきもちやきだからな……)

困った男だ、と思う一方でちょっと嬉しかったりもするのだから我ながら呆れる。

別の場所にすればよかったか……、と若干悔やみながら見るともなしに書架を眺めていると、後ろからいきなり呼びかけられた。

「ディアドラ女王陛下」

いつのまにかイムレ王子が背後に立っていた。ディアドラは躍り上がった鼓動を押さえ、引き攣った笑みを浮かべた。

「イムレ王子……。いつ入って来られたのですか」

「先ほどからいましたよ。早めに来てお待ちしていたんです」

「そうでしたか。失礼、気付かなかった」

少し気になったが、図書室は広いし室内には衝立のようにいくつか書棚も立っているから見逃したのだろう。王子はかすかに眉を寄せ、気づかわしげにディアドラを眺めた。

「お顔の色が優れませんね。お疲れのようだ」

「大丈夫です。——それより、話というのは何ですか」

そっけなく促すと、イムレ王子は意味深に含み笑った。

「もちろん昨夜の話の続きですよ。肝心なところをお話しできませんでしたからね」

「ヴラド・ラズヴァーンがわたしと貴殿の婚姻を打診したという話なら、到底信じがたい。彼はオルゼヴィアの独立維持に関しては王家を上回る強硬派。マハヴァールと手を組むなど絶対にありえない。わたしは彼を子どもの頃から知っています」

「ええ、だからあっさりと撤回してくれましたよ。最初から、彼は我が国《マハヴァール》を利用するだけのつもりだったのでしょう」

「何のために!?」

「もちろん、王位と貴女を手に入れるために決まっているじゃないですか」

絶句するディアドラを憐《あわ》れむように見やり、王子は薄く憫笑《びんしょう》した。

「オルゼヴィア銀山の産出量が減ったのは何故だと思います？　枯渇が原因でないことは、もうおわかりですよね」

「……大量の横流しがあったからだ」

「犯人は宰相とその一味とされています。しかし、実際のところ宰相たちがかすめ取った銀など大した量ではないんですよ」

「なぜ貴殿がそのようなことを知っているのだ」

疑惑の眼で睨《にら》んだが、イムレ王子は肩をすくめただけで先を続けた。

「確かに宰相は横領に手を染めていた。だが、全体から見ればごくわずかなものに過ぎません。真に国庫を私物化していたのはラズヴァーン元帥なのですからね」

ディアドラは呆気《あっけ》にとられ、カッと逆上した。

「――馬鹿な！」

「本当ですよ。彼は王家の鉱山から大量の横流しを行い、その罪を宰相に着せた。そして真相が露顕することを恐れて性急に彼を処刑したのです」

ディアドラは眉を逆立て、吐き捨てた。

「ありえない！　ヴラドがそのようなことをする理由がどこにある!?　彼の所領は王家に次ぐ広さがあるのだぞ。財政状態の報告も見たが、問題は何もなかった」

「そんなもの、その気になればどうにだって誤魔化せます。確か既存の銀鉱脈は誰の所領にあろうと王家のものですよね？　新たに鉱脈が見つかっても権利の半分は王家に持っていかれる。それがいやで新規の鉱脈を隠したっておかしくはないでしょう。古い鉱脈の産出量は必然的に漸減する。新たな鉱脈が私物化され、隠されていたとしたら大変ですよね。オルゼヴィアの最大の収入源は銀だ。銀があればこそオルゼヴィアは独立国を名乗っていられるのだから」

王子の言葉に含まれる軽侮の刺《とげ》を鋭敏に察し、ディアドラはきっぱりと宣言した。

「オルゼヴィアはれっきとした独立国だ」

「公式には認めていない国も多いことはご存じなのでは？　むろん我が国も含めて。……だが、どの国も国庫にそう余裕があるわけではない。それなりの量の銀が手に入れば喜んで承認するでしょう。ラズヴァーン元帥の国王即位も含めてね」

イムレ王子は眉を逆立てるディアドラを、したり顔で眺めた。

「おわかりでしょう？　元帥は横流しした銀でまずは国内の貴族たちを買収し、次に宰相一派を『悪』として槍玉に挙げて粛清した。実を言うと、我が国も彼のクーデター計画にはかなりの資金を出資していたのですよ」

ディアドラは王子の言葉に唖然《あぜん》とした。王位を追われた女王であるディアドラの面前で、よくもぬけぬけと口にできるものだ。

「計画では彼は王位を奪った後、貴女を王女としてマハヴァールに嫁がせるはずだったのです。我が国はオルゼヴィアの独立を認め、それと引き換えに質のよい銀と腕の立つ傭兵を安く手に入れる。――悪くない取り引きだと思い、我々は計画に乗った。ところが王位を手に入れるとにわかに惜しくなったのか、彼は貴女をマハヴァールに嫁入りさせる計画は中止だと一方的に通告してきたのです。……まぁ、彼の気持ちもわからなくはありませんがね。これほど美しくては迷うのも無理はない」

頤《おとがい》に伸ばされた指先を険しい顔で振り払う。王子はくすりと笑い、姿勢を戻した。

「密約とはいえすでに相当な出資をしていますからね。我が国としても見過ごすわけにはいきません。そこで直談判しに来たというわけですよ。約束はきちんと守っていただかねば」

にや、と王子が目を細める。優美でありながら卑しさの滲む表情にはっきりと嫌悪を感じ、ディアドラは眉を吊り上《あ》げた。

「ヴラドがマハヴァールとそんな密約を交わしたなど、とても信じられない」

「では、私が嘘をついていると？」

「元帥の言い分を聞くまで判断は保留だ！　――失礼する。今すぐ彼を問い質してくるから、話はその後に改めて」

踵《きびす》を返すなり、ぐっと手首を掴まれた。

「何をする!?」

振り放そうとすれば、逆に力任せに掴まれる。ディアドラは顔をゆがめて王子を睨み付けた。

「放せ！」

「権力を取り戻したいとは思いませんか？」

「……!?」

そそのかすようにイムレ王子は囁いた。

「今の貴女は名ばかりの女王。それさえ元帥が正式に国王として即位するまでの話だ。彼が王になれば貴女は単なる王妃——言わば彼の持ち物にすぎなくなる」

息を呑むディアドラに顔を近寄せ、王子はさらに毒のような言葉を吹き込んだ。

「そんなことに耐えられますか？　貴女は誇り高きオルゼヴィアの女王。野心に取り憑かれた男に貶《おとし》められ、辱められて泣き寝入りなどすべきではない。いいですか、オルゼヴィアの王権は貴女のものだ。元帥が何と言おうが貴女自身が過ちを認めなければ、王権を手放す必要などないのです」

「過ちを……認める……」

茫然《ぼうぜん》とディアドラは呟いた。ディアドラは自らの過ちを認め、ヴラドの主張を受け入れた。古き盟約に従って、王位を彼に譲り渡したのだ。

「ディアドラ女王。貴女は間違ってなどいません」

きっぱりとイムレ王子は告げた。その言葉は胸の奥深くに突き刺さり、急に足元がおぼつかなくなる。王子はふらつくディアドラの身体を捕らえ、馴れ馴れしく引き寄せた。

衝撃に放心したディアドラはそれにも気付かず頼りなく喘いだ。

王子はディアドラの白い首筋や豊かな胸元を舐めるように覗き込みながら繰り返した。

「貴女は間違ってなどいない。正しい判断をしたのです。私と結婚すればマハヴァールの豊かな産物が欲しいだけ手に入るのですよ？　一時的なことではなく、これからずっと――。もう凶作に悩む必要はない。民を苦しませずにすむのです」

ディアドラの脳裏に、自分を心配して城に集まった民衆の姿が思い浮かんだ。

こんな未熟な国王で、どんなにか歯がゆいだろうに、それでも彼らはディアドラを支持してくれている。笑顔を向け、喜びを表してくれた。彼らを苦しめたくない。幸せであってほしい。ディアドラにとって彼らは大切な『家族』なのだ。

(民の幸福のために、わたしにできることは何だ……？)

マハヴァールの王子と結婚して繋がりを深めれば、民はより幸せになれるのだろうか。たとえ済し崩し的にマハヴァールの一地方となったとしても。

ヴラドと結婚して独立を死守するより、民の生活を思えばそのほうがいいのか……？

王子はさらにディアドラの身体を引き寄せ、ほっそりとした腰に腕を回して囁いた。

「マハヴァールは同胞への援助を惜しみません。我々はひとつになるのです」

王子は鼻息を荒くしてディアドラの髪にくちづけた。

「ディアドラ女王……、貴女とひとつになりたい……。貴女ほど美しく気高い女性に出会ったのは生まれて初めてだ。まさしく地上に舞い降りた女神――。私と結婚してください。そしてひとつになりましょう。私たちも、私たちの国もひとつに……」

王子の手が顎にかかる。唇が急接近して、ディアドラはハッと我に返った。

「は、放せっ」

無我夢中で腕を振りほどき、飛びすさる。書架に背中をぶつけながらディアドラは王子を睨み付けた。王子は一瞬顔を醜くゆがめ、素早く貴公子の笑顔を貼り付けた。だがもはやどんなに気取っても本性が透けて見えるのは防げない。

自覚しているのか、王子は取り繕おうともせずニヤリと悪辣な笑みを浮かべた。

「悪い取り引きではないと思いますがね……。私と結婚すれば逆賊の討伐に力を貸しましょう。マハヴァールの正規軍をもってすれば余裕で制圧できますよ？　現在、オルゼヴィア国軍は凶作と流行病の余波で弱体化していますから」

「――では何故そうしない？」

鋭く切り返すとイムレ王子は面食らった顔つきになった。ふとした思いつきだが、まるきり見当違いでもなさそうだ。ディアドラは自信を深めてたたみかけた。

「マハヴァールがオルゼヴィアを属国扱いし、機会があれば併呑を目論んでいることはわかっている。今こそ絶好の機会ではないか？　なのに攻めて来る気配もない。なぜだ？」

「……交渉の行方を見定めるまで動かずにいるだけですよ。貴女が私との結婚に同意してくれれば、すぐに軍隊を呼び寄せて元帥を追討します」

「嘘だな。貴殿は正規軍を動かす権限など持ち合わせてはいないのだ。そして、マハヴァール国王にはオルゼヴィアに攻め入る意思がない。少なくとも今現在は……。いや、したくてもできないのではないか？　先頃、領土をめぐって隣国と熾烈《しれつ》な争いとなり、莫大な戦費と兵力を失ったそうだな。しばらくは他国の内政に首を突っ込む余裕などあるまい」

冷笑された王子は眉を吊り上げ、子どもっぽくわめいた。

「戦いには勝った！　あの土地はもともとマハヴァールのものだったんだ。それを取り戻しただけだっ」

「どちらが勝とうがオルゼヴィアには関わりのないこと。しかしマハヴァールの戦力が大幅に落ちているのは事実だな。今はオルゼヴィアにちょっかいを出す余力などなかろう。小国なればこそ、我が国は他国の動向にはつねに目を配っているのだ」

ディアドラは顎を反らし、昂然《こうぜん》と言い放った。

背中を冷汗が滴り落ちる。実を言えば、今の読みはほとんどハッタリだった。耳にしていた外交情報をとっさに繋ぎ合わせてみたにすぎない。だが幸いにも的を得ていたらしい。

そもそもこの縁談は、イムレ王子がオルゼヴィアに婿入りする形で進んでいた。つまり彼は世継ぎではなく、王位継承権を持っているにせよ順位はさほど高くない。

というか、ほとんど見込みのない立場だった。そんな彼が正規軍を動かせるわけがない。財政難に頭を悩ませている国王にその気がないなら尚更だ。

紅潮した顔でディアドラを睨んでいたイムレ王子は、不快げに顔をゆがめて吐き捨てた。

「ちっ……、これだから無駄に頭の切れる女は嫌いなんだ。女はただ美しく着飾って愛想よく笑っていればいいのに、余計な学を付けさせるから勘違いしてつけあがる」

「本音が出たな。わたしはこのとおり頭でっかちな可愛げのない女でね。貴殿は早々に帰国して、お好みの従順な女性を探されるがよい」

さんざん無駄話を聞かされた腹いせに、ディアドラは思いっきり厭味《いやみ》に言って王子の傍らをすり抜けた。ヴラドにすべてぶちまけて、彼がこの件で実際にどう動いていたのか厳しく問い詰めてやる。絶対に誤魔化されたりしないからな！

息巻いて足を速めたディアドラの前に、突然衝立の陰から飛び出してきた影が立ちはだかる。勢い余ってたたらを踏み、ディアドラは唖然と目を見開いた。

「イリナ……!?」

自宅に軟禁されているはずのイリナ・コルトヴァシュが、真正面からじっとディアドラを凝視していた。面窶《おもやつ》れしたせいか、異様に目が大きく見える。つぶらな瞳は白目の部分が充血して、余計に不穏な気配を漂わせていた。

昨夜、宴席に乱入してきたときは華美なドレスに乱れた蓬髪という見るからに常軌を逸した恰好《かっこう》だったが、今は襟元の詰まった清楚なドレス姿で髪もきちんと結っている。

かつて見知っていたイリナそのものだ。それゆえに見開かれたまま凍りついたように瞬きしない瞳の異様さが際立つ。

「――ここで何をしている!?　どうやって城に入ってきた」

「お祈りに行ったんです」

イリナは口角を奇妙に吊り上げ、たどたどしく答えた。まるで噛み合わない会話にディアドラは眉をひそめた。かまわずにイリナは失調した声音で喋り続けた。

「神様にお祈りしたいとお願いしたら、馬車で教会まで連れていってくれました。親切ね。ふふ……、皆さんとても親切だわ……」

ますます目を見開いてイリナは笑った。ディアドラはぞっとして思わず後退った。

「お祈りを済ませて、教会からお城に来たんです。伯父様が教えてくれた抜け道を通って」

「抜け道……？」

ハッとディアドラは目を瞠《みは》った。非常脱出用の抜け道だ。城と城下の大聖堂を繋ぐ地下通路――。知っているのは王族とごくわずかな側近のみ。むろん宰相もそこに含まれる。

だが、秘密通路のことは家族にも明かしてはならない決まりだ。

「イリナは伯父様の可愛い『娘』だから、ご褒美に教えてくださったの。いい子にしてたら誰も知らない秘密を教えてあげるよって、そう仰って……」

かくん、と壊れた人形のように首を傾げてイリナは笑った。

「イリナ、おまえ……」

おぞましさに喉が震える。イリナはゆらりと首を回し、焦点のずれた瞳を向けた。

「お城には抜け道がいっぱいあるのよね……。わたし全部知ってるわ。この図書室へも抜け道から来たの。王子様にも教えてあげた」

「なに……!?」

振り返ろうとすると、首筋に鋭い切っ先が突きつけられた。短剣を握ったイムレ王子が空いたほうの腕をディアドラの胴に回して押さえ込む。

「動かないほうがいいですよ。うっかり頸動脈を切ってしまったら手の施しようがない」

「…………ッ」

拘束されたディアドラを見ても、イリナの虚ろな表情は動かなかった。まるで別のものを見ているかのようだ。

「イリナはいつもいい子にしてたから……、伯父様は何でも教えてくれたわ。伯父様はいつでも優しかった。わたしを可愛がってくれたの……。イリナはお母様にそっくりだね、って言って、優しく愛してくださった。……なのにヴラド様も陛下も、伯父様を助けてくれなかった。ひどい。ひどいわ……」

「イリナ！　目を覚ませ！　おまえの伯父を誑《たぶら》かしたのはこいつだぞ!?」

叫んだディアドラの皮膚に刃が食い込み、白い肌に紅の珠が浮かぶ。

「美しい声で無粋なことを叫ぶものではありませんよ」

「やはり貴様か！　貴様がザンフィルをそそのかし、汚職の泥沼に引きずり込んだんだな」

「それはちょっと違います。私が接触する以前から彼は腐っていましたよ。ただ無邪気な貴女が気付けなかっただけで」

嗤笑され、ディアドラは血が滲むほど唇を噛《か》みしめた。イムレ王子はディアドラの喉に短剣を突きつけながら、赤い珠を舌先で舐め取った。ねっとりと皮膚を這う舌のおぞましさに鳥肌が立つ。形よく盛り上がった胸の隆起を撫で回しながら王子は囁いた。

「ずっと気付かなければよかったのにね……。そうすればみんなが幸せになれた」

「たわけたことを！　――イリナ、しっかりしろ！　おまえの伯父はこいつにそそのかされて罪を重ねた。こいつは自分の欲望を叶えるためにおまえの伯父を犠牲にしたんだぞ⁉」

イリナは年端もいかぬ幼女のように小首を傾げた。

「王子様はいい人よ？　伯父様に代わってわたしの面倒を見てくださるって仰ったもの」

「そうとも、イリナ。きみはいい子だ。素直で可愛い、いい子だよ」

イムレ王子の言葉にイリナは含羞《はにか》むように頬を染めたかと思うと、厭わしげな目つきでディアドラを眺めた。

「ヴラド様はきらい。ちっとも優しくないんだもの。いい子にしてても褒めてくれないし、可愛がってもくれない。昨夜だって、どんなにお願いしても抱いてくれなかった……。あんな冷たい人、大嫌いよ。イムレ様のほうがずっと優しくて素敵だわ。わたしを可愛がってくださった。だから陛下もイムレ様と結婚すればいいのよ」

唖然とするディアドラの首に王子の腕が巻きつく。締め上げられ、きぃんと耳鳴りがした。

「——だ、そうです。実に献身的な女性ですね。女性はこうでなければ……」

ククッと王子が忍び笑う。

「ぐぅ……ッ」

遮二無二暴れても振りほどけない。視界が黒く塗り潰され、ディアドラの意識は闇に沈んだ。

ガタガタと揺れる振動でディアドラは目を覚ました。ぼんやりした視界にイムレ王子の傲岸な顔が映る。飛び起きようとして自由がきかないことに気付いた。手首は後ろ手に縛り上げられ、足首も同様だ。おまけに猿ぐつわを噛まされて声を出すこともできない。

ディアドラは悠然とこちらを眺めている王子を睨《にら》み付けた。

「お早いお目覚めで。もう少し寝ていてくれたほうが助かったんですが……」

激しくかぶりを振り、なりふり構わず顎を上下左右に動かして猿ぐつわを振りほどく。

「——どういうつもりだッ！　一国の女王を拉致するとは、戦争でも起こすつもりか!?」

「やれやれ……。貴婦人はそのように大声を張り上げるものではありませんよ。そうはしたなくされると興を殺がれます」

「おおいに結構！　貴様の趣味など知ったことか！」

「フン……。所詮は成り上がり傭兵国家の女王。山賊の頭目と大差ないな」

嘲られたディアドラはキリキリと眉を逆立てて王子を睨み付けた。

イムレ王子は煩わしげに肩を竦めた。

「わめくのはおやめなさい。でないと口の中にありったけの布切れを突っ込みますよ。頬をぱんぱんに膨らませて鼻水を垂れ流すなんてお厭でしょう」

言いたいことは多々あったが、この男ならやりかねないとやむなく口を噤む。

「……わたしをどこへ連れていくつもりだ」

「教会です。オルゼヴィアではなく、マハヴァールのね。国境近くの村に小さな教会があるんですよ。ごく簡素なものですが、司祭もいます」

「教会などに行って何をする!?」

「もちろん結婚式を挙げるんですよ。貴女と私のね」

ディアドラはぽかんとし、次いで激昂した。

「わたしは貴様と結婚などしない！」

「どうでもしていただきますよ。結婚すれば妻の財産は夫の財産となる。つまり、オルゼヴィア王家所有の銀山はすべて私のものとなるわけです」

「そんな規定はないぞ！　共有財産の取り決めをしないかぎり、夫婦であっても互いの財産に手出しはできない！」

「オルゼヴィアになくてもマハヴァールにはあるんですよ。だからこっちの教会で結婚するんじゃないですか」

小馬鹿にしたように言われて目を剥く。冗談じゃない、とディアドラは手足が不自由なのも忘れて馬車の扉に体当たりした。だが扉は開かず、乱暴に腕を掴まれて引き戻されてしまう。腕を捻《ひね》りあげられる痛みに耐えかねてディアドラは苦鳴を上げた。

「まったく、山猫みたいな女だな！　いったいどれだけ甘やかされてきたんだ。結婚したらきちんと躾け直してやらないと」

声を荒らげ、王子はディアドラを馬車の座席に押しつけた。

大きく上下しているドレスの胸元に目を落とし、ふいに思い直したようにディアドラをうつ伏せにする。王子はドレスの裾を乱暴に捲り上げると腿の間に手を滑り込ませてきた。

「ひ!?　や、やめろ……っ」

「躾は早いうちに始めたほうがいい。一度私に抱かれれば、誰が主人か悟っておとなしくなるだろう。女なんてそんなものだ」

「馬鹿を言うなッ」

これまでどんな女と接してきたのか、呆れるほどの勘違い男だ。憤激してディアドラは滅茶苦茶に暴れたが、手足を拘束された状態では抵抗するにも限界がある。

ドレスの下はペティコートだけで、捲られれば直接肌に触れられてしまう。女も下履《ブレー》きを履くべきだ！　と歯噛《はが》みしたが、今ディアドラが無防備な状態であることはどうにもならない。

王子はディアドラのなめらかな肌の感触を愉しむように、するすると掌《てのひら》を上下させた。

「いい手触りだ……。すべすべして、しっとりしている。まさに吸いついてくるようですね」

陶然とした囁きに虫酸が走る。嫌悪で鳥肌が立ち、身体がこわばった。

「目一杯可愛がってあげましょう。貴女は私の切り札、大切にしてあげますよ。貴女と結婚してオルゼヴィアの銀山を手に入れれば、父も喜んで私を見直すだろう。勝手に城から出ていった兄など見限って、私を後継者に指名してくれるはず。そうなれば貴女はマハヴァールの王妃だ。大国の王妃になれるんですよ？　ちっぽけな小国の女王よりずっといい」

「世迷い言を！　放せッ」

力任せに抵抗するディアドラに業を煮やしたか、イムレ王子は舌打ちするとペティコートごとドレスを腰まで捲り上げ、真っ白な双丘を両手で掴《つか》んでぐいと割り広げた。

「ひっ……！」

「ああ、なんと美しい。すでに穢されたとは思えぬ清らかさだ。それともまだ処女なのかな。とっくに元帥の女にされてると思ったが。いや、やはり処女にしてはなまめかしすぎるか」

王子はいやらしく含み笑い、尻朶にチュッとキスした。嫌悪感でぞわっと産毛が逆立つ。

「ま、どっちでもかまいませんがね。私好みの色に染めてしまえばいい」

「誰が染まるか！　放せっ、この変態王子！」

「下品な口をきいてはいけません。自分を貶めるだけだ。——さぁ、おとなしく身を任せなさい。気持ちよくしてあげますから」

「やぁッ、やめろ！」

叫ぶと同時に馬車の扉が叩《たた》かれる。揉み合っていたせいで気付かなかったが、馬車はいつのまにか止まっていた。外から遠慮がちな声が聞こえてくる。

「お邪魔して申し訳ありません、殿下。その……到着したのですが……」

イムレ王子は憮然《ぶぜん》とした顔で舌打ちした。

「わかった、降りる」

王子は乱れた服装を直すとディアドラのドレスの裾を下ろし、馬車の扉を開けた。外は真っ暗だった。どれくらい気を失っていたのかわからないが、王子と城の図書室で会ったのが午後早くだったのだから、相当の時間が経《た》ってしまったようだ。ヴラドとの激しい情交で思った以上に身体が疲弊していたのだろうか。それにしても暢気に長々と気絶していた己が許しがたい。

降りるようすげなく言われ、こんな状態で降りられるかと噛みついたが、縄は解いてもらえなかった。王子は自分ではディアドラを下ろそうとせず、護衛の兵士に横柄に命じた。

ディアドラはギリギリと奥歯を軋ませつつ、荷物のように担がれる屈辱に耐えた。

曇っているのか、月明かりも星も見えない。わずかな松明《たいまつ》の光で木造の教会らしき建物が見て取れた。針のように細長い尖塔《せんとう》と壁面にびっしりとフレスコ画が描かれた教会は両国の国境を跨いで点在している。辺境にあたるこの地域は文化的にはオルゼヴィアに近く、マハヴァール中央部とはだいぶ趣が異なるのだ。

この教会も造りはなかなか立派なのだが、長年の風雨に晒されてかなり傷んでいるようだった。僻地の寒村にあるため、なかなか修理も行き届かないのだろう。

教会の中に入ると、僧服をまとった青年がおどおどした様子で出迎えた。まだ若そうなのに白髪まじりで、出てもいない汗をぬぐう仕種を繰り返している。

「すぐに式を挙げるぞ。準備はできているのだろうな？」

「そ、それは無理です、殿下。夜間に結婚式は執り行えません」

「何だと!?　司祭さえいればよかろうが」

「太陽が空にあるうちでなければ神の承認を得られません。それに……、今は司祭も不在でございます。村で危篤の者が出まして……」

チッと王子は腹立たしげに舌打ちをした。

「朝までには戻るのだろうな？」

「はい……それは……しかし……」

「どうなんだ!?」

「も、戻ると思います……が……」

「何が何でも夜明けと同時に式を挙げてもらうぞ。それまでに必ず呼び戻せ。挙式できなければ教会の修理費は出さんからな。中央教会に職務怠慢を通告して廃止に追い込んでやる！」

「わ、わかりました……」

焦った顔でこくこく頷き、司祭補らしき青年はまた額を拭った。

「ふん。そう青くなるな。いずれここは国王が挙式した教会として有名になるぞ」

イムレ王子は本気で王位を狙っているらしく、早くも王手をかけたようにカラカラと笑った。さしずめディアドラは銀鉱脈という莫大な持参金つきの花嫁というわけだ。そう都合よく行くはずがないのに、王子には目先のことしか見えていない。

「とにかくマハヴァール領内で婚姻の誓いを立ててしまえばよいのだ。そうすればオルゼヴィアの銀は私のもの。あの銀を自由にできれば王位も夢でなくなる」

「わたしは同意しないぞ！」

ディアドラは顎を上げて昂然と宣言し、青年祭司を鋭く見据えた。

「そなた、神に仕える身ならばよく考えてもみよ。合意の元に行なわれるべき厳粛な契約である婚姻を無理やり執り行い、その報いとして教会を立派に直したところで神はお喜びになるのか？　神の住まいは教会ではないぞ。それぞれの人の心――」

バシッと頬が鳴った。周囲の者が一斉に息を呑む。怒りで顔を赤黒くして荒々しく肩を上下させるイムレ王子を、ディアドラは黙って見返した。叩かれた勢いで犬歯が粘膜を傷つけたらしく、口の端に血の滴が溜まる。青年祭司は涙目になって震え上がった。

王子は動揺を隠すためか、異様に大きな声を張り上げた。

「だ、黙れっ！　女は黙って男の言うことに従っておればよいのだ‼」

激昂した王子の命令でディアドラは小部屋に閉じ込められた。腹いせのつもりか、手足の拘束も解かれぬまま冷たい床に転がされる。唯々諾々と従わぬ女は彼にとって敬うべき貴婦人でもかよわい女性でもないらしい。いっそ感心するほどの割り切りのよさに笑ってしまう。

「結婚したら厳しく躾け直してやるからな！」

気迫で負けたことは自覚しているのか、負け惜しみのように捨て台詞を吐くと王子はバタンと扉を閉めた。絶対に目を離すなと兵士に命じているのがドアを通して聞こえてきた。

床に座り込んだ恰好でディアドラは室内を見回した。青年祭司が短い蠟燭を一本挿した燭台をそっと置いていってくれたので助かった。真っ暗闇ではさすがにどうしようもない。

物置らしく、使っていない机や脚の欠けた椅子、木樽や空き壜などが集められている。窓の位置はちょっと高いが、樽に乗れば届きそうだし、ディアドラの体格ならどうにか抜け出せそうな幅もある。

立ち上がれなかったので、ディアドラは必死にお尻を動かして移動した。せっかくのドレスがよれよれになってしまったが仕方がない。ヴラドがこっそり仕立てて贈ってくれていたもののひとつで、本音を言えばかなり気に入っていたのに……。

並んでいる空き壜はワイン用らしいが、どれも少し欠けたりひびが入っていたり、使えないもののようだ。ガラス壜は貴重品なので捨てがたくて取ってあるのだろう。ディアドラは心のなかで詫び、そっと壜を押しやってスカートの上に転がした。

四苦八苦して壜をドレスの生地で包み、音を立てないように壁にぶつけて割った。手足が使えないので本当に大変だった。ようやく割れたときには全身汗まみれでヘトヘトになっていた。

おまけに途中で蠟燭が消えてしまい、手探りでガラスのカケラを探しているうちに何箇所も切ってしまった。さらに無理に手首を捻った体勢でガラス片を縄に押しつけ、ゴリゴリと擦るあいだにも何度か皮膚を傷つけた。

どうにか縄を切ることに成功し、解《ほど》いてみるとやけに手が粘ついていた。よく見えなくて幸いだった。自分の手が血まみれになっている様などうっかり見たら気絶したかもしれない。

ズキズキする痛みに顔をしかめながら足首の縄を解き、ようやく身体を起こす。全身がバキバキになって、伸びをすると涙が出るほど身体中が痛かった。だがここで休んでいるわけにはいかない。ディアドラは木樽に乗って窓に取りついた。思ったよりも狭くて途中でつっかえそうになったが、何とか抜け出して地面に降りる、というより落ちた。物置が一階で助かった。

外はもうかなり明るくなっていた。まだ太陽は出ていないが夜明けは近づいている。

しらじらと空が明るくなる方角へ向けてディアドラは走り出した。靴は窓から抜け出す時に脱げてしまったので裸足だった。

（東へ！　とにかく東へ行けばヴラドの領地に入れるはず）

オルゼヴィア城とマハヴァールを結ぶ街道はラズヴァーン公爵家の領地を通っている。ここが国境沿いの村なら、東隣は公爵領だ。どこが国境かわからないが、まずは森に逃げ込んで身を隠すのだ。

教会の周りはゆるやかな芝草の丘陵地となっていた。冬枯れで茶色いままの草地の向こうに黒々とした森が見える。

吐く息が白い。夜明け前の一番冷える時間帯だ。厚手の生地とはいえドレス一枚、しかも裸足である。凍えそうに寒かった。傷ついた手首だけがズキズキと熱く脈打っている。

（ヴラド、ヴラド、ヴラド……！）

心のなかで叫びながらディアドラは走った。たまらなく彼に逢いたかった。

どうしてあんなでたらめに心が揺れてしまったのだろう。ヴラドがそんな卑怯なまねをする人間でないことくらい、わかっていたはずなのに。

ずっと側にいたのだから。ずっと側にいてくれたのだから。離れていても、ずっと想っていてくれた。大切に、大切に、愛しんでくれていた。ただほんの少しすれ違ってしまっただけ。互いの想《おも》いが強すぎてうまく噛み合わなかっただけなのだ。怖かった。ヴラドが好きだから、好きでたまらないから、もし彼がわたしを愛していなかったらあまりに悲しすぎるから――。

臆病に、なってしまって。でも、そんなこと本当はちっとも重要なんかじゃなくて。わたしは彼を愛してる。そして彼は愛するに足る男だ。

だからもう、それでいい……！

「――――ディアドラ――――‼」

目を見開く。幻のように声が聞こえた。わたしを呼ぶ彼の声――。

「ヴラド……⁉」

払暁《ふつぎょう》の黒い森から騎馬の影が飛び出してくる。

ディアドラは足を止め、喘《あえ》ぎながら目を凝らした。空がどんどん明るくなる。そのぶん森から伸びる影は暗くなり、近づいてくる人物の顔を見定めることができない。

「ディアドラ――っ」

また聞こえた。間違いない。幻じゃない。

懐かしい、愛しい、彼の声。ディアドラの瞳から熱い涙が噴きこぼれた。

「ヴラド……っ」

泣きじゃくりながらふらふらと歩きだしたディアドラの後ろで鋭い馬の嘶きが上がる。振り向くとすぐ背後で馬が前脚を蹴り立てていた。

折しも射し込んだ朝日に馬の血走った目がぎらりと光る。よろめいて倒れかけたディアドラの腕をイムレ王子が強引に掴んだ。彼は有無を言わせずディアドラを鞍に引きずり上げた。

「や……っ、放せぇっ」

遮二無二振り回した指先が頬をかすめ、爪で皮膚が切れる。イムレ王子はカッと目を剥いてディアドラを横殴りにした。鞍から落ちかけたディアドラを押さえつけ、馬の腹を乱暴に蹴る。全速力で教会に帰り着くと、イムレ王子はディアドラを引きずるようにして聖堂に入った。ディアドラは半ば失神したような状態で、抗《あらが》うどころではない。

「さぁ、結婚式だ！　さっさと始めろ！」

祭壇には白いローブに身を包んだ祭司が立っていた。頭には教会の尖塔を模した帽子をかぶり、顔の上半分は宝石で飾った金色の仮面で覆っている。

口許《くちもと》には白い布を長く垂らしていてほとんど顔は見えない。重要な儀礼を行なうときの正装だ。神を表す仮面をつけ、神の代理人として儀礼を執り行うのである。

祭司がぼそぼそと低声で聖文を読み始めると、王子は苛立たしげに怒鳴った。

「御託はいい！　さっさと婚姻成立を認めろ」

「……では。イムレ王子、あなたは隣にいる女性を妻としますか？」

「する」

気短に王子は即答した。

「ディアドラ女王、あなたは隣にいる男性を夫としますか？」

答えまいと唇を引き結んだが、イムレ王子はディアドラの頭を掴んで無理やり押し下げた。

「頷《うなず》いたぞ。女王は感激のあまり声が出ないのだ」

傲然と言い放つ王子に、祭司もさすがにたじろいだが、咳払《せきばら》いをして重々しく頷いた。

「ふたりの婚姻を認めます。永久《とわ》とこしえに神の祝福があらんことを……」

祭司の言葉が終わらぬうちに聖堂の扉が荒々しく開け放たれ、壁に当たって跳ね返った。

黒い軍装の一団が険しい顔で入ってくる。先頭にいるのはもちろんヴラドだ。

射殺すような目つきで睨み付けられたイムレ王子は、震え上がってゴクリと喉を鳴らした。

それでもディアドラを強引に引き寄せ、空々しい声を張り上げる。

「一足遅かったな、元帥。見てのとおり結婚は成立した。女王はすでに私の妻。きみとは結婚できない。ということはつまり、きみはオルゼヴィア国王にはなれないわけだ。彼女と結婚することが、きみの王位を正当なものにする唯一の手段なのだからね」

ふははっと王子はヒステリックに笑い転げた。

「きみは王にはなれないよ！　残念だったなぁ！」

ヴラドは昏く燃え立つ瞳で王子を睨《ね》めつけた。

「……そんなことはどうでもいい。その薄汚い手を放せ」

「夫が妻に触れて何が悪い？　ああ、もちろん知ってるだろうが教会で認めた結婚に離縁はないよ。神が結びつけたものを断ち切れるのは神だけ。つまり、死をもってしか別れることはできないんだ」

「だったら今すぐ死ね」

不快そうに吐き捨て、ヴラドは無造作に拳を振るった。ドゴッと容赦ない音がして、殴り飛ばされた王子が祭壇に叩きつけられる。祭具がグラグラと揺れ、仮面の祭司が慌てて手で押さえた。まさかいきなり殴られるとは予想しなかったのだろう。王子は垂れた鼻血を拭いもせず、茫然自失の態で尻餅をついている。

ヴラドが腰に下げた長剣をすらりと抜き放つのを見て、ディアドラは慌てて取りすがった。

「ま、待てヴラド！　殺してはならん！」

「お放しください、陛下。このような外道、生かしておいても邪魔なだけです」

「そうだよ。邪魔だし、迷惑だ」

ミハイが無邪気な顔で賛成する。隣でしかつめらしくディミトリエが呟《つぶや》いた。

「殺すのはいいが……、教会内はちょっとまずいんじゃないか？」

「そうだぜ、後で掃除するのも面倒だし、すかっと外で殺ろう」

ラドゥもあっさり頷き、大股に歩み寄るとへたり込んでいる王子の襟首を掴んで引き起こした。我に返った王子が暴れ出したが歯牙にもかけない。楽しそうにミハイがねだった。

「とどめを刺す前に僕も一発お見舞いしたいなっ。あっさり殺したんじゃつまらないでしょ。僕らの女王陛下を誘拐した罪は死刑執行×五〇〇回くらいじゃないと、とても見合わないよね。せめて殺る前にボッコボコにしてやんなきゃ」

「せっかくだから拷問しとくか？　城の拷問部屋の器具も久しく埃をかぶったままだしな」

真面目くさった顔でディミトリエが提案し、ラドゥが肩をすくめる。

「めんどくせーから俺が素手でやってやるよ。さしあたり手足の指を全部潰せばいいか？」

「目玉もくり抜いちゃってよ」

「歯も全部折れ」

「ひぃぃっ、やめろっ、放せっ、助けてくれぇぇっっ」

真っ青になってもがく王子にヴラドが冷ややかに告げる。

「安心しろ、最期は王族らしく斬首してやる。せめてもの情けだ」

蠟燭の灯で、振り上げたヴラドの剣が禍々しく光る。イムレ王子は完全に恐慌状態《パニック》に陥り、恥も外聞もなく泣きわめいた。

頬を無残に腫らし、鼻血・鼻水・涎《よだれ》を垂れ流して命乞いをする王子には、もはや貴公子の面影などカケラもない。さすがに可哀相《かわいそう》になり、ディアドラは必死にヴラドを押さえ込んだ。

「よせ！　こいつにはもう何もできないんだからっ。いくら外道でもマハヴァールの王子なんだぞ!?　通告もなく処刑するのはまずい！　……っ!?」

いきなりぐいっと手を掴まれ、ディアドラは息を呑んだ。

ヴラドは目を見開き、血に染まったディアドラの手をまじまじと凝視している。

「こんなに出血して……!?　御手が傷だらけではありませんか！」

「いや、これは縄を切ろうとして自分で……」

「顔も腫れてる……。殴られたんですね」

「う……ん、まぁ……」

ギラリとヴラドの眼《め》が光る。

まるで蒼《あお》い炎が噴き上がるような眼光に、王子はおろか同輩の三人までビクッとたじろいだ。

「殺す……！」

ディアドラをやんわりと、しかし断固として押し退け、ヴラドはつかつかとイムレ王子に歩み寄った。王子の襟首を掴んでいたラドゥが顔色を変えてパッと手を離したので、王子は後ろ向きに倒れて後頭部をしたたか床に打ちつけた。

「ヴラドっ」

ディアドラの悲鳴を無視して彼は剣を振りかざす。そこへ慌てふためいた声が割って入った。

「わーっ、待って待って！　殺すのはちょっと勘弁！　それはこっちでやるからさ」

走り込んできた人影に、ディアドラは目を見開いた。

「ジェルジ……!?　どうしておまえがここに」

道化のジェルジが、白目を剥いて気絶している王子とヴラドの間に割り込んだ。彼は見馴れた左右非対称《ミ・パルティ》の派手な道化服ではなく、黒い脚衣《ショース》に柔らかな革のブーツ、上質なウールの赤い上着に黒のフード付き肩掛けという品のよい恰好だった。腰には細めの長剣まで下げている。

彼は目を丸くするディアドラに照れくさそうに微笑みかけた。

「やぁ、お姫様。弟がとんでもない非礼をしでかしちゃって、本当にごめん」

「お、弟……!?　イムレ王子がおまえの弟だと!?」

「そうなんだよ。ご覧のとおり顔以外は出来の悪い奴でさぁ。末っ子で母がやたら甘やかしたものだから、すっかり勘違いしちゃって。自慢の顔も、今は見られたもんじゃないけどね」

苦笑するジェルジを眺め、ディアドラは唖然とした。

「では……おまえも王子なのか……？」

「うん」

彼はいつもの調子で頷くと思い直したように咳払いをし、ニコッと微笑《ほほえ》んで優雅に礼をした。

「マハヴァール王国第一王子、シャンドル・ジェルジ・カルマーンと申します。改めてお見知り置きを。ディアドラ女王陛下」

恭しく手を取って指先にくちづける。ヴラドの目許《めもと》がぴくりと動いた。

「第一王子と言ったら世継ぎだろう!?　世継ぎの君がなぜ道化などしている!?　――はっ、まさか間諜《スパイ》……？　オルゼヴィアを探っていたのか!?」

「違うって！　実は父と喧嘩して家出中なんだ」

聞き慣れた道化ののほほんとした口調で、ジェルジ――いやシャンドル王子が言う。

「家出……!?」

「例の、領土争いの戦争ね。あれ僕は反対だったんだ。でも父は強硬に押し進めてしまって、抗議の意味を込めて城を飛び出した。一応武者修行の名目だったんだけど、僕、剣より大道芸のほうが得意でさ」

子どもの頃から軽業や手品などが大好きで、気に入った芸人を側に呼んで教えを請うていたんだよ、とあっけらかんとのたまう。

「いや〜、芸は身を助くって本当だよね。おかげであちこちの城主に雇ってもらえたし。言っとくけどオルゼヴィアに来たのは本当に偶然だよ。前にいた城の城主夫人に迫られて、丁重にお断りしたのに城主に誤解されて叩き出されちゃったんだ。路銀も糧食も尽きて行き倒れたところをお姫様が助けてくれたってわけ。あのときは本当に女神様が降臨されたと思ったな」

うっとりと凝視《みつ》めながら愛《いと》しげに手を握られる。途端にヴラドが目を怒らせ、ディアドラの胴に腕を回してぐいと引き寄せた。嫉妬深いなぁ、とシャンドル王子が呆れる。

「王子が行き倒れなんて、そんな暢気《のんき》な……！　もしものことがあったらどうするんだ。そうでなくても世継ぎの地位を取り上げられたりしたら……っ」

「んー。まぁ弟が継いでもいいかなって思ってたし。――あ、こいつじゃなくて、すぐ下の弟ね。三人兄弟なんだ」

家出するにあたって後を任せてきた弟とは定期的に連絡を取り合っていたという。弟は兄の立場をかすめ取る気はないようで、以前から早く帰って来いと促していたそうだ。

「それが、戦争が終わったらやたらと帰郷をせっつくようになってね。どうにかこうにか勝ちはしたけどダメージも大きかったし、父もげっそり老け込んだみたいなんだ。何だかんだ言っても父は僕をけっこう頼りにしてて、僕が家出するといろいろと自棄《やけ》を起こしたらしくて。下の弟――イムレに『オルゼヴィアの女王を嫁にして銀山を手に入れたら跡取りにしてやってもいい』とか何とか冗談半分に言ったのを、こいつがまた真に受けちゃってさぁ。こいつ昔から自信過剰で考えなしだから。まぁ、僕への対抗意識もあったんだろうけど」

野心だけは一人前でね、と溜息をつき、シャンドル王子は真面目な顔で頭を下げた。

「本当にすまなかった、ディアドラ女王。弟の不始末の責任は僕が取る」

「だったらとっととそいつを始末しろ」

「ヴラドっ」

氷のような声を放つ男をディアドラは慌てて制した。シャンドルは苦笑して頭を掻いた。

「さすがに殺しちゃうのはちょっとねぇ……。しょうもない奴でもいちおう実の弟なんで」

「そいつに生きていられると迷惑なんだ。殺すのがだめなら男のものを切り落とせ。そうすれば不能ということで婚姻無効を申し立てられる」

「ふむ。それならいいか」

シャンドルの呟きにディアドラは仰天した。

「おい、同意していいのか!?　切ったら二度と生えて来ないんだろう!?」

「あたりまえだよ。茸《きのこ》じゃないんだからさ」

「それはあんまりだ！　か、可哀相ではないかっ……。強制されたと訴えれば婚姻無効は認められるはずだ」

「どれだけ時間がかかると思うんですか。名目だけだろうとあなたがこんなど腐れ外道の妻になっているなど私には耐えられません。今すぐ殺すか切り落とします」

「仕方ないなぁ、面倒くさいから事故死ってことにしちゃうか……」

「ジェルジ！　いや、シャンドル王子！　兄弟なのに何てことをっ」

事態を見守っていた三将公まで、死刑だ、いや宮刑だ、その前に拷問しようなどと真面目な顔で議論を始める。収拾がつかなくなってディアドラが頭を掻《か》きむしっていると、それまでぽつねんと祭壇に突っ立っていた仮面の司祭がおずおずと声を上げた。

「あの、皆さん……。そんなことしなくても、この婚姻はそもそも無効なのですが……」

「えっ」

ディアドラが叫び、全員の視線が司祭に集中する。司祭は竦み上がり、震える手でそろそろと仮面を外した。その下から現れたのは……若白髪の青年祭司だった。

青年は顔を赤らめ、恥ずかしそうにうつむいた。

「す、すみません……。司祭様はまだお帰りではなく……。私はまだ修行中の司祭補なので、仮面を用いる重要な儀礼を司《つかさど》ることはできないのです。で、ですから……、今の結婚式は正式なものではなく、従いまして――」

「無効」

ぼそり、とヴラドが呟き、シャンドル王子が満足げに頷く。

「ということだね」

目をぱちくりさせていたディアドラは、後ろからぎゅっとヴラドに抱きしめられて我に返った。見上げるとヴラドは心底安堵《あんど》した顔で微笑んでいた。

「よかった……」

「……結婚は無効なのか？」

「そうですよ。あなたは独身です。……私と結婚してくれますね？」

ディアドラはまじまじとヴラドを凝視《みつ》め……、にっこりと心からの笑顔とともに頷いた。

「ああ、おまえと結婚する」

そして伸び上がって彼のうなじに腕を絡め、自らそっと唇にくちづけた。歓声を上げてミハイが手を叩き、拍手が広がる。青年祭司は大切そうに黄金の仮面を掲げてニコニコしていた。

照れくさそうに笑うディアドラのこめかみに、心のこもったヴラドのくちづけが落ちた。

イムレ王子は気絶したまま馬車に放り込まれ、兄王子に伴われて帰国の途に着いた。

別れ際、シャンドル王子はヴラドの目を盗んでひそっとディアドラに耳打ちした。

「ねぇ、お姫様。今更何だけど……、本当にラズヴァーン元帥と結婚しちゃっていいの？」

「？　どういう意味だ」

首を傾《かし》げると、シャンドルは肩をすくめた。

「だってさ。あの人ちょっと……危なくない？　すごく有能なんだろうけど」

ディアドラは眉を垂れて苦笑した。

「ああ……、そうだな。わかってるけど、わたしも迷走しがちだから、ちょうどいいんじゃないかと思う。――ほら、『破鍋《われなべ》に綴蓋《とじぶた》』って言うだろう？」

シャンドル王子は苦笑した。

「その譬《たと》えはどうかと思うけどね……。まぁ、仕方ないか。割り込む余地もなさそうだし」

応急処置を施して包帯の巻かれたディアドラの手を取り、王子は溜息をついた。

「……本当にごめんね。落ち着いたら改めてお詫びに伺うよ」

「ああ、そのときは歓迎する」

「それじゃ、元帥に蹴り殺される前に退散するよ。またね！」

シャンドルはディアドラの頬にさっとかすめるようなキスをして身を翻した。

入れ代わりに大股で歩み寄ったヴラドがディアドラの肩を抱いて不愉快そうに舌打ちする。

「図々しい奴だ」

「いい男だと思うけど……。寂しくなるな」

ヴラドに睨《にら》まれ、ディアドラはぶんぶん首を振った。

「そういう意味じゃないっ。――もうっ、ヴラドはやきもちが過ぎるぞ！」

「貴女が天真爛漫すぎるんですよ」

眼で叱りつけられ、むぅと口を尖《とが》らせたディアドラはふと思い出して尋ねた。

「そういえばヴラド。どうしてわたしがここにいるとわかったんだ？」

「イリナを問い質したんです。貴女が図書室から忽然と消えたと聞いて、すぐに抜け道のことを思い出しました。通路に痕跡はなかったが、大聖堂に出るとイリナがぼんやり座っていて。とても偶然とは思えなかった。知らぬ存ぜぬでなかなか埒が明かないので、やむなく元乳母を使って脅したんです」

「そうか……。でも、イリナも可哀相な娘だと思う。あまり厳しい処罰は下したくないな」

「良くも悪くも周囲の影響を受けやすい性格なんですよ。貴女と違ってあまり主体性もありませんからね。――まぁ、ともかく無事に貴女を取り戻せたことだし、イリナの処遇については彼女のためになるよう考えます」

「うん、そうしてくれ」

「それにしても、ここに駆けつけたときは結婚が成立してしまったと思って、本当に臍《ほぞ》を噬《か》む思いでした」

「おまえ、本気でイムレ王子を殺そうとしただろ……」

「当然です」

悪びれもせず、ヴラドは真面目な顔で言い切った。ディアドラはひくりと頬を引き攣らせた。やはり彼はちょっと極端だ。

「マハヴァールの男はろくでなし揃いだ。ジェルジだって、間諜《スパイ》ではないと言い張っていたが、貴女にべったり貼りついて何を探ってたんだか……」

「あ、そうだ。ジェルジがシャンドル王子だってこと、ヴラドは知ってたのか？」

「まさか。私だって昨日、いや一昨日か。初めて知りました。奴が寝室に潜んでいたのでこれ幸いと殺そうとしたら、自分はマハヴァールの第一王子だなどと言い出して」

「これ幸いと殺意を抱くなよ……。寝室ってヴラドのか？　何してたんだ？」

「貴女の寝室です」

「えっ」

「奴が言うには、イムレ王子の讒言《ざんげん》はでたらめだから信じるなと忠告するつもりだったそうですが……」

「そ、それじゃあの夜ジェルジはわたしの部屋にいたのか⁉」

「衣装箪笥に潜んでいました」

「…………ッ‼」

ディアドラは真っ赤になった。あのときはツイカを恥ずかしい場所に垂らされて、さんざん嬲《なぶ》られたのではなかったか……!?

「やはり、兄弟ともに殺しておくべきでしたね」

真面目くさってヴラドが呟く。全力で頷きそうになってしまい、ディアドラはふるふると拳を震わせた。

「というか！　わかっていたらシャンドル王子を一殴りしておいたのに！」

「おまえもおまえだッ、ジェルジが隠れているのがわかっていたならコトに及ぶ前に追い出せばよかったじゃないかっ」

「あやつが貴女に不埒な想いを抱いているのは知っていましたから。貴女が誰のものなのか、はっきり教えてやったんです」

「～～～ッッ！」

ディアドラは湯気が出るほど赤面してヴラドを睨《にら》んだ。

「こ、この……変態……ッ」

「睨まないでください。発情してしまいます」

けろっとした顔で言い放ち、ヴラドはディアドラを横抱きに抱え上げた。

「さて、行きましょうか。取り急ぎ私の屋敷にお連れしますので、ゆっくりとお休みください。城へは明日戻ればいい」

「すぐ帰る！　今すぐ帰るぞっ」

だが、どんなにごねてもヴラドは聞く耳持たなかった。結局ディアドラはヴラドの馬に二人乗りしてオルゼヴィア領へ戻った。三将公は先に王城へ帰還し、迎えの馬車を寄越す算段だ。

ラズヴァーン一族の居城は森のなかにある古風な城館である。主人の留守を守る家令や召使たちに恭しく出迎えられ、すぐに用意された風呂で湯浴《ゆあ》みをした。改めて傷の手当てをしてもらい、肌触りのよい絹の寝具に包まれてディアドラはぐっすりと眠った。

物置に閉じ込められたり、脱走するため不自由な恰好でいろいろな作業をしたりと、疲労困憊していたらしい。午前中にベッドに入ったのに、食事も取らずに寝倒して、目が覚めたときにはまたもや夜になっていた。傍らには心配そうにヴラドが付き添っており、『このまま眠り姫になったらどうしようかと思いました』と本気で嘆息したのだった。

ふたりきりでのんびりと食事をして、もう一度ゆっくり風呂に浸《つ》かった。暖炉の火にあたりながらヴラドに肩を抱かれていると、じんわりと幸福感が込み上げてくる。

「……そういえば、ここへ来るのも久しぶりだな。前に来たのはうんと子どもの頃だ」

「アドリアン様がお生まれになった直後でしたね。あの頃は私の両親もまだ健在で……、みんなで森へピクニックに行きましたっけ」

「白い鹿を見たな。とても立派な角を持った牡鹿《おじか》だった」

「あれ以来一度も見ていません。目撃談も聞かない。幻を見たのだと思っていましたよ」

「ふたりして見たじゃないか」

ふっとヴラドは小さく笑った。

「幻だったほうがいいと思ったんです。真っ白な鹿を見たものは王になるという言い伝えがある。アドリアン様が生まれて貴女は世継ぎではなくなったのにどういうことだと悩みました。……でもやはり幻ではなかったのですね。結局貴女は女王になった」

ディアドラは身を起こし、じっと彼を凝視《みつ》めた。

「鹿はおまえを見ていたんだ。ヴラド、おまえがオルゼヴィアの新たな王になるのだから」

そう言うとヴラドは眉根を寄せ、珍しく口ごもった。

「そのことですが……。やはり王位はお返ししようと思います」

「何を言う!?　国民だっておまえを認めているんだぞ」

「私は根っからの軍人なので……、正直軍務から離れたくないんですよ」

「兼任すればいいじゃないか。しばらくはその予定だったんだから気の済むまでやればいい」

「ですが……、やはり貴女から権力を奪うのは気が咎める。今回の動機はほとんど私利私欲でしたからね」

苦笑したヴラドは悩ましげにディアドラを凝視め、そっと頬に手を伸ばした。

「私は貴女が欲しかった。だから、イムレ王子との結婚をどうしても阻止したかったんです。それが政策として間違っているかどうかなんて、本当はどうでもよかった」

「……間違いだったろう？　もしもイムレ王子と結婚していたら、オルゼヴィアばかりかマハヴァールまでややこしいことになっていた。だから、おまえが阻止してくれてよかったんだ。それにわたしは……嬉《うれ》しかった。おまえがわたしを愛しているのだとわかって、すごく……嬉しかったんだ」

「ディアドラ……」

抱き寄せられ、素直に唇を重ねる。ねだるように小さく口を開けると、するりと舌が忍び込んできた。ぴちゃぴちゃと口蓋を舐められ、陶酔と羞恥で瞳が潤む。

温かく厚みのある彼の舌の感触を心ゆくまで味わい、貪欲に唾液を舐めとった。ちゅくちゅくと舌を鳴らして自ら舌を絡め、擦《こす》り合わせていると、唇を甘噛《が》みしながらヴラドが囁いた。

「キスが大好きですね、ディアドラ様」

「うン……、すき……。きもちいいもの……」

「可愛いひとだ」

ヴラドは笑って愛しげに何度も唇を吸った。まるでぺろぺろと口を舐め会う仔犬みたいに絡み合い、ふかふかの毛皮の上に押し倒されてディアドラは甘い吐息をついた。

身体を起こしたヴラドが、ディアドラを見下ろしながら深い想いを込めて囁いた。

「愛しています、ディアドラ……」

「わたしも、愛してる」

のしかかる男の重みを心地よく受け止め、ディアドラは逞《たくま》しい背筋に手を這《は》わせた。

耳のすぐ下のやわらかな皮膚をくすぐるように舌先で嬲られ、ぴくんと肩をすくめる。

「あ……ヴラド……。訊《き》きたいことが……」

「何です？」

胸の隆起を掌に包んでゆるゆると揉《も》みしだきながら、甘やかすようにヴラドは応じた。

じわりと腰骨を蕩《とろ》かすような愉悦を抑え、ディアドラは気になっていたことを尋ねた。

「イムレ王子が言ってたこと……、でたらめだとは思うけど……」

「奴が何を言ったんですか」

「ザンフィルが汚職に走ったのは……おまえがそそのかしたからだと……。彼を排除するために、おまえがあえて腐らせたのだと言われた」

ヴラドは動きを止め、表情を改めてディアドラを凝視《みつ》めた。

「もし、そうだとしたら……？」

ディアドラは彼を見上げ、頼りなく眉根を寄せた。

「悲しいな……。そのようなことはもう二度としないと誓ってほしい」

フッとヴラドは笑った。

「していませんよ。私が気付いたとき、ザンフィルはもうどっぷりと汚職の泥沼に嵌《は》まっていた。……というより、ディミトリエの父を殺害した疑いで調べ始めて、彼が国庫を横領して私腹を肥やしていることがはっきりしたんです。以前からきな臭い噂《うわさ》はありましたが」

だからもう手遅れだったんです、と彼は呟いた。

「そそのかしてはいませんが、もっと早く気付けばよかったとは思っています。その点は悔やまれますね」

「おまえは武官なのだから仕方ないさ。そういう仕事は監察官がやるべきことだ。宰相がいいように人材を配置したせいで監察機能がうまく働かなかったんだな。わたしももっとよく考えるべきだった」

「私をお疑いでしたか」

切なげに嘆息され、ディアドラは顔を赤らめた。

「疑ったというか、ヴラドはわたしのこととなると妙に極端な行動に走りがちだから……」

「……確かにそれは否めません」

眉間にしわを寄せ、しかつめらしくヴラドは頷いた。自覚があるならまだ安心、だろう。

ディアドラは背筋を伸ばして座り直した。

「ヴラド。やっぱりおまえ、王になれ。わたしにはおまえが必要だ。同じ立場に立って、でも違うところを見てくれる人間にいてほしい。――なぁ、同位君主というのはだめなのかな」

ヴラドは顎を摘んで暫し考えた。

「オルゼヴィアでは前例がありませんが。禁止規定もないし、不可能ではないと思います」

「だったらそうしないか。大事なことはふたりで話し合って決めたい。わたしはおまえの言うとおり、少し視野が狭いと思うし……」

ヴラドは苦笑した。

「私も広いとは言い難《がた》いですよ」

「でも、ふたりして見ればちょっとは広がるだろう？」

「……そうですね。あなたがそれでよければ、私に異存はありません」

「決まりだな」

にっこり笑ってディアドラはヴラドに抱きついた。

「安心した！　こんなこと言うと呆れられてしまいそうだけど……、一国を背負うというのは、わたしにはすごく……重荷だったんだ」

「誰だってそうですよ」

優しく背中を撫でながら、ヴラドが囁《ささや》く。

「男だって、口に出さないだけで本当は重たいんです。でもそこはプライドと意地がありますからね。言いたくても言えない」

「わたし、甘えてる？」

「私には甘えてくれていいんですよ。貴女に寄りかかられると、かえって力が湧くんです」

これも男の性《さが》ですかね、と照れくさそうに笑うヴラドが愛しくて、胸がきゅんと疼《うず》く。

「わたしたち、支えあっていけるといいな」

「ちょうどいいバランスでね」

くすくすと笑って額を寄せる。

「おまえがいてくれてよかった……」

「貴女に出会えて幸せです。私の主君。私の伴侶。可愛くて愛しいディアドラ……」

誓いをたてるようにくちづけを交わし、ヴラドが希《こいねが》うように囁いた。

「……ベッドに行きましょうか」

頰《ほお》を染めてディアドラは頷いた。ふわりと抱き上げられ、整えられた広い寝台に下ろされる。互いに夜着を脱ぎ捨て、一糸まとわぬ姿で抱き合った。彼の皮膚の感触に溜息がこぼれる。

「ああ、ヴラド……。こうして抱き合ってるだけで幸せが込み上げてくる」

「あんまり可愛いことを言わないでください。飢えた獣みたいに貴女を貪りたくなる」

脚の間に押しつけられた雄がすでに固い。ぞくんと媚唇が戦慄いて、ディアドラは顔を赤らめた。早くも彼が欲しくてたまらなくなっている。身体の一番奥深い場所に彼を迎え入れ、生命の熱い息吹を感じたい。胸の頂にくちづけられ、ねろねろと舌で嬲られただけで秘処が疼き、ぬるんでくる。彼の頭を抱え込んで熱い溜息をこぼすと、ふとヴラドが顔を上げて尋ねた。

「痛くないですか?」

何のことかと視線を向けると、彼は包帯を巻かれたディアドラの手をじっと凝視《みつ》めていた。

「大したことない。ほんの少し切っただけだ」

「切り傷だらけでしたよ。まったく無茶をなさる」

ヴラドは包帯の上からそっと手にくちづけた。

「何もしないでぼんやり助けを待ってるわけにはいかないよ」

「そういう自発的なところが好きでもあり、心配の種でもありますね」

「無茶してるつもりはないいんだけど……。ただ、自分にできることくらい精一杯やりたくて」

くすっと笑ったヴラドの蒼い瞳が甘く蕩《とろ》ける。

「では、今夜はいっぱい感じてくださいね」

「うん……」

恥じらいながら頷くとヴラドは胸から腹にかけて舌を這わせ始めた。舌先で臍《へそ》をくすぐられ、こそばゆさに身体をくねらせる。膝裏を掴《つか》んで脚を押し広げられ、おずおずと顔を出した媚芯にチュッとくちづけられると、露をまとった花芽が恥ずかしそうにぷくりと膨らんだ。

「あ……ン……、ン……」

溝に沿って秘裂を丁寧に舐め上げられ、転がすように媚蕾を愛撫されて、ディアドラは背をしならせた。リネンをまさぐり、切なげに眉を寄せて喘ぐ。

「はぁッ……、あぁン……、あッ、あッ……、ふぁあッ、きもちいぃ……ッ」

「達《い》っていいですよ。いつでもお好きなときに」

「んッ……、そんな、こと……言われたら……ッ」

条件反射のようにビクビクと媚肉が引《ひ》き攣《つ》る。

ちゅぅぅと花芯をきつく吸われ、あっさりとディアドラは達した。

「ふ……ぁ……、ぁ……」

蜜襞の痙攣が止まらない。ひくひくと淫靡《いんび》に蠢いている媚壁を指先が優しく撫で、つぷっと入り込んでくる。

入り口の浅い部分を鉤状に曲げた二本の指で愛撫され、ディアドラは甘い嬌声《きようせい》を上げた。

「ひッ、あぁん！　やン、そこっ……だめぇッ」

「ここ、弱いんですよね」

愉《たの》しげに笑って、ヴラドはくちゅくちゅと指を前後させる。

「こうやってここを刺激すると……」

「やぁッ、だめ、だったらぁ――。ッあぁ……んぅっ……！」

きゅっと眉根を寄せると同時に下腹部が引き攣り、ぷしゅりと温かな淫水が噴きこぼれた。

「……ほぅら、お漏らししてしまった」

「つく……、いじ……わる……ッ」

びゅくびゅくと噴き上がる潮が汗ばむ腿《もも》を濡《ぬ》らし、下腹部にまで飛び散る。

「ふふ。可愛いですよ、ディアドラ様。すごくいやらしくて可愛い、私の女王陛下」

「そ、それやめて……ッ」

ベッドで女王陛下と呼びかけられると、物凄く恥ずかしくなってしまう。そして異様なほど過敏に感じてしまうのだ。もちろん彼はわかっていてわざと責めている。

ディアドラは真っ赤な顔で睨んだが、ヴラドはこともなげに微笑むばかり……。

「貴女を感じさせたいんです。乱れきって蕩ける貴女が見たい」

「い、いつだって見てるじゃないかっ」

「何度見ても見飽きませんから。もっと見たくなる。もっと乱れさせて、感じさせて、私を求めてほしい。いやらしくお尻を振っておねだりする貴女は可愛すぎて、中毒してしまいます」

「本当におまえは……ッ」

眉を吊り上げ、ディアドラは力を振り絞って起き上がった。そのまま体重をかけてヴラドを逆に押し倒す。彼は憎たらしいくらい余裕で笑っていた。

「……おや。何をしてくださるんですか？」

「お、おまえを、ひぃひぃ言わせてやるのだ！」

「それは頼もしい。是非お願いします」

ディアドラはつんと顎を反らしてヴラドの下腹部を見下ろした。悠揚と勃ち上がった怒張の凶悪さが漂うほどの逞しさに、思わずウッと息を詰めてしまう。くすっとヴラドが笑った。

「どうしました？　私をひぃひぃ言わせてくださるんでしょう？」

揶揄《からか》うように言われ、ムッとしてディアドラは長大な一物を掴んだ。予想以上の固さと太さにドキッとする。それに、こうして改めて手にしてみるとやはりすごく長くて大きい。

しかしここで怯んではいられない。口淫くらい、もう何度も経験しているではないか！

ディアドラは身を屈め、張り出した先端部分をそっと舌で舐《な》めた。苦いようなしょっぱいような先走りの味が口内に広がる。濃厚な雄の香りにクラクラした。

極太の欲棒はディアドラの小さな口をいっぱいに開けてもせいぜい半分しか呑み込めない。えずきそうになって噎《む》せると、ヴラドが優しく背を撫《な》でた。

「無理しなくていいんですよ。それより側面を舐めてみてくれませんか？　根元からずっと」

言われたとおりに舌を肉柱の側面に這わせる。ぺろぺろと舐め上げながら玉袋をそっと握り込んで優しく揉みしだき、裏筋も丁寧に舐める。

ヴラドが頭上で官能的な呻き声を上げ、ディアドラはいっそう熱心に雄茎を舐め回した。

ふたたび先端を口に含み、ちゅっちゅと吸い上げながら雁首に沿って舌をぐるりと蠢かす。

「美味しそうに舐めますね……。私のこれが好きですか？」

ん、ん、と肉棒を銜《くわ》え込んだまま目許を染めて頷いた。

ちゅぷっと舌を鳴らして口から外し、目を潤ませてはぁっと熱い吐息をこぼす。

「だいすき……。とってもおいしい……」

「お口に出してあげましょうか」

こくりと頷くと、ヴラドは膝立ちになって淫刀をディアドラの眼前に突きつけた。素直に四つん這いになって亀頭を銜え込む。ディアドラの頬に手を添え、ヴラドは腰を前後させ始めた。限界まで口を開け、ディアドラは口腔《こうこう》を犯されるに任せた。ずぷずぷと鈴口で舌先を擦られる感触にうっとりする。やがてヴラドの欲望が弾け、痺《しび》れるような苦みが舌に広がった。喉を鳴らして飲み込むと、粘つく精が絡みついてディアドラはこほっと軽く噎せた。

「――大丈夫ですか？　無理に飲まなくてもいいのに」

「へいき……。飲んだらいけなかった？」

「いいえ、嬉《うれ》しいですよ」

ヴラドは胡座《あぐら》をかくとディアドラを膝に抱え上げた。

「さて、困ったな。これは初夜に取っておくつもりだったのに……。他の『初めて』を探さないといけませんね」

悪戯っぽく言って彼はディアドラの背中を撫で、尻朶を掴んで揉みほぐすようにやわやわと捏ね回した。尾てい骨をかすめて彼の指が双丘のあわいに入り込んでくる。

「……ああ、そうだ。ここはまだでしたね。初夜にはここで繋がりましょうか」

後ろの窄まりを指先でくるくると撫で回され、ディアドラは赤くなった。

「そ、そこは無理なんじゃ……」

「時間をかけて解せば大丈夫ですよ。開発すればここもなかなか悦いものらしい」

「そうなの？　ヴラドがしたいなら……いいけど……」

「それじゃ、ここは大事に取っておきましょうね」

ちゅっと唇にキスされて、ディアドラはおずおずと頷いた。

いけない約束を交わしたようでドキドキする。

「今日はどうしたいですか？」

「どうって……」

「上に乗ってみます？」

「えっ……」

ニッと笑ったヴラドが仰向けに横たわり、気がつくとディアドラは彼に馬乗りになっていた。

「自分で挿入《いれ》てください」

「じ、自分で!?」

「前にもしたでしょう？　大丈夫、お互いもう充分濡《ぬ》れていますから」

カァッと頬を染めながらもディアドラは膝立ちになった。ヴラドの雄茎は先ほど吐精したにもかかわらず悠然とそそり立っている。加減していたのだろうか。おずおずと膝を進め、ディアドラはそっと肉楔に手を添えて秘裂へ導いた。愉悦の予感に媚唇がふるっと戦慄《わなな》く。

「ン……」

露を滴らせる先端を蜜襞のあわいに銜え込み、おそるおそる腰を落としてみた。滑らかな亀頭がじゅぷっと柔肉に沈む。

何だか急に怖くなって逡巡していると、なだめるようにヴラドがディアドラのお尻を撫でた。

「怖がらないで……。もう何度も迎え入れてくれたじゃないですか。さぁ、私を貴女の素敵な花びらでくるんで、可愛がってください」

低い艶声にぞくぞくっとして、ディアドラはのけぞった。膝から力が抜け、一気にぬるんと淫刀を熱い濡れ鞘に収めてしまう。

臍の裏側までずぅんと快感が広がり、ディアドラは甘い悲鳴を上げた。

「あぁ……ッ！」

背骨に沿って官能が走り抜け、指先でバチバチと火花が散るような感覚に襲われる。

ぐらりと倒れかかる身体を、ヴラドが優しく抱き止めた。

「素晴らしいですよ、ディアドラ様。貴女のなかに私がすっぽりと収まってしまっている……。蕩けそうに温かくて……気持ちがいい」

背中を撫でられ、ディアドラはうっとりと溜息をついた。ヴラドの逞しいものが濡れた隘路《あいろ》をみっしりとふさいでいた。その充溢感だけで意識が跳んでしまいそうだ。

「ふ……。おなか……灼けそう……」

「しばらくこのままでいましょうか？」

ディアドラは頷き、ぎゅっとヴラドにしがみついた。彼はディアドラの額や目許にくちづけながら、大きな掌《てのひら》で全身をやわやわと撫で回した。少しくすぐったくて、すごく気持ちがいい。蜜壺に収めた彼の雄がトクントクンと脈打って感じられるのも愛しくて、うっとりする。

ヴラドは掌《てのひら》で揉みほぐすようにお尻を捏ねながら囁いた。

「小さくて可愛いお尻だ……。貴女の身体はどこもかしこもそそられる。困った人だ」

ぱしん、と軽くお尻をぶたれ、ディアドラはのけぞった。

「あンッ……、そんな、言いがかり……」

「……イムレ王子に何かされませんでしたか」

「な、何も……」

低く尋ねられて思わずびくっとしてしまう。きゅっ、とヴラドの掌が強く尻朶を掴んだ。

「もしやこの可愛いお尻を触られたんじゃないでしょうね」

「…………ッ」

たじろいだのが伝わったのか、憮然《ぶぜん》とした溜息が聞こえてきてディアドラは身を縮めた。

「せめてもう二、三発全力で殴っておくんだった」

「そんなことしたら原形を留めなくなってしまうぞ。ほんのちょっと触られただけだから」

「私以外の男に撫でさせたりしないでください」

「好きで撫でられたわけじゃな、っ……、ひッ」

ふたたびぱしんと尻が鳴る。掌を丸めて打っているからさして痛くはないが、彼自身を胎内に収めた状態で叩《たた》かれるといちいち腹に愉悦が響く。

「んッ……、だめ……っ」

「お仕置きしなければなりませんね」

「あ……そんな、横暴だぞ……ッ」

「お腹《なか》を強めに撫でられただけで達けるようになったでしょう？　今度はお尻を叩かれただけで達ける身体にしてあげますよ。お仕置きが愉しくなりますね」

「や、やだ、そんなの……ッ」

身を捩《よじ》っても、彼の分身が奥処《おく》まで突き刺さった腰に腕を回されていては身動きできない。なすすべもなく尻を叩かれ、そのたびに深く銜え込んだ淫刀でずくずくと蜜襞を擦られる。尻への打擲《ちようちやく》だけでディアドラは何度か軽く達してしまった。

厚い胸板に突っ伏して喘《あえ》いでいると、ヴラドは桃色に染まったお尻を満足げに撫《な》でさすった。

「可愛く達けましたね。準備運動はこれくらいで充分か」

「え……？」

朦朧と目を上げると、ニヤと妖艶な目つきでヴラドは笑った。

「まさかこれで終わりだなんて思っていませんよね？」

「う……、も、もう……おなか……いっぱい……ッ」

涙目で訴えたが、ヴラドは意に介さず身体を起こし、ぐいと腰を突き上げた。締まった先端で子宮口を突かれ、ひぅっと背をしならせる。ヴラドはしっかりとディアドラの腰を掴むと、ぐちゅぬちゅと抉《えぐ》るように雄茎を突き立て始めた。

腰を撥ね上げながらヴラドの逞しい体躯《たいく》にしがみつく。

「う……ンッ……、ン、あンッ、あぁッ、ひや……ッ、ふ、ふか……い……ッ、んーっ」

気がつけばディアドラは自らはしたなく腰を振っていた。汗が胸の谷間や背中を伝い落ちる。身体中が、内も外も燃えるように熱い。

「や……ぁあッ……！　だめ、も……、だめぇ……、おか、しく……なるッ……」

繋《つな》がった部分からぐずぐずに蕩けてしまいそうだ。熱くて、狂おしくて、縋《すが》りつくように繰り返し彼の名を呼ぶ。濡れた肌のぶつかる音が切迫してゆく。

余裕のない息づかいでヴラドは呻《うめ》いた。

「くッ……、ディアドラ……！　そんなに締めつけたら達ってしまいます」

「ひ、ぁ……、わか、んな……ッ、とま……なぃの……、ぅく……ッ、ふぁあ」

固く抱き合い、欲望をぶつけあう。唇が触れては離れ、また触れ合って狂おしく吸いついた。

「ん……ッ、くふ……」

びくりと身体がしなる。媚肉がきゅうきゅう蠢き、絶頂に達したディアドラの蜜襞に滾る情熱が注がれた。折り重なるように倒れ、身体を繋げたまま乱れた呼吸を淫靡に絡ませる。

息が収まると、どちらからともなく唇を重ね合わせた。やがてヴラドの欲望がふたたび頭をもたげ、ディアドラは悦楽に朦朧としながらも彼に跨がって淫らに腰を振りたくった。

そして真夜中が夜明けへと移り変わる頃になって、ようやく互いのぬくもりのなかで満たされた眠りに就いたのだった。

† † †

晴れ渡った青空の下、ディアドラとヴラドはバルコニーに並び立ち、民衆の歓呼に応えていた。城の前庭を埋めつくす老若男女は誰もが輝くような笑顔で若い夫妻に歓声を送っている。

誘拐騒動から半月後。春爛漫の麗らかな日にふたりは結婚式を執り行った。同時にヴラドはオルゼヴィア国王として即位し、女王ディアドラとともに国を共同統治する同位君主となった。

ディアドラはシャンパンゴールドの婚礼衣装に身を包み、結い上げた髪に宝石を散りばめたティアラを挿し、手袋を嵌めた手で王杖を握っている。

一方ヴラドは新調した黒い軍装をきらびやかな黄金のモールや飾緒で飾り、白貂の毛皮で縁取りされた赤いマントを羽織っていた。黒髪に載せた王冠が降り注ぐ陽射しにまばゆく輝く。手に持つのは王家に伝わる始祖の剣だ。かつて独立を勝ち取った戦いで、初代国王となったオルゼヴィア侯爵が振るったと言われる聖剣である。

笑顔で民衆に手を振りながら、ディアドラは傍らのヴラドの様子を窺《うかが》った。いつも表情が薄く、無愛想な男だが、さすがに今日は穏やかな微笑をたたえて手を振っている。

こうして見ると改めて素晴らしい男振りだ。もう見馴れたはずなのにドキドキしてしまう。

視線に気付いたのか、ちらっと目を向けてヴラドが囁いた。

「流行り病《はややまい》は完全に終息したようですね。一家総出で来ている者も多いし、皆表情が明るい」

「ああ。本当にそうだな」

「働き盛りの男たちが多く犠牲になったのは痛いですが……、そのぶん女性たちが頑張ってくれています。我が国の女性は逞しいですからね」

悪戯っぽい笑みに顔が赤くなる。

「そ、そう……だな……」

「さいわい子どもたちはごく軽い症状で済みました。あの病は子どもの頃に一度罹っていると大人になってからは罹患《りかん》しにくいと言われています。今回のケースは後代の参考になるようにしっかり記録しておきましょう」

「それがいい。いつまた病や凶作に襲われるかわからないし、できるだけ備えておかないと」

真剣な顔でディアドラは頷《うなず》いた。

枯渇が危ぶまれていた銀山は、産出記録の誤魔化《ごまか》しを調べ直した結果、以前と変わらないことが判明した。また、調査の過程で新たに有望な鉱脈が見つかったことも報告されている。

「しかし、やはり銀に頼りきりというのも危険だな。何か新しい産業を起こしたい。できれば民に技術を持たせられるようなものがいいと思うんだが……。何がいいだろう」

「さて……。一緒にいろいろなものを見て、一緒に考えましょう」

微笑むヴラドを見上げ、ディアドラはにっこりと頷いた。

「うん。一緒に」

見つめ合うふたりの後ろから侍従が恭しく呼びかける。

「女王陛下、国王陛下。祝宴の支度が整いましてございます」

「ああ。——では行こうか」

最後にもうひとわたり民衆に笑顔を向けて手を振っていると、そっと肩を抱き寄せられた。顔が近づき、唇が重なる。歓声が一段と高くなった。民衆は仲睦まじい国王夫妻の姿に大喜びしていた。顔を赤らめつつもう一度手を振ってディアドラはバルコニーを後にした。

並んで通路を歩きながらディアドラは小声で尋ねた。

「なぁ、ヴラド。わたしとオルゼヴィアと、どちらが大切だ？」

ヴラドは面食らった顔つきでぽかんとした。

「何ですか、いきなり」

「集まってくれた皆を見ていて改めて思ったんだ。わたしはこの者たちを守らなければならない、と。皆わたしの大切な『家族』だから。自分の命と引き換えにしても守りたいと思うし、そうできるって確信した。だから……」

「私だって同じですよ。オルゼヴィアを守るためなら命は惜しみません。——ですが、貴女と

オルゼヴィアは較べられない。どちらも私にとってはすごく重くて大切なものなんです」

「……同じ重さ？」

「そうです」

じっ、とディアドラはヴラドを凝視《みつ》め、大輪の花がパッとほころぶように笑った。

「それでこそバランスが取れるというものだ」

上機嫌でディアドラはヴラドの腕を抱え込む。喜色満面でニコニコしているディアドラを眺め、ヴラドは内心で苦笑した。

すみません、ディアドラ様。私は嘘《うそ》をついてしまいました。本当はオルゼヴィアよりもずっとずっと貴女のほうが大切なんです。貴女と引き換えにこの国を差し出せと言われたら、私はきっと迷わない。でも、そんなことを言ったら貴女は本気で怒るだろうから。

永遠に、本音はこの胸にしまっておきます――。

ふと、気がかりそうにディアドラが問う。

「……ねぇ。わたしってそんなに重い？」

笑いが弾けた。

心の底から愛していますよ。なんと可愛い、私の女王陛下――。

あとがき

ロイヤルキス文庫では初めまして。上主沙夜と申します。このたびは『黒元帥の略奪愛　女王は恋獄に囚われる』をお手にとっていただき、まことにありがとうございました！

黒髪軍服敬語責めヒーローは以前にも書きましたが、今回は一層暴君な感じです。最初から身分差込みで恋してるので、実は命令されるのが嬉しい人。Mっ気も若干あり。ただし女王様限定。身内は大事にしますが敵には一切容赦しません。割り切りのはっきりし（すぎ）てる人ですね。一方ヒロインは悩み多き小国の若き女王様。好きな人と結婚しても、仕事やめて家庭に入るのを悩んじゃうあたりはキャリア女性の葛藤といったところでしょうか。仕事もバリバリしたいけど恋も結婚もしたいし、素敵なお洋服だって着たいわけでして。浜の真砂が尽きるとも、嗚呼、女子の悩みは尽きませぬ。

ともあれ女王様ということで、周囲には見目よい男子を複数侍らせてみましたよ。ちなみに四将公のなかで誰と付き合いたいかと訊かれたら断然ラドゥです！　ヴラドとミハイは明らかにおかしいし、ディミトリエは細かくて口うるさそうでイヤ。気は優しくて力持ちのラドゥが一番マトモです。本文では触れてませんが顔も頭も人並み以上なので念のため。しかし彼にはうんと年下の押しかけ女房が似合いそうな気もするな。あ、何か妄想が浮かんできた（笑）。

さて今回の舞台は中東欧、ルーマニア～ハンガリー辺りをイメージしています。ヴラドの名前はドラキュラ伯爵のモデルになったヴラド串刺し公から取りました。やたらヒロインの首筋をはむはむしてるのはちょっとしたお遊びです。でも地元ルーマニアではオスマントルコから国を守った英雄なんですよ！

　イラストのＤＵＯ．ＢＲＡＮＤ先生には大変素敵な挿絵を描いていただき感謝です。ディアドラのドレスは特にお願いしてバロック風にしていただいたのですが、おおゴージャス！　派手な衣装の道化くんもイラストがあって嬉しいです。

　今回一番気に入ってる台詞は女王様の「おまえは変態か!?」という絶叫で、一番気に入ってるシーンは元帥閣下がおぱんつ一丁で道化を踏んづけるシーンなのですが、挿絵がなくて残念でした（あるわけない）。そうそう、ぱんつといえば、この後オルゼヴィアでは女性もぱんつを穿くことを女王陛下が奨励されたため、どこよりも早くドロワーズが発達したそうですよ。

　うん、あとがきから読んでる方にはコメディかと思われそうですね。いやいやシリアスで情熱的な恋のお話ですから！　ほんのちょっと変なところがあるだけです。そんなわけで隅々まで楽しんでいただけましたら嬉しいです。ついでに日記代わりのツイッターを纏めたブログもありますので、よろしければ遊びに来てください。http://blog.goo.ne.jp/kamisusaya
　今回もたくさんの方々のご尽力でこうして本が出せました。本当にありがとうございます。またどこかでお会いできますことを祈りつつ。ありがとうございました！

上主沙夜

ロイヤルキス文庫をお買い上げいただきありがとうございます。
先生方へのファンレター、ご感想は
ロイヤルキス文庫編集部へお送りください。

〒102-0073　東京都千代田区九段北1-5-9-3F
(株)ジュリアンパブリッシング　ロイヤルキス文庫編集部
「上主沙夜先生」係　／「DUO BRAND.先生」係

✦ロイヤルキス文庫HP✦ http://www.julian-pb.com/royalkiss/

Royal Kiss Label

黒元帥の略奪愛
～女王は恋獄に囚われる～

2015年7月30日　初版発行

著　者　上主沙夜
©Saya Kamisu 2015

発行人　小池政弘

発行所　株式会社ジュリアンパブリッシング
〒102-0073　東京都千代田区九段北1-5-9-3F
TEL　03-3261-2735
FAX　03-3261-2736

印刷所　中央精版印刷株式会社

ISBN978-4-86457-240-8　Printed in JAPAN